中国文学与现代性

阙国虬 ◎ 著

人民出版社

目 录

CONTENTS

中国文学的
现代性选择

茅盾"叩文学的门",开始是作为翻译家、编辑家和文学评论家出现在"五四"以后的新文学战线上的,外国文学对他的影响是明显的,我们认为其影响首先是在文艺思想方面。

茅盾也像鲁迅一样,在强烈的革命民主主义要求的驱策下,敏锐地感应着现实生活的脉动,从"反对旧文学,提倡新文学"这一基本目的出发,开始对外国文艺思潮的择取。所谓"收纳新潮,脱离旧套",正概括了"五四"文学革命潮流一个最显著的特征。作为对这股文学潮流的呼应,茅盾以宽广的视野放眼域外,把对外国文艺思潮的批判、吸收看作是"取精用宏,吸取他人的精萃化为自己的血肉",从而达到"创造划时代的新文学"这一目的所不可缺少的重要步骤和方法。作为翻译家,也作为研究外国文学的学者,茅盾曾系统、全面地接触过外国各种文艺思潮流派,它们也理所当然地在茅盾文学主张上刻下或深或浅的印痕。然而这一结果对于茅盾来说,并不是简单的量的积累。他从来就不是外来某一文艺思潮的亦步亦趋的模仿者,也不是世界上纷纭复杂的文学信息的储存器,而是在以"五四"为发端的民族文学的历史性变革中筚路蓝缕,独立创造的开拓者。对于外来文艺思潮,茅盾所采取的立场和态度是:从"文学为人生"的观点出发,通过择取与扬弃,逐渐形成了自己的现实主义的文学主张,而他的现实主义理论,也并不只是西方历史上的相应文学思潮的简单反响。不错,他曾经较多地以欧洲现实主义思潮作为自己文学思想的理论材料,然而,这对于他来说,只是意味着对现实主义文学的"客观真实性"这一原则立场的恪守。他从不满于西方批判现实主义(当然也包括它的后继者自然主义)文学的固有缺陷开始,而有选择、有分析地撷取,溶化了其他文艺思潮的某些长处。这样,他的现实主义主张对于19世纪的欧洲相应文学思潮一方面是一种承继,另一方面更是一种背离和突破,从而显露了鲜明的开放性和现代性,也预示着向一种更稳定的,与新民主主义革命的历史要求更相吻合的新的现实主义文学理论发展的广阔前景。终于,随着社会革命的深入,也随着他的政治思想的同步发展,以1925年发表的《论无产阶级艺术》为标志,茅盾的文学观开始了向革命现实主义的飞跃,并经过一段曲折(这里有现实的教训,痛苦的反思,马克思主义理论的再学习)之后,逐渐臻于成熟和稳定。

这样一个历史的发展过程,从其与外国文艺思潮的联系来说,主要包括以下几个方面的内容:

其一,茅盾"为人生"的文学观与外国现实主义文学思潮的关系;

其二,茅盾自1925年后逐渐形成和成熟起来的革命现实主义主张与苏俄文学的关系;

其三,茅盾如何评价西方的"新浪漫主义"、象征主义、表现主义等"新"派文艺思潮以及它们在哪些方面,以何种方式,在何种程度上影响了茅盾的文学主张。

早期思想与欧洲近代文艺思潮

为人生：一个不仅仅属于文学的起点

"为人生"是茅盾从事新文学运动的一个出发点。早在"五四"文学革命运动前后，他就发表了《学生与社会》、《一九一八年之学生》等社会论文。尽管其中所体现的还只是属于资产阶级思想范畴的"爱国主义和民主主义"，存在着马克思主义还没有传播到中国之前的先进知识分子的认识局限，然而值得重视的是青年茅盾在这里表达了他"革命思想"、改造社会的强烈愿望。从密切关注社会人生、强调思想的社会功利作用这两个方面来看，它已经显露了茅盾日后倡导"为人生"的文学观的端倪。

"为人生"之作为新文学创始期影响最大的一股文学思潮，它的有力之处首先在于明确宣告了表现人生、改造人生是新文学的起点和归宿。固然早期"为人生"的新文学家们在提供"疗救社会"的药方时，大多未能免除空想的色彩，但他们在作品中对黑暗现实的揭露和对人生希望的憧憬毕竟展示了"社会人生"给文学带来的可贵生机。显然，"为人生"的文学主张与"五四"时期的社会革命要求，与在"薄明的曙色"光照之下觉醒起来的新青年们的意识和激情，是互相契合、互为补充的。

团结在《新青年》周围的作家们的文学主张中大多包含着"为人生"的内容。早在文学革命的真正宣言——"五四"运动前发表的《文学革命论》——中,陈独秀就以著名的三大主义,把躁动于母腹中的新文学与垂死的封建旧文学做了原则的区分。他所提出的建立"国民文学"、"写实文学"、"社会文学"的主张固然不免有内涵上的含混,但其中显然包含着"为人生"的可贵契机。对"为人生"的文学观影响更大的是周作人的《人的文学》和《平民文学》。他认为:"用这人道主义为本,对于人生诸问题,加以记录研究的文字,便谓之人的文学。"他又认为:"平民文学"的特征就在于"普遍与真挚",一是"记载世间普通男女的悲欢成败",二是"以真挚的文体,记真挚的思想与事实","须以真为主,美既在其中,这便是人生的艺术派的主张"。这是我们所看到最早对"人生的艺术派"作理论界定的文字。显然,其思想材料的来源,主要的并不是本民族的传统,而是外国的文艺思潮。

在"五四"运动的影响和推动下,茅盾"开始专注于文学"[①],提倡"为人生"的艺术,主张文学要"表现人生、指导人生"[②]。他在新文学运动初期所撰写的大量文学论文中,一再地以外国文学的历史作为提倡"为人生"的文学的依据。他指出:"翻开西洋文学史来看,见他由古典—浪漫—写实—新浪漫……这样一连串的变迁,每进一步,便把文学的定义修改了一下,便把文学和人生的关系束紧了一些,并且把文学的使命也重新估定了一个价值。"[③] 在这里,他把"为人生"理解为西洋文学发展史的中轴,并从中受到如何发展中国新文学的启示。毫无疑问,外国的进步文学曾经启发和丰富了茅盾的"为人生"的文学思想。或者说,当他从改造社会人生这一根本目的出发去寻找新文学的方向时,他必然地从纷纭复杂的西方文艺思潮中择取"为人生"的传统作为自己文学主张的有力借鉴。

---

① 茅盾:《我走过的道路》(上),人民文学出版社1981年版。
② 《新旧文学平议之评议》,《小说月报》第11卷1号,1920年1月。
③ 《新文学研究者的责任与努力》,《小说月报》第12卷2号。

　　"为人生"的文学主张和它影响下的新文学创作,在某种意义上可以说是整整一个时代的文学的标志。它的内涵是十分丰富的。除了以"表现人生"与"指导人生"作为文学的起点和归宿这一根本原则外,以下两点构成了茅盾"为人生"文学观的鲜明特色。

　　第一,强调"反映人生"的社会性。他认为所谓"人生","决不是一人一家的人生,乃是一社会一民族的人生"[1]。所以他对文学题材的要求始终强调其社会性,而反对抒写身边的琐屑小事和纯属个人的狭隘感受。他认为欧洲"近代文学中剧本的好处","好在有哲理有社会问题"[2]。他注意从作品反映人生的社会性程度上去估量托尔斯泰、易卜生、萧伯纳等外国作家创作的价值。他在"五四"以后对新文学创作所写的几篇漫评中,也在《文学和人的关系及中国古来对文学者身份的误认》等重要论文中,一再表述了我国传统的封建文学观念与西方近代文学观念的相异之处,指出:"他们不曾把文学当作圣贤的留声机,不知道'文以载道''有为而作'。他们却发现了一件东西叫'个性',次第又发现了社会、国家和民众。所以他们的文学,进化到现在的阶段。"那个时期茅盾的文学观,从总体上说,对比于对"个性"的发现,他注重的是对"社会、国家和民众"的发现。

　　第二,强调新文学与新思想的密切联系。茅盾是反对"文以载道"的。那是因为传统文学中的"道"不过是脱离现实人生、扼杀人的思想自由的"代圣贤立言"罢了。但他并不一般地反对思想倾向性在文学创作中的重要地位。相反,他把新思想视作新文学赖以生存的首要条件。在这一点上他比同时代的许多新文学家,包括"人生派"的文学研究会作家,有着更为深刻的理论自觉。他明确主张新文学"唯其注重表现人生,指导人生的,所以我们要注重思想,不重格式"[3]。他在系统地考察了欧洲近代文学与社会思潮的关系之后,提出:"自来一种新思想发生,一定

---

[1] 《现代文学家的责任是什么?》,《东方杂志》第 17 卷第 1 号。
[2] 《答黄君厚生〈读小说新潮栏宣言的感想〉》,《小说月报》第 11 卷 4 号,1920 年 4 月。
[3] 《新旧文学平议之评议》,《小说月报》第 11 卷 1 号, 1920 年 1 月。

先靠文学家做先锋队,借文学的描写手段和批评手段去'发聋振聩'。"①
在他的第一篇评介外国作家的论文中,他就表示了对英国现代著名戏剧
家萧伯纳的赞赏:"萧氏心目中之戏曲,非娱乐的,非文学的,而实传布思
想改造道德之器械也。"② 这里,他是从文学的改革思想的社会使命("鼓
吹新思想")这一角度去认识欧洲近现代文学的;同时,他又提出:"文学
于思想方面,终须借助于哲学家的"③,则从哲学思潮对文学创作思想内
容的渗透、改造上总结了欧洲近现代文学的"进化"趋势。这种对新文
学与新思想的内在辩证关系的全面认识体现在茅盾对波兰文学、匈牙利
文学、挪威文学……尤其是对 19 世纪俄罗斯文学的评论中。我们可以
说,强调新文学与新思想的关系既是他评介外国文艺思潮的着意所在,也
是他对建设中国新文学的一个始终不懈的主张。他明确指出:"中国现在
正是新思潮勃发的时候,中国文学家应当有传播思潮的志愿,有表现正确
人生观在著作中的手段。"这正是茅盾的"为人生"文学主张的重要内
容和特色,我们可以在其中寻见它与近现代欧洲文艺思潮的明显联系。
当然,茅盾在"五四"时期所鼓吹的"新思潮",其具体内容还不是很明
确,它基本上还局限在革命民主主义的范畴之内,如"积极的责任是欲
把德谟课拉西充满在文学界""我觉得文学作品除能给人欣赏而外,至少
还须含有永存的人性,和对于理想世界的憧憬"④。这些认识是对以"科
学"与"民主"为两大旗帜的"五四"新思潮的反响。它一方面吹嘘出
那个历史时期的勃勃生气,另一方面也显露了自身在理论上的稚嫩。

俄国文学 : 新世纪的"激动和影响"

　　茅盾的"为人生"的文学主张,就其与外国文艺思潮的关系来说,有
着 19 世纪西欧文学、俄国文学与近代被压迫的弱小民族文学的影响,而

---

① 《现代文学家的责任是什么?》,《东方杂志》第 17 卷第 1 号。
② 《萧伯纳》,《学生杂志》第 6 卷第 2、3 号,1919 年 3 月。
③ 《〈欧美新文学最近之趋势〉书后》,《东方杂志》第 17 卷第 18 号。
④ 《介绍外国文学作品的目的》,《时事新报·文学旬刊》第 45 期,1922 年 8 月 1 日。

其中尤以俄国文学的影响最为显著。鲁迅曾经指出:"俄国的文学从尼古拉二世时候以来,就是'为人生'的,无论它的主意是在探究,或在解决,或者堕入神秘,沦于颓唐,而其主流还是一个:为人生。""这一种思想,在大约二十年前与中国一部分的文艺绍介者合流……"①鲁迅在这里所说的"文艺绍介者"主要指以茅盾、郑振铎等为代表的文学研究会作家。我们知道,茅盾所精通的只是一门英语。然而,他也像鲁迅一样,经历了一个"绕道"向俄国文学选择的过程。茅盾自己在回忆早年接受俄国文学影响时也说过:"我也是和我这一代人同样地被'五四'运动所惊醒了的。我,恐怕也有不少像我一样,睁圆了眼睛大吃一惊的,是读到了苦苦追求人生意义的 19 世纪俄罗斯古典文学。"②

茅盾在这里所谈的是中国新文学史上的一个普遍现象。它出现在"五四"时代,所反映的首先是中国社会革命与文学革命的自身需要。正如卢卡契所说,"任何一个真正深刻重大的影响是不可能由任何一个外国文学作品所造成,除非在有关国家同时存在着一个极为类似的文学倾向。这种潜在的倾向促成外国文学影响的成熟"③。即使在近代文学的范畴内,中国文学就已出现了企图突破旧传统藩篱的征兆,周氏兄弟在日本拟办《新生》和编译《域外小说集》时的寂寞感,无疑最深刻地体现了那个时代的文学的苦闷,而他们之所以选择俄罗斯文学和被压迫民族文学作为移译的对象,是"因为那时正盛行着排满论,有些青年,都引那叫喊和反抗的作者为同调的"④,显示了对那个"潜在的文学倾向"的一种先觉。当历史翻过了新的一页,由于十月革命对全世界,包括中国,所具有的划时代的影响,由于旧中国与革命前的俄国在国情上的相近,也由于俄国文学,特别是 19 世纪后半期的俄国文学,忠实而又深刻地反映了自农奴制改革以来直至 1905 年革命期间的

---

① 《南腔北调集·〈竖琴〉前记》,上海同文书店 1934 年版。
② 《契诃夫的社会意义》,《世界文学》1960 年 1 号。
③ 《托尔斯泰和西欧文学》,《卢卡契文学论文集》(二),中国社会科学出版社 1981 年版。
④ 鲁迅:《南腔北调集·我怎么做起小说来》,《南腔北调集》,上海同文书店 1934 年版。

俄国社会生活的历史变革,与马克思主义随着十月革命的一声炮响而开始在中国传播同时出现的是,"五四时期的新文学家们自然而然地把视线都集于俄国,都集于俄国的文学"①,这个发现自然有力地影响着中国新文学的进程和面貌。

从 1919 年起,茅盾就开始译介俄罗斯文学。他在《小说月报》部分改革时提出的计划翻译 40 种外国文学作品中就有 21 种是俄国作家的。②在他所写的第一篇有关俄罗斯文学的论文 ③ 中,开宗明义的是这么三行提示:

> 十九世纪末之世界的文学
>
> 俄国革命的动力
>
> 今后社会之影响

他日后回忆自己的这篇文章是"试图从文学对社会思潮所起的影响的角度"④ 来探讨俄罗斯文学与十月革命之关系的。尽管其中的某些论点(如把以托尔斯泰为代表的 19 世纪俄国文学看作是俄国革命之"原因")并不确当,对比于李大钊、瞿秋白等同志在这个时期撰写的文学论文中所表述的历史唯物主义观点 ⑤ 有着认识上的明显局限。然而,我们更感兴趣的倒是其中对俄国文学独立价值的深刻理解,它说明了俄国文学的影响在茅盾的"为人生"文学观的形成中所具有的重大意义。

卢卡契谈到俄罗斯文学时说:"一方面,没有一种文学比得上俄罗斯文学那么具有鲜明的特点,另一方面也从来没有一种社会生活,比得上俄

---

① 　瞿秋白:《俄罗斯名家短篇小说集序》,《俄罗斯名家短篇小说》第 1 集,新中国杂志社 1920 年版。

② 　见《小说新潮栏宣言》,这些计划中的翻译,茅盾自称是 43 部,研究者亦从此数,事实上其中开列的作品只有 40 部。

③ 　《托尔斯泰与今日之俄罗斯》,《学生杂志》第 6 卷 4—6 号, 1919 年 4—6 月。

④ 　《我走过的道路》(上),人民文学出版社 1981 年版。

⑤ 　如瞿秋白在《〈俄罗斯名家短篇小说集〉序》一文中说:"俄国因为政治上、经济上的变动影响于社会人生,思想就随之而变,荦回推荡,一直到现在,而有他的特殊文学。"这篇文章写于1920 年。

国在古典现实主义时期受到文学作品那样巨大的激动和影响。"① 正是从世界的文化、文学发展的广阔背景上，茅盾充分认识了以托尔斯泰为代表的俄国近代文学在世界文化思想史上和文学发展史上的卓越地位。他认为："19 世纪则俄国人思想一跃而出，始兴之时代，亦即大成之时代，20世纪后数十年之局面决将受其影响，听其支配。"而俄国文学则是"19世纪末年欧洲文学界最大之变动。其震波远及到现在，其将影响于此后"。其势力"竟直逼欧洲向来之文艺思想而变之，且漫漫欲遍全世界之思想而变之"。这种认识，他在《俄国近代文学杂谭》等论文中也多次阐述过。我们不难看出，他较多的是从文学对社会生活的反作用上去认识对象的重大价值的。他并不孤立地从纯艺术的观点去看待俄国文学，相反，改造社会的现实功用是他衡量对方价值的基本准绳。反过来，我们也可以说正是俄国文学对社会生活施以"巨大的激动和影响"的鲜明特点，给茅盾的"为人生"文学观贯注了新鲜的血液。

同时，他还在与英、法等国家文学的比较中对俄国文学作出了明确的肯定。他认为，俄国文学在以下几个方面都显示了自己思想的彻底性和艺术的深刻性：

第一，在反映社会人生的广度与深度上。"伊柏生② 多言中等社会之腐败，而托尔斯泰则言其全体也。"③ 俄国近代文学从伦理、道德、宗教，直到社会制度上对旧社会的全面揭露和批判是其他欧洲国家的文学所不可比拟的；又由于沙俄专制之酷烈，"故其发为文学，沉痛恳挚。于人生之究竟看得极为透彻"，具有洞察社会人生的极大深刻性。

高尔基曾经说过："19 世纪的欧洲文学和俄国文学的基本主题，乃是跟社会、国家、自然界对立着的个人。"④ 卢卡契也认为："个人脱离人民生活而离群索居，是 19 世纪后半叶资产阶级文学的决定性的主要题材。"

① 《〈俄罗斯现实主义在世界文学中的地位〉德文版第一版和第二版序》，《卢卡契文学论文集》（二），中国社会科学出版社 1981 年版。
② 现译为：易卜生。下同。
③ 《托尔斯泰与今日之俄罗斯》，《学生杂志》第 6 卷 4—6 号。
④ 《苏联的文学》，《高尔基论文学》，人民文学出版社 1978 年版。

正是在这个基本主题中，俄罗斯文学具有远胜于欧洲其他国家文学的深度和广度：

> 甚至在最伟大的作家如福楼拜或易卜生的作品中，我们所见到的也多半是心理的、道德的结果而不是它们的社会基础。只有在俄国，托尔斯泰和陀思妥也夫斯基才把这个问题以其全部广度和深度托了出来。①

俄国文学是由于对"社会基础"的揭示而达到反映生活上的"全部广度和深度"的。茅盾认为："二十世纪以来，文明愈甚，社会阶级，愈不平等。于是各方面之声浪，遂竟传改造社会制度，与人类以平等的机会，使在奋力向上之平行线上。然首先疾呼，而促使人之觉悟者，则托尔斯泰也。"② 在这里，他还只是在革命民主主义的思想范畴内认识托尔斯泰，但他明确地从"托尔斯泰对现行制度的批判"上肯定了托尔斯泰创作的有力之处，这也是他认为俄罗斯文学长于其他欧洲国家文学的一个根本原因。

第二，在对待下层人民的态度上，他认为俄国近代文学的特色是富于"平民的呼吁和人道主义的鼓吹"③，"自果戈理（Gogol）以至现代作家，没有一个人的作品不是描写黑暗专制，同情于被损害者的文学"④。同情于"被侮辱者与被损害者"是 19 世纪俄国文学的底色，尽管陀思妥也夫斯基，或者契诃夫，他们对自己所描写的下层社会的痛苦状况表达了各自不同的理解，然而对"小人物"命运的深切关注却是俄罗斯作家的共同倾向，正是这种"平民的特点"，导向了整整一个时代文学所表现的"被统治者不能照旧生活下去"的社会主题。俄罗斯文学的这个基本特点不仅与以描写中等阶级的道德堕落为基本主题的北欧易卜生

---

① 《陀思妥也夫斯基》，《卢卡契文学论文集》（二），中国社会科学出版社 1981 年版。
② 《托尔斯泰与今日之俄罗斯》，《学生杂志》第 6 卷 4—6 号。
③ 《俄国近代文学杂谭》，《小说月报》第 11 卷 1、2 号，1920 年 1—2 月。
④ 《社会背景与创作》，《小说月报》第 12 卷 7 号，1921 年 7 月。

的现实主义创作有着明显的区别,而且与英、法等西欧作家一些以下层社会生活为题材的现实主义创作也有着高下深浅之分。茅盾认为,与法国作家相比,"托氏的文学,描写下等社会的生活。那么样的亲切活现,莫泊商①有其细熨,而无其动人"②;与英国作家相比,"英国文学家如迭更司③Charles Dickens未尝不曾描写下流社会的苦况。但我们看了,显然觉得这是上流人代下层人写的。其故在缺乏真挚浓厚的感情。俄国文学家便不然了,他们描写到下流人的苦况,便令读者肃然如见此辈可怜虫,耳听得他们压在最下层的悲声透上来。即如屠尔格涅甫④、托尔斯泰那样出身高贵的人;我们看了他们的著作,如同亲听污泥里人说的话一般,决不信是上流人所说的。其中高尔基是苦出身,所以他的话更悲愤慷慨"⑤。这里,茅盾不仅指出了俄国作家与英法作家在反映下层社会生活上的不同态度,而且分析了产生这种区别的个人原因:一在于对下层人民的"感情""真挚浓厚"与否,二在于作家的个人经历,是否对下层人民的生活有切身体验。

第三,在表现的思想倾向上。茅盾认为,英、法等国文学家均不同程度地受着传统道德、世俗习见的局限,"其理想多少必有几个为社会之旧习惯、旧道德所范围","独俄三文学家也不然,决不措意于此,决不因名人之指斥而委曲良心之真理"⑥,具有破除传统观念的彻底性;出于对社会人生的不同态度,俄国文学与欧洲其他国家文学表现在社会理想上也有很大不同。梅林认为:"俄罗斯文学从其发源和生活的条件来看,不可能是别的,只能是一种控诉文学、战斗文学、反抗文学,充满着经济和政治解放的倾向性。"⑦茅盾充分认识俄罗斯文学这一根本性质,

---

① 现译为:莫泊桑。下同。
② 《文学上的古典主义浪漫主义和写实主义》,《学生杂志》第7卷第9号,1920年9月。
③ 现译为:狄更斯。下同。
④ 现译为:屠格涅夫。下同。
⑤ 《俄国近代文学杂谭》,《小说月报》第11卷1、2号,1920年1—2月。
⑥ 《托尔斯泰与今日之俄罗斯》,《学生杂志》第6卷第4—6号。
⑦ 《列夫·托尔斯泰》,《梅林论文学》,人民文学出版社1982年版。

指出:"伊柏生言社会之恶,独破其假面具而已,而托尔斯泰则确立救济之法",俄国近代文学"从此爱和怜的主观,又发生一种改良生活的意愿",所以其中"都有社会思想和社会革命观念"。①

通过以上几个方面的对照分析,我们不仅看到了茅盾对俄国近代文学鲜明特色的深刻认识,而且还看到了他正是从"为人生"文学观的全部丰富内涵上去进行对俄国近代文学的发现的。我们在前面曾经说过,"表现人生、指导人生"是茅盾的"为人生"文学观的起点和归宿,我们又认为对文学反映人生的社会性的重视和对表现新思想的强调是他的"为人生"文学观的重大特点。在这里,我们可以看到他的这些主张与他所认识的俄国文学的特质有着明显的对应之处。而后者对前者的影响也是很显然的。茅盾在对早期新文学运动的现状进行批评时也往往以俄国文学为例子,如他在批评当时"创作家太忽略了眼前的社会背景"时,就指出:"国内创作小说的人大都是念书研究学问的人,未曾在第四阶级社会内有过经验,像高尔基之做过饼师,陀斯妥耶夫斯基之流放过西伯利亚"②;又如他在批坪当时文坛在描写青年知识分子题材中普遍的感伤主义情调时说:"现时真应该有一部小说描绘出在'水深火热'之下的青年,不惟不因受了挫折而致颓丧。反而把他们的意志愈烁愈坚,信念愈磨愈固,有如俄国现代文学家狄希克维基(S. Yushkevitch)所做的《饿者》与《镇中》(皆剧本),写饿到要死的人还是竭力要保持他的奋斗精冲,不露一丝倦态,一毫失望! 这样的著作,真是黑暗中的一道光明,我们所渴望的啊!"③

现实主义:一个历史的选择

在鲁迅所概括的 19 世纪俄罗斯的"为人生"的文学主流中,有现

---

① 《俄国近代文学杂谭》,《小说月报》第 11 卷 1、2 号, 1990 年 1—2 月。
② 《社会背景与创作》,《小说月报》第 12 卷 7 号。
③ 《创作的前途》,《小说月报》第 12 卷 7 号, 1921 年 12 月。

实主义作家,也有"坠入神秘,沦于颓唐"的具有浓厚的象征主义色彩的作家,但其中最有力者还是现实主义。在他看来,即使是安德列耶夫,其创作的"深刻"之处也是以"不失其现实性"[①]为条件的。"为人生"的文学是以"表现人生、指导人生",尤其是表现下层劳动人民的悲惨命运并呼吁反抗为其宗旨的。一般说来,"为人生"的命题并不与现实主义画等号。它是与"为艺术而艺术"相对立的一种文学思潮。在这一思潮之内,可以是现实主义的,也可以是浪漫主义的或其他什么主义的。在恩格斯称之为"时代的旗帜"的以反映"下层等级"为特征的欧洲近代文学"新潮流"中,就包括了狄更斯这样的现实主义作家,也包括了乔治·桑这样的浪漫主义作家。而在19世纪西方批判现实主义作家那里,他们或囿于表现人生时的"纯粹客观"态度而往往使自己摆脱不了"为艺术而艺术"的倾向。如福楼拜就认为:"应该把一切交给艺术。在艺术家,生活应被视为一种手段,而不是此外任何物。"西方的浪漫主义文学,其末流所趋,则是融进了以"逃避现实"为其特征的"世纪末"的文艺思潮。与此不同的是,19世纪的俄国文学由于追求"艺术和生活的密切的结合",则"主要是发展了这现实诗歌的倾向"。[②]这说明了对社会生活的不同态度,从根本上规定了艺术的不同倾向。梅林认为,"在文学史上,凡属上升阶级和没落阶级的思想意识发生冲突时,前者往往是在自然和真实,在自然主义和现实主义这样的战斗口号下向后者展开攻势,……对上升的阶级来说,它能够和希望的生活就是自然和真实。"[③]中国新文学的现实主义从发源到汇成大潮,也是由于时代的推动和作家的个人选择而形成的。这是因为,作为时代之子的新文学,在选择自己的发展道路时不可避免地受到外部条件和内部条件的制约,这既是一种限制,又是一种促进;而从根本上说,现实主义由于它的"直面人生"的

---

① 鲁迅:《〈黯淡的烟霭里〉译者附记》。

② 别林斯基:《论俄国中篇小说和果戈理君的中篇小说》,《别林斯基选集》第1卷,上海译文出版社1979年版。

③ 《略论自然主义》,《梅林论文学》,人民文学出版社1982年版。

本质特征,对比于其他的文艺思潮,与新民主主义的革命要求是更相契合的。

我们知道,早在近代的梁启超和王国维的美学论著中就出现了近现代意义的"写实派"或"写实"的概念,而陈独秀在1915年至1917年文学革命的酝酿阶段,就在《青年杂志》上著文介绍欧洲文艺思潮从古典主义、浪漫主义到写实主义、自然主义的变迁过程,并明确指出:"吾国文艺……今后当趋向写实主义。"①接着又在《文学革命论》中提出"建设新鲜的立诚的写实文学"的口号。然而,直至"五四"时期,对现实主义的理论探讨都还是较为肤浅的。在创作上,除了鲁迅,对当时的大多数新文学家而言,现实主义还只是一种趋向,而没有普遍地形成一种稳固的特质。值得注意的是,茅盾从来不把现实主义确认为文学研究会初创时的共同主张,而只是将"为人生"视为他们的"一致"的"基本态度"。其中固然有"冷静地谛视人生,客观的地、写实的地,描写着灰色的卑琐人生"②的叶圣陶,但也有一些作家在艺术倾向上并不统一,并不平衡,其又特别表现在他们的知识青年题材的描写中。如王统照的早期创作从探索人生的意义开始,而停止于"爱"和"美"的发现上,这就使他的早期作品涂上了浓厚的空想浪漫色彩。这种情况在女作家冰心的"问题小说"的创作中也有所表现。这样,我们一方面感到他们在创作中所反映的"问题"确实属于"人生",另一方面又觉得他们往往只是在人生的边上徜徉,他们用"人生究竟是什么"作为自己观察人生、反映人生的起点和终点,就不可避免地用这个肤浅的、对生活本质的较低层次的认识堵塞了自己向更高层次的生活真实的掘进之路。这里的缺失不仅在于他们提供的解决问题、"指导人生"的方法是空洞无力的,而且在于他们对人生问题的上述"提法"不能说是完全正确的。也就是说不是充分的现实主义的。契诃夫认为:"在《安娜·卡列尼娜》和《奥涅金》里没有解决任何问题,但这些作品还是完全成功的,其唯一

---

① 《通讯》,《青年杂志》第1卷4号。

② 茅盾:《〈中国新文学大系·小说一集〉导言》,上海良友图书印刷公司1935年版。

的原因，就是在这些作品里一切问题的提法都是正确的。"显然，他认为他们的作品中的"问题"都相当深刻地反映了生活的内在要求。正是现实主义的彻底性规定了反映人生问题的深刻性，它甚至超越了作家在企图解决问题时的保守倾向，超越了作家主观世界的某些偏见或局限。我们知道，这个思想在恩格斯论老巴尔扎克时曾经有过经典性的论述。他称之为"现实主义的伟大胜利"。因此，现实主义理论的输入及其在民族艺术实践基础之上的成熟，已成为新文学发展的一个迫切课题。正如茅盾当时所意识到的，"然就国内文学界情形言之，则写实主义之真精神与写实主义之真杰作实未尝有其一、二"①。"中国国内创作到近来，比起前两年来，愈加'理想些'了，若不乘此把自然主义狠狠地提倡一番，怕'新文学'又要回到原路呢？"② 这样，新文学在向外来文艺思潮的择取上必然注重于现实主义。这并不是短暂的、局部的文学现象，而是"五四"以来新文学中一个十分稳定的、具有全局意义的历史特点。在《新青年》、《晨报》副刊、《小说月报》等当时几个鼓吹新文学的最为重要的刊物上，陈独秀、胡愈之、郑振铎、谢六逸等人都在"写实主义"这一概念下介绍了外国现实主义文艺思潮，而对俄国、法国以及被压迫民族的现实主义文学译介之多，成为当时新文坛的一大盛举。茅盾是这个潮流的弄潮儿。我们可以毫不夸张地说，他在欧洲现实主义理论的引进和与新文学运动的结合上比当时大多数新文学家都有着更大的贡献。他在这个时期的文学主张，从其总体来说属于现实主义，欧洲的现实主义思潮当然也对他的文学主张产生了深刻的影响。

　　早在 1919 年的《托尔斯泰与今日之俄罗斯》一文中，茅盾就在将托氏与易卜生作对比时使用了"写实主义"的概念。如果说他当时主要是从"为人生"这一角度去认识写实主义的话，那么在同年所写的《近代戏剧家传》中，他就注意到了写实主义的客观真实性这一基本的艺术

① 《〈小说月报〉改革宣言》，《小说月报》第 12 卷 1 号。
② 《最后一页》，《小说月报》第 12 卷 8 号，1921 年 8 月。

特征。他认为高尔基的剧作是"完完全全的写实,更不加一些人工"的;然而他又认为"自写实主义而来至于现代,各大家派别纷起。未易定其将来之命运"。这说明写实主义对当时的茅盾来说还只是一种潜在的倾向,而没有成为发展新文学的自觉意识。准确地说,茅盾对写实主义的最初理论自觉产生于1920年,体现在他的《对于系统的经济的介绍西洋文学底意见》、《现在文学家的责任是什么?》、《小说新潮栏宣言》等论文中。正是在这些论文中,他开始从文艺思潮的历史演变中考察欧洲近代文学,并针对中国新文学的现状,明确提出了自己的现实主义文学之主张。

当时把现实主义译作"写实主义",所指主要是欧洲的批判现实主义这一崛起于19世纪的文艺思潮。茅盾对"写实主义"的认识,大多本于欧洲的批判现实主义文学,也包括了继之而起的自然主义文学。诚然,他像当时的大多数新文学家一样,曾经用文学进化的观念去解释西方文艺思潮从古典主义到浪漫主义、到写实主义、到新浪漫主义的历史变迁。所谓文学进化论,对于茅盾来说,在以下两个方面是有其积极意义的:一是吸收其变化、发展的文学观念,来作为反对旧文学提倡新文学的一个理论根据;二是用西方文学发展的进化程序作为参照,来确定中国文学已达到的阶段和必将进入的新的阶段。他认为:"我们都还是停留在写实以前"[1],"西洋文学进化途中所已演过的主义,我们也有演过之必要,特别自然主义尤有演过之必要"[2],所以要"先造出中国的自然主义文学来"[3]。而按照他当时的理解,这里的"自然主义",其实质内容也就是"写实主义"。

当然,他所接受的文学进化论也有消极的东西。他离开了社会经济发展的基础而孤立地看待西方文学发展的历史进程,并将它视为固定的普遍的程式,这也是不待言的。像当时的大多数新文学家一样,

---

① 《小说新潮栏宣言》,《小说月报》第11卷第1号,1920年1月。
② 《文学作品有主义与无主义的讨论》,《小说月报》第13卷2号,1922年2月。
③ 《评四五六月的创作》,《小说月报》第11卷8号,1921年5月。

文学进化论曾经激动了他对文学革命和提倡写实主义的最初要求,然而,更深刻的见解却发生于"为人生"这一基本态度。茅盾在对于整个欧洲文学发展历史的广泛深入探究的基础上深刻认识到:"浪漫文学专描写上等社会的生活,写实文学专描写下等社会的生活","浪漫文学大都重艺术,写实文学重人生";正是基于对"重人生"与"写实文学"的内在联系的深刻理解,茅盾选择了"写实主义"作为自己"为人生"的文学的艺术主旨。他认为,"中国现在要介绍新派小说,应该先从写实派、自然派介绍起"①,"取西洋写实自然的往规,做个榜样,然后自己着手创造"②。他当时曾在与拉封丹、波特莱尔的对比上肯定了法国现实主义先驱福楼拜对于文学发展的意义:"对于这三位法国文学家,我们应该觉得佛罗贝尔的纪念会有更重大的意义;就世界文学的全体而言果然如此,即就中国新文学的将来而言,恐怕亦是如此。"③

　　如果说他在"为人生"与"为艺术"的对峙中作出自己的抉择时较多地接受了俄国19世纪文学的影响,那么他在探讨现实主义文学的自身艺术特质时,则在广泛地研究了欧洲各国现实主义文学共同特征的基础上,着重对法国的现实主义理论进行了借鉴。而在对法国现实主义以及自然主义理论的扬弃、改造上,他则又回到19世纪俄国文学的传统上来,并由此而形成了他的现实主义理论的自身特色。

　　对现实主义理论的借鉴之所以注重于法国,这不仅由于在它的国土上曾经涌现出司汤达、巴尔扎克、福楼拜等一代现实主义大师,而且由于它把文艺上日渐形成的一种倾向推动为一种社会性的文艺思潮,并因此而造就了欧洲19世纪的现实主义运动。尽管最早觉察到这个新的倾向并在"现实主义"概念下进行了最初的理论概括的作家并不是法国人,然而,现实主义的追求客观真实性,面向"穷苦人黯淡而艰难的生活"的

---

① 《小说新潮栏宣言》,《小说月报》第11卷1号,1920年1月。
② 《答黄君厚生〈读小说新潮栏宣言的感想〉》,《小说月报》等11卷4号,1920年4月。
③ 《纪念佛罗贝尔的百年生日》,《小说月报》第12卷12号,1921年12月。

固有特征及其与近代自然科学、近代哲学的本质联系，无疑是在法国文学中最先成熟起来的。茅盾很早就注意到西方文学发展的这一现象，他指出："最初写实主义的兴起，还是从艺术上革命，攻击浪漫文学。他们的元勋，几乎都在法国生产。法国的文学，每每能够影响世界的文学。"他的现实主义主张较多地受到法国文学的影响是不难理解的。

然而茅盾对"写实主义"的认识，由于包括了继之而起的自然主义思潮的影响，呈现出十分复杂的状态。于是，在茅盾的理解中，写实主义与自然主义有着什么关系，成为我们首先要探讨的问题。

有的论者认为：茅盾先是接受了写实主义，而后"对于写实主义的看法有了改变"，"转而倡导自然主义"。有的论者认为：茅盾当时把写实主义视为"一个大于'自然主义'的概念"，自然主义不过是写实主义的组成部分。这两种看法都认为茅盾当时已经认识到写实主义和自然主义是两个不同的概念。笔者认为这种描述并不符合茅盾当时的实际认识。事实上，在上面所提及的那些标志着茅盾对写实主义的最初的理论认识的文章中，他恰恰是把写实主义与自然主义并提的。他有时从历史的角度把自然派看作是写实派的发展，更多的时候却是从艺术性质的角度将自然派与写实派看作是相近的概念。不能说他将二者看得毫无区别（他在认识它们的固弊时是将二者做了区别的，这点本文下面将要述及），但值得注意的是：在对写实主义或自然主义作肯定性的介绍或提倡时，他很长时间里几乎不着意于它们在内涵的差别。而往往在同一篇文章里，将"写实主义"与"自然主义"并用或互换（仅《小说新潮栏宣言》一文，"写实派""自然派"并用的就有三处）；同时，他当时对"写实主义"或"自然主义"的具体解释，也很难说有什么实质性的差别。如：

> 写实派用客观的眼光、科学的方法，做长篇小说和短篇小说，叫人读了犹如亲历。

> （《近代文学体系的研究》，1921.12）

自然主义的真精神是科学的描写法。见什么写什么,不想顺丑恶的东西上加套子。这是他的共通的精神。

(《曹拉主义的危险性》,1922.9)

一个是"客观的眼光",一个是"科学的描写法",这样两个基本特点都体现在茅盾对写实主义和自然主义的解释中,这说明,直到 1922 年,即他在"狠狠提倡"自然主义的时候,他仍然是将二者在艺术性质上视为相同或相近的。所以,尽管他曾经介绍过一些国外批评家将"在描写法中客观化的多少"看作"写实主义与自然主义之区别";然而,在他看来,"文学上的自然主义与写实主义实为一物"[①]。他后来说:"我自己在那时候是一个'自然主义与旧写实主义'的倾向者。"[②]他并没有把自己的前期文艺思想断然划分为受写实主义影响与受自然主义影响两个阶段。当然,他当时对写实主义和自然主义的态度是有过变化的,这变化在于:在 1921 年上半年以前,他对写实主义和自然主义的态度是"大力介绍"[③](他此时所提倡的是以罗曼·罗兰的新理想主义为代表的"新浪漫主义",按照他的解释,我们可以将它理解为对一种新的更符合于时代要求的现实主义的探索和追求;至于他与"新浪漫主义"的关系,将于"新浪漫主义的引进与再认识"中撰述),在概念上较常使用的是"写实主义";自 1921 年下半年以后,他对写实主义和自然主义从"大力介绍"推进一步为"提倡"(然而,他至此也没有放弃对新的现实主义的追求,只是由于更充分地估计了"礼拜六派"对文坛的恶劣影响,所以认为"提倡"自然主义"在当前是必要的"[④]),较常使用的概念是"自然主义"。把这

---

① 《通讯·自然主义的怀疑和解答》,《小说月报》第 13 卷 6 号,1922 年 6 月。

② 《答国际文学社问》,作于 1934 年 3 月,最初发表于《大众文艺》第 2 卷第 2 期(1940 年 11 月),题为《中国青年已从 10 月革命认识了自己的使命》;重刊于《新港》1957 年 11 月号,改题现名。

③ 茅盾在《我走过的道路》(上)中说:"我主张要大力介绍写实主义自然主义,但又坚决反对提倡它们",所说的是他在 1921 年上半年以前的态度。

④ 《我走过的道路》(上),人民文学出版社 1981 年版。

里的变化理解为具实质性意义的"转向",是不符合茅盾当时文艺思想的实际的。

把写实主义与自然主义笼统地看作为一个相同或相近的文艺潮流,在新文学运动初期,这样的理解并不只见于茅盾。胡愈之在"写实主义"概念下所介绍的同样包括了自然主义,他认为"写实主义与自然主义,在文艺上虽略有分别,但甚细微"①;谢六逸也认为:"其实自然主义与写实主义在实质上并没有什么区别。"②出现这种把二者视为"一物"的情况,这是因为:一方面写实主义与自然主义二者之间有着十分明显的"血缘的联系"。左拉就曾以司汤达、巴尔扎克为大师,认为"自然主义因巴尔扎克而胜利了"③,而茅盾等人当时正是从其"荦荦大端的共通精神"④上认识它们的;另一方面,"彼时中国文坛未尝有人能把自然主义、现实主义之界限划分清楚,当时文坛上,尚未见有人介绍马克思主义文学理论"。

在茅盾所概括的写实主义或自然主义的文学流派中,包括了法国的巴尔扎克、福楼拜、左拉……直到俄国的托尔斯泰、契诃夫以及高尔基等作家。那么,他从中理解的"荦荦大端的共通精神"又是什么呢? 或者说他主要是从哪些方面向写实主义和自然主义进行吸收的呢?

第一,无论是写实主义还是自然主义,它们都把"真实",尤其是客观的真实,视为文学的至高品格。巴尔扎克把"真实"看作是文学"成功的秘密",而左拉同样认为文学要"如实地感受自然,如实地表现自然",充分的客观性质是写实主义或自然主义"真实观"的共同基础。⑤茅盾所接受于写实主义或自然主义的,首先是对"真实"的追求。

---

① 愉之:《近代文学的写实主义》,《东方杂志》第 17 卷 1 号,1919 年。

② 《西洋小说发达史》,《小说月报》第 13 卷 5 号,1922 年 5 月。

③ 《戏剧上的自然主义》,《西方文论选》(下卷),上海译文出版社 1979 年版。

④ 茅盾:《"曹拉主义"的危险性》,《时事新报》副刊、《史学旬刊》第 50 期,1922 年 9 月。

⑤ 当然。严格说来二者的"真实观"并不完全一致,后者把真实仅仅看作是对自然的一种"证实",那种"绝对的客观"观念必然导致文学只能在"事实"的泥地上爬行,"也就违背了每一种艺术的本质"(梅林语);而前者恰恰肯定了典型化追求在艺术创造上的决定性意义。

他认为:"自然主义者的最大目标是'真'"①,这是因为"科学的精神重在求真,故文艺亦以求真为唯一的目的"②。他始终把文学的功利性、艺术性统一于文学的真实性,"'美'、'好'是真实"③,"不真就不会美,不算善"。他把真实看作是艺术创造的基础。茅盾所理解的真实,首先是客观的真实,在此基础上达到客观真实与主观真实的统一。由于他清楚地认识到"文学家所欲表现的人生,决不是一人一家的人生,乃是一社会一民族的人生",与以"社会人生"为内涵的客观真实相适应,他所要求表现的"主观真实",则"一定是属于民众,属于全人类,而不是作者个人"。④

第二,为了走向真实,茅盾提倡"实地观察"。他认为:"若求严格的'真',必须事事实地观察。""写实是注意观察"⑤、"自然派的精神并不只在所描写者是实事,而在实地观察后方能描写"⑥。他曾多次著文介绍福楼拜《萨朗波》的创作过程:"照题材看来,这书应是浪漫的著作,但佛罗贝尔却用自然主义的描写方法去描写:他不但搜罗一切关于卡柴其风化习惯的材料,读尽一切讲到卡柴其的书,并且亲自到丢尼斯(Tunis)⑦一趟,探看'地方色'。"⑧他认为,"这种实地观察的精神,到自然派便达到极点"⑨,如左拉之写《小酒店》。茅盾把写实派和自然派的实地观察精神,用来针砭当时文坛上的"但凭想当然"的积习,提出"新文学的写实主义,于材料上最注重精密严肃,描写一定要忠实。譬如讲佘山必须至少去过一次,必不能无的放矢。"⑩他在这里所讲的"实地观察"的对象,

---

① 《自然主义与中国现代小说》,《小说月报》第 13 卷 7 号。

② 《文学与人生》,收入 1922 年《松江第一次暑假学术演讲会演讲录》。

③ 《文学和人的关系及中国古来对于文学者身份的误认》,《小说月报》第 12 卷 1 号,1921 年 1 月。

④ 《小说新潮栏宣言》,《小说月报》第 11 卷第 1 号,1920 年 1 月。

⑤ 《文学上的古典主义浪漫主义和写实主义》,《学生杂志》第 7 卷第 9 号,1920 年 9 月。

⑥ 《一般的倾向》,《时事新报》副刊《文学旬刊》,1922 年 4 月。

⑦ 现译为:突尼斯。下同。

⑧ 《纪念佛罗贝尔的百年生日》,《小说月报》12 卷 12 号,1921 年 12 月。

⑨ 《自然主义与中国现代小说》,《小说月报》第 13 卷 7 号。

⑩ 《什么是文学》,松江暑期演讲会《学术演讲录》1924 年第 2 期。

仍集中于社会人生,而不是身边的"琐屑事故"。

第三,由于追求客观真实,"客观描写"就成为写实主义者和自然主义者共同遵循的方法。自然主义者认为"必须如实地接受自然,不从任何一点来变化它或削减它"[1]。而在现实主义者看来,"艺术家不该在他们作品里面露面,就像上帝不该在自然里面露面一样"[2]。前者把客观性原则推向极端。它甚至完全否认了主体在创作过程中的作用,这违反了任何一种艺术创造的本质,实际上是行不通的;而后者则并不否认艺术家在作品中的"存在",它只是不赞成艺术家赤裸裸地在作品中现身说法而已。二者在客观性上的不同态度,实质上反映的是艺术与非艺术的区别。然而,就"客观地描写"而言,这却是二者的共同特征。茅盾在谈到"实地观察后以怎样的态度去描写"时,正是根据了写实主义者和自然主义者这一共同的创作态度,提出:客观描写"这一点精神至少也是文学者的 ABC,走远路人的一双腿"[3]。在一段时间内,他为了"补救"中国现代小说"向壁虚构"的"弱点",以至注重于左拉的"纯客观态度",认为"左拉这种描写法,最大好处是真实与细致。"[4] 这固然是作为权宜之计,而其中的理论偏颇却是很明显的。

笔者认为,以上三点是茅盾接受于写实主义和自然主义的主要之处。我们还要考察的是:这种影响对于茅盾的早期文学思想来说意味着什么?或者说茅盾在进行了上述几方面的吸收后,他的文学主张从总体上说究竟是现实主义的,还是自然主义的?

这首先必须弄清他对写实主义和自然主义的固有缺陷的认识。茅盾晚年在回忆录中说:他对它们的最初态度是"主张先要大力地介绍","但又坚决地反对提倡",后来的态度有所改变,认为"提倡自然主义,在

---

① 左拉:《戏剧上的自然主义》,见《西方文论选》(下卷),上海译文出版社 1979 年版。
② 福楼拜:《致乔治·桑》,1875 年 12 月。
③ 《"曹拉主义"的危险性》,《时事新报·文学旬刊》第 51 期,1920 年 9 月 21 日。
④ 《自然主义与中国现代小说》,《小说月报》第 13 卷第 7 号,1922 年 7 月。

当前是必要的"。我们认为茅盾的这些追述基本是准确的。应该说,他对写实主义、自然主义的固有缺陷是始终持清醒的批判态度的,即使是后来的"提倡",那也只是在"当前"有其必要性,他甚至比以前更激烈地否定了"自然派作品里所含的思想"。他所批评的对象,主要是法国以及北欧的写实主义作家和自然主义作家。

不同于他在接受对方的"荦荦大端的共通精神"上将自然主义、写实主义视为一物,茅盾在认识二者的固有缺陷时对之是有所区别的。他最早对写实主义的批评见于《托尔斯泰与今日之俄罗斯》,所指的是挪威的易卜生在与托尔斯泰对比上的局限,而较集中表达他对写实主义的批评的是《文学上的古典主义浪漫主义与写实主义》一文。他把写实主义分为两种:一是"纯粹的写实主义",指的是"法国出产"的那种本色的写实主义;一种是"主义的写实主义",指的是以俄国的托尔斯泰为代表的有着浓厚理想色彩的写实主义,除了俄国作家以外,也包括波兰的显克维支、挪威的比昂逊等。他所批评的只在于"纯粹的写实主义"。他认为这种写实主义的根本毛病在于:一是"太重客观的描写",其弊在"枯涩而乏轻灵活泼之致";二是"太重批评而不加主观的见解",其弊在于缺乏理想的光照,"使读者感着沉闷烦忧的痛苦,终至失望"。显然,这里的两点批评不仅对于写实主义,而且对于自然主义也是适用的。

至于自然主义的缺陷,茅盾在《霍普特曼的自然主义作品》、《自然主义与中国现代小说》、《"曹拉主义"的危险性》等文章中阐述得较为充分。茅盾指出自然主义是把写实派文学的上述局限加以恶性发展的:由于"以为人在灵肉两方都是脆弱的"和"推尊遗传学说里的假设",自然主义者"爱描写环境与遗传的无限的势力",他们的作品所体现的不仅是"太重客观"的问题,而且是陷入了"物质的机械的命运论","使人消失奋斗的勇气";由于认为"人生的主体实是黑暗的野蛮的",自然主义作家"最爱取下流人的酗酒、犯罪、兽欲以为题材","专在人间看出兽性",使读者看人生是一片"绝望"。不难看出,茅盾在这里所概括的只是自然主义文学的特有缺陷,一般说来,它们并不属于写实主义。

如上所述,茅盾对写实主义以及自然主义始终是持鲜明的批判态度的。这样,对于写实主义或自然主义,茅盾当然是既有所吸收,又有所摒弃的。他说过:"我们要从自然主义者学的,并不是命运论等等,乃是他们的客观描写与实地观察。"他把它们的"技术"与"思想"做了区分,而对于"思想",他拒斥的只是"左拉的偏见",至于"正视人间的丑恶","面向下层社会"的主张,他仍然认为是应该接受的。很显然,经过如此这般的分解之后,出现在茅盾早期文艺思想中的写实主义或自然主义,已不再是 19 世纪欧洲传统的写实主义或自然主义了。那么,这种变化对于理解茅盾早期文学思想的总体倾向来说意味着什么呢?

首先,这意味着茅盾尽管受了自然主义文学的种种影响,但在本质上他不是一个自然主义者。二三十年代国内有人认为他是自然主义者,至今国外还有人在重复这个看法。他们都漠视了茅盾对自然主义的有限吸收在其根本内容上是对文学的客观性原则的接受,他们也忽视了茅盾对自然主义的上述批判在规定其早期文学思想的非自然主义性上的决定意义。我们认为,自然主义作为一个庞杂的美学体系,它的各个部分的理论思想既有其相统一的一面,也有其相矛盾的一面,最突出的例证是左拉本人也无法在创作中坚持彻底的自然主义。这样,茅盾对其既有所吸收,又有所排斥,那也是很自然的。至于他所吸收的,恰恰是与写实主义相通的;他所排斥的,也正是自然主义所特有的。那么,结论只能是:与其说他是自然主义者,不如说他是写实主义者。

其次,这还意味着茅盾也不是 19 世纪欧洲传统意义上的写实主义者。在这里,我们不仅要重视他本人对写实主义文学的批评,而且要重视他对"纯粹的写实主义"和"主义的写实主义"的区分。对于后者,他在他的早期论文中从来没有进行过具有实质意义的批评①,对托尔斯泰

---

① 他仅在两处表示过不赞成托尔斯泰的极端的"为人生"的主张,所指大概是托氏晚年对艺术的根本否定。

以至显克维支①,他是始终持肯定态度的,而且,他的这种态度与他同时期对新浪漫主义"提倡"是相一致的。我们认为,茅盾此时所主张的是在文学的客观真实性基础上,达到"兼有浪漫精神与写实精神",综合表现人生的目的。正是在这一根本认识上,他将以托尔斯泰为代表的"主义的写实主义"和他所理解的以罗曼·罗兰的新理想主义为代表的"新浪漫主义"统一起来了。显然,他的这一主张从其总体来说属于现实主义,但又不是法国传统的那种"纯粹的写实主义"。即使在1921年下半年后"提倡"自然主义的阶段,他也没有放弃这一主张,在为反驳吴宓而写的《"写实文学之流弊"?》一文中,他仍然认为把"西洋写实小说"与"俄国写实小说""混捉在一起",实是大谬,"西洋写实小说中,果然有使人抑郁沉闷的作品,但非所语于俄国的写实小说";他又认为,"俄国写实派大家最有名的是果戈理(Gogol)、屠格涅夫、托尔斯泰、陀斯妥也夫斯基等四人,他们的作品都含有广大的爱,高洁的自己牺牲的精神,安得谓为'不健全的人生观'?"正是在这些对俄国文学的始终一贯的理解中,我们看到了他"提倡"自然主义的真正意图,也看到了他的早期文学思想的现实主义属性及其不同于"纯粹的写实主义"的固有特色。

他引用过克鲁泡特金关于俄国写实文学是"'新'写实主义"的论述,他自然是赞成这个看法的。我们认为,茅盾从不满于写实主义、自然主义固有缺陷出发,又回到俄国文学的传统上来。当然,这不是作为具体的历史过程,而是作为逻辑的过程来理解的,也就是说,他的对写实主义与自然主义的"介绍"或"提倡"始终都不是他这个时期文学思想的终点,他所属望的文学应该具有突破"西洋写实文学"的局限,既反映现实,又表现理想,综合表现人生的特质,他认为这是一种"最高格的文学"。

时代的特色

如上所述,茅盾"为人生"的现实主义文学观受到了外国——特别

_____

① 现译显克维奇。

是俄国和法国——的文学思潮的深刻影响,然而从根本上说,他仍然是以新民主主义革命的历史要求和在此历史要求规定下的新文学的伟大变革为出发点的。这样,他一方面越过西方世纪末以来的种种"新"派文艺思潮的蛊惑,恰恰选择了19世纪的写实主义(以及自然主义)作为建树自己文学主张的主要思想材料;另一方面,由于他是站在新的历史高度上,从容地审视着自文艺复兴以来欧洲诸种文艺思潮的消长起伏,那么他在对写实主义以及自然主义思潮的认识上,必然突破了19世纪的欧洲传统,而寻求一种新的写实主义。我们在其中所看到的是茅盾对处于伟大转折时期的民族生活、民族文学及其发展趋势的深刻理解,正是这种理解生发出了他对新文学的现实主义和现实主义应有的新的时代品格的执着追求,并由此而形成了他早期"为人生"的现实主义文学观的自身特色。

我们知道,西方的资产阶级民主革命是在长达数百年的时间内完成的,从欧洲一些主要国家的经验来看,它们的思想启蒙运动和政治革命是在不同的历史阶段上分别进行的。从15世纪开始的文艺复兴到1789年的法国大革命,中间经历了三百多年,而现实主义思潮正是在整个欧洲的资本主义革命已基本结束,资本的统治已经确立,新的矛盾开始暴露的历史条件下勃兴的。与此不同的是,中国的资产阶级民主革命并没有先经历过思想启蒙运动充分发展的阶段,它不是先打扫了奥吉亚斯的牛圈而后攻占巴士底狱的,历史把思想文化革命和社会政治革命的伟大任务同时推到了现实的舞台。如果说,西欧的现实主义文学思潮较多关心的还是文学自身的问题,它与文化思想的改革,尤其与政治革命仅有着稀薄的联系的话,那么,中国的新文学不仅直接作为新文化运动的重要方面军,而且形成了远比欧洲近现代文学更为鲜明的与政治革命同步前进的时代特色。中国新文学的现实主义思潮全部是在新民主主义思想文化运动和政治革命的历史进程中酝酿以至于成熟的,它作为时代的产儿,当然打上了母体的深刻的印记。在这一点上,它接近于俄国革命民主主义者别、车、杜等人的现实主义理论,而且比后者表现得更为鲜明,更为直接,更为具体,也更有理论的尖锐性和战斗性。这是中国新文学的现实主义思潮的一个根本特点。

　　作为这一特色的代表是鲁迅和茅盾。正如鲁迅把自己的创作称为"遵命文学"一样,茅盾的早期论文《托尔斯泰和今日之俄罗斯》也是以探求"俄国革命之动力"、进而昭明新文学与社会革命的内在联系为宗旨的。如果说鲁迅的前期小说主要是以"中国反封建思想革命的镜子"[①]显示着这一历史特色的话,那么,茅盾在这个时期所进行的理论探索,从它与新民主主义革命的联系来说,则是以追求文学与政治革命的直接结合为特色的。按照他的理解,"'五四'以来写实文学的真精神就在它有一定的政治思想(民族的自由解放和民众的自由解放)为基础,有一定的政治目标为指针"[②]。作为最早的共产党人之一,正如他的自述——"我的内心的趣味和别的许多朋友……则引我接近社会运动"[③]。这种"文学与政治的交错"的生活经历,他的政治信仰和从事实际革命活动的热情,当然在他的"为人生"的现实主义文学观的形成过程中留下了深刻的影响。我们这样说,并不是认为他早在20年代初期就已经用马克思主义观点去观察文学现象,相反,我们认为,对比于他早在1920年就"初步懂得了共产主义是什么,共产党的党纲和内部组织是怎样的"[④],他的马克思主义文艺观的最初形成则迟至20年代中期。只是我们应该注意到,他在这个时期的文学主张,饱胀着对党领导的政治革命的关切和热情。他往往从政治革命的角度,而不只是从一般的"为人生"的要求上,对新文学提出希望。他曾以俄国文学、挪威文学、匈牙利文学、波希米亚文学、保加利亚文学为例,说明文学不能脱离政治,而是"要向于政治的或社会的"[⑤]。他在《"大转变时期"何时来呢?》一文中,从"近年来政治的愈趋黑暗,民气的日益消沉"与"从前在民众中

---

　　①　见王富仁:《中国反封建思想革命的镜子》,《中国现代文学研究丛刊》1983年第1期。
　　②　《浪漫的与写实的》,《文艺阵地》第1卷第2期,1938年5月。
　　③　《从牯岭到东京》,《小说月报》第19卷10号,1928年10月。
　　④　《我走过的道路》(上),人民文学出版社1981年版。
　　⑤　《文学与政治社会》,《小说月报》第13卷9号,1922年9月。

活动,鼓动民众向前的青年们,现在多意气颓唐"这一政治现象上,揭示了"五四"退潮后文坛上的唯美派、颓废派产生的社会根源。他的《杂感——读代英的〈八股〉》是对早期共产党人文学主张的热烈响应,而恽代英的文章正是从新文学必须"能激发国民的精神,使他们从事于民族独立和民主革命的运动"这一要求出发,去批评文坛上的种种形式主义倾向的。

这样,我们看到,作为新文学现实主义思潮的一个代表,茅盾之追求新文学与政治革命的结合,除了在根本上是由中国革命的历史任务所规定的之外,还有着源于个人经历、个人认识的深刻原因。

开放性是茅盾早期现实主义主张的又一个特色。尽管茅盾较多地接受了俄国、法国的现实主义思潮的影响,然而这决不意味着他把自己的视野局限在现实主义的范围之内。他认为:"浪漫主义所本有的思想自由,勇于创造的精神,到万世之后,尚是有价值,永为文学进化之原素。"① 至于他一度"提倡"以罗曼·罗兰的新理想主义为代表,而又包括了象征主义等"新"派文学在内的新浪漫主义,则更说明了他的对外国文艺思潮流派的吸收不是单一的,而是多方面的。正是多方面的影响,形成了茅盾早期现实主义主张的开放性。实质上,他所提倡的是企图兼取浪漫主义、写实主义之所长,而弃其所短,并将二者溶合在一起的某种"主义"。从其总的倾向来说,它当然仍属于现实主义,然而由于充分地体现了新民主主义革命的时代精神,由于强调在"如实写出"中表现主体的社会理想,它又不是19世纪欧洲的那种传统的写实主义,而是一种具有许多新特点的现实主义。

显然,这种新的现实主义已不是传统的现实主义理论所能完全规范的。因此,需要对这一"开放性"特色作进一步说明的是下列两点:

一是它的不稳定性。茅盾的不满于写实主义和自然主义的固有缺陷,他的对新浪漫主义的"提倡",说明了他并不固守19世纪的欧洲传

---

① 《文学上的古典主义浪漫主义和写实主义》,《学生杂志》第7卷第9号,1920年9月。

统,而寻求着"更高格"的新的现实主义;然而在全面了解苏联社会主义现实主义文学之前,在他发展为革命现实主义者之前,他的种种"突破"和"寻求"往往只是片断的,不很明确的,甚至混杂着对文学的某些不正确理解,如对"表象主义"的"提倡"。这种情况造成了他的早期文艺思想在现实主义总体倾向下的某种不稳定性。

二是它蕴藏着向革命现实主义发展的内在要求。如同上面所论述的,他的对旧写实主义传统的"突破",意味着在寻求一种新的现实主义,以此为出发点走向革命现实主义是完全可能的;不仅于此,从他政治思想上逐渐成熟起来的马克思主义"信仰",从他对早期共产党人文学主张的响应,从他对高尔基创作意义的重视,从他对文学反映第四阶级生活状况的关注,他早期"为人生"的现实主义文学观中蕴藏着向革命现实主义发展的必然要求,这是不难理解的。

革命现实主义文学观与苏联文学的影响

无产阶级文学观的最初形成

在茅盾早期"为人生"的现实主义文学观中，我们已经看到了对一种更适合于新民主主义革命历史要求的新的现实主义的探求。但是，他当时对这种新的现实主义的思想基础、理论形态及其美学意义都还没有一个较为明确的看法。作为这一探索的结晶，则是革命现实主义文学观的最后形成和臻于成熟。

茅盾的革命现实主义文学观首先孕育的是对文学的阶级性质的明确认识。在这一认识的基础上，他从提倡"为人生的艺术"转向提倡"为无产阶级的艺术"，并把后者看作是前者的"修正和补充"。

从 1919 年年底起，茅盾"开始接触马克思主义"[①]，并在不久之后就表示了对马克思主义的"确信"[②]。政治思想的发展促进了他文学思想的相应发展。20 年代初，他开始关注十月革命后的苏联无产阶级文学运动。在《小说月报》全面革新后，茅盾就在该刊新辟的"海外文坛消息"一

---

① 《我走过的道路》（上），人民文学出版社 1981 年版。
② 《五四运动与青年底思想》，《民国日报》副刊《觉悟》，1922 年 5 月 11 日。

栏中,接连撰文介绍"劳农俄国"的文艺状况,对苏维埃政权下"艺术的自由发展"① 表示了极大的热诚和赞美。然而,由于客观对象尚处于萌芽状态,他这时对苏联文学的发展还没有较为全面的了解,即使是对高尔基的认识也大多是根据他的早期创作,所以,此时苏联革命文学对他"为人生"的文学观还未产生实质性的影响。在文学的社会性质上,他提倡的仍然是"平民文学",是"为人类呼吁"。自然,他这时所主张的"描写下等社会的生活"中也包括了对"第四阶级"即无产阶级的生活的真实反映的问题,但他显然还没有完全了解后者在文艺美学上的独立意义。

如果说,茅盾在20年代初期所显露的对苏联文学的关注和有限的理解仅仅表现为革命现实主义因素在作者文学思想中一种量的积累的话,那么,"以苏联文学为借鉴"、写于1925年的《论无产阶级艺术》,则可以看作是茅盾的文学思想从"为人生"到"为无产阶级",从旧现实主义到革命现实主义这一重大发展中开始出现质变的确证。关于这篇论文,茅盾后来说:

> 在1924年,邓中夏、恽代英和泽民等提出了革命文学的口号,之后,我就考虑要写一篇以苏联的文学为借鉴的论述无产阶级革命文学的文章。我的目的,一则想对无产阶级艺术的各个方面试作一番探讨;二则也有清理一番自己过去的文学艺术观点的意思,以便用"为无产阶级的艺术"来充实和修正"为人生的艺术"。②

事实上,他的这一变化在早于《论无产阶级艺术》两个月前写的《现成的希望》一文中就已略显端倪。他说:

> 描写无产阶级生活的文学,自近代俄国诸作家——特别是高尔基——而确立。可是英国的狄更斯,早就做了许多描写无产阶级生

---

① 《海外文坛消息·劳农俄国治下的文艺生活》,《小说月报》第12卷1号,1921年1月。
② 《我走过的道路》(上),人民文学出版社1981年版。

活的小说。批评家把两者不同之点指给我们看到：读了狄更斯的小说，只觉得作者原来不是无产阶级中人，是站在旁边高声唱道："你们看，无产阶级是这般这般呀！"但是读了高尔基等人的作品，我们读者却像走进了贫民窟，眼看着他们的污秽褴褛，耳听着他们的呻吟怨恨。为什么呢？因为狄更斯自身确不是无产阶级中人，而高尔基等则自己是无产阶级，至少也曾经历过无产阶级的生活。

把这段话与《俄国近代文学杂谭》①做一比较，有以下三点是值得注意的：一是在俄国诸作家中，突出了高尔基创作的重大意义；二是用"无产阶级的生活"代替了笼统的"下流社会的苦况"；三是对造成艺术表现的差别的个人原因的探索上，指出其根本在于作家是否"自己是无产阶级"的问题。这里的变化发展是十分显明的，体现了作者从新的思想高度上对以高尔基为代表的新的文学潮流的重新认识。

当然，更鲜明也更系统地表明这种变化的还是《论无产阶级艺术》。在这篇文章里，茅盾以马克思主义的阶级论批评了罗曼·罗兰"民众艺术"。他认为："在我们这世界里，全民众，将成为一个怎样可笑的名词？我们看见的是此一阶级和彼一阶级，何尝有不分阶级的全民众？""罗曼·罗兰民众艺术，究其极不过是有产阶级知识界的一种乌托邦思想而已。"正是在这个意义上，他充分肯定了以高尔基的创作为前驱，以十月革命后的苏联社会主义文学为后继的"能够表现无产阶级的灵魂，确是无产阶级自己的喊声的"无产阶级文学潮流在文学史上的伟大意义和独立地位。他指出："我们要为高尔基一派的文艺起一个名儿，我们要明白指出这一派文艺的特性、倾向，乃至其使命，我们便不能不抛弃了温和性的'民众艺术'这名儿，而换了一个头角峥嵘，须眉毕露的名儿——这便是所谓'无产阶级艺术'。"他从苏联革命文学的初期实践中总结了无产阶级艺术所要表现的无产阶级精神的问题，指出："描写无产阶级生活"并非无产阶级艺术的本质特征，无产阶级艺术的根本要求在于体现"集

① 刊于《小说月报》第11卷1、2号，1920年1—2月。

体主义的,反家族主义的,非宗教的"无产阶级精神,它在内容上不仅要反映社会生活的现实,而且要表现无产阶级的"要建设全新的人类生活"的理想。

此外,他还考察了无产阶级艺术产生的条件,着重指出:"新艺术是需要新土地和新空气来培养"的,所谓"社会选择",其真正的含义也就是社会上"居于治者地位"的阶级的选择;而文艺的批评则是这种"社会选择"之"系统的艺术化的表现","所以无产阶级艺术的批评将自居于拥护无产阶级利益的地位而尽其批评的职能"。

我们不难看出,上述论点的基础则是马克思主义的阶级论,尤其是马克思主义关于无产阶级的历史地位和历史使命的学说。茅盾用这一基本观点去观察、分析历史上的文学现象,特别是苏联正在崛起的无产阶级文学运动,而后者的"伟大的创造力"显然也有力地促成了他从"为人生的艺术"到"为无产阶级的艺术"的深刻转变。这个转变自然包含了对他早期文学思想的部分否定。他后来这样说过:"对于布尔乔亚的文学理论,我曾经有过相当的研究,可是我知道这些旧理论不能指导我的工作,我竭力想从'十月革命'及其文学收获中学习;我困苦地然而坚决地要脱下我的旧外套。"[1] 作为对无产阶级艺术理论的一个自觉探求过程,《论无产阶级艺术》是具有特别重要的意义的。

当然,他并没有因此而否定"人生派",而在提出"无产阶级艺术"口号的同时,又认为新文学中"人生派"的主张是"较妥的说法"。[2] 他只是以马克思主义的阶级论将它提高到一个更高的层次,即无产阶级艺术论的层次。这样,他的"为无产阶级的艺术"主张既是对早期的"为人生"的文学观的修正,又是其必然的合理的发展。

---

① 《答国际文学社问》,作于 1934 年 3 月,最初表示于《大众文艺》第 2 卷第 2 期（1940 年 11 月）,题为《中国青年已从 10 月革命认识了自己的使命》;重刊于《新港》1957 年 11 月号,改题现名。

② 《告有志研究文学者》,《学生杂志》第 12 卷第 7 号，1928 年 7 月。

从"新写实主义"到"社会主义现实主义"

《论无产阶级艺术》以及在这前后的几篇论文标志着茅盾的无产阶级文学观的最初形成,我们由此可以看出苏联文学的影响在茅盾的文学思想发展进程中的重大意义。

然而这对于作为完整的文艺美学体系的革命现实主义来说还仅仅是一个开始,体现在《论无产阶级艺术》中的对苏联社会主义文学的认识还只是总结了客观对象的一般阶级的特征,而较少深入到它的现实主义的美学底蕴。因此,我们认为茅盾此时还未达到对革命现实主义的成熟理论认识的阶段。经过一段曲折之后,茅盾的革命现实主义文学观才逐步臻于成熟。他在 20 年代末以及后来的大量论文中表明了自己的完整的富于创造性的革命现实主义主张。

为了促进新文学的健康发展,茅盾像以前一样,仍大量译介外国文学,其重点则是苏联的社会主义现实主义文学。他把《铁流》、《毁灭》等作品看成是"我们"的。[①]从茅盾所翻译的铁霍诺夫的《战争》、卡达耶夫的《团队之子》、格罗斯曼的《人民是不朽的》等作品中,更从他所撰写的有关苏联文学的评论中,我们可以看到他的革命现实主义文学观,从形成到成熟都是与苏联社会主义现实主义文学的影响分不开的。

茅盾曾先后使用过"新写实主义"、"新现实主义"或"社会主义现实主义"等概念,它们的各自内涵,按照他的解释,并无实质性的差别。他后来更常用的是"革命现实主义"这一为我国理论界所习惯了的概念。我们不想在这里讨论这些概念本身的细微差别,而只是具体地考察他的革命现实主义主张的丰富内涵,并进而探讨苏联文学在其中的影响。

诚然,他早在 1921 年就使用过"新写实主义"这一概念,但他是在

---

① 《中国苏维埃革命与普罗文学之建设》,《文学导报》1 卷 8 期,1931 年 11 月。

这样一个意义上使用这个概念的:"近代思想复由唯实主义转到新唯实主义,所以文学上也由写实主义转到新写实主义"①,所指并不是革命现实主义。后来他又在另一个意义上使用了这一概念,它正是在介绍苏联文学时使用的,然而它指的是一种"文体"②,而不是一种新的文学思潮和创作方法。四年后,他在《从牯岭到东京》一文中又重复了这种看法。这说明直到 1928 年他还"不懂得这个名词的含义"③。真正赋予"新写实主义"以明确的革命现实主义内涵的是写于 1929 年的《读〈倪焕之〉》。茅盾在这篇文章中说:

> 所谓时代性,我认为,在表现了时代空气而外,还应该有两个要义:一是时代给予人们以怎样的影响,二是人们的集团的活力又怎样地将时代推进了新方向,换言之,即是怎样地催促历史进入了必然的新时代,再换一句说,那是怎样地由于人们的集团的活动而及早实现了历史的必然。在这样的意义下,方是现代的新写实派文学所要表现的时代性!

显然,这里的"新写实派文学"所要具备的"两个要义"正体现了革命现实主义的本质特征。对此进行了更明确阐述的是写于同年的《西洋文学通论》。他指出:"高尔基是把……写实主义在新基础上重新复活了的;他的客观描写不是冷酷的无成心的客观,而是从客观的事物中找他的主观的信仰的说明;他亦科学的分析社会力之构成及其发动姿态,可是他的《母亲》不像左拉的《矿工》之终于失望;他冲破了神秘主义的迷雾,将地下的烈火照耀了人间。"他从高尔基身上所认识到的"新写实主义"是以如实地反映人民群众(集团的而非个人的)历史创造性和主动性(行动的而非空想的)为核心的,而要做到这一点,必须"把耳朵贴在泥土上静听",深刻理解"社会力"的冲动对创造新世界的意

---

① 见《近代文学体系的研究》,收入《中国文学变迁史》,上海新文化出版社 1921 年版。
② 《海外文坛消息·俄国的新写实主义与其它》,《小说月报》15 卷 4 号,1924 年 4 月。
③ 《我走过道路》(中),人民文学出版社 1984 年版。

义。他特别指出高尔基的以《母亲》为代表的第二期创作由于在"人物和题材"上转向了描写觉醒的无产阶级及其生活,因此是"更写实的",改造社会的"目的"也"更显明",人物的行动性更强烈,集团主义的意识也更自觉,其"基调"是"对于将来的确信"。他不再像过去那样笼统地认识和评价高尔基的创作,他对《母亲》的大力肯定说明了他对社会主义现实主义创作原则的深刻认识。在另外一些文章里,他更明确地指出:"要找社会主义者的高尔基,则他的第二期作品就不能不被推举了",其中的人物"是有政治觉悟及阶级觉悟的劳工者"。①

同样的认识还体现在茅盾对十月革命后苏联文坛上出现的无产阶级作家的评述上。他认为以格拉特珂夫、法捷耶夫等作家为代表的"写实主义是不仅以描写现实为满足,是要就'现实'再前进一步,'预言'着未来的","这写实主义……是要描写'集团'如何创造了'新的人',又创造了新的社会;这个写实主义的人物当然不能是个人主义的英雄,而是勇敢的有组织的服从纪律的新英雄"。无产阶级作家表现的是比"同路人"作家所表现的"更深切而真实的人生"。茅盾认为这种"再兴的写实主义"与旧现实主义相比具有"性质上的不同",是谓"新写实主义"。

随着苏联"社会主义现实主义"口号的提出,茅盾在 1933 年 5 月第一次运用"社会主义现实主义"的概念评价了田汉的戏曲。② 显然,茅盾所论述的苏联文学的"新写实主义"与他在《读〈倪焕之〉》中对"新写实派文学"即革命现实主义的理解,苏联的"社会主义现实主义"口号的提出与茅盾运用这个概念所进行的批评,其中有着十分明显的联系,而我们则是在下列理论原则上理解这种联系的:革命现实主义,或新写实主义,或社会主义现实主义,是自为的无产阶级对文学的

---

① 《关于高尔基》,《中学生》创刊号,1930 年 1 月。
② 《读了田汉的戏曲》,《申报》副刊《自由论》,1933 年 5 月 17 日。

召唤,是社会主义运动在艺术领域结成的一个硕果,它所追求的真实是一种在历史的革命发展中的生活的真实,因此与任何客观主义或自然主义是不相容的,它反对将生活做静止的描写,明确要求作家对整个世界持有马克思主义的洞察和预见,在人民群众的自觉的历史活动的具体描写中或内在要求的充分表现中去反映社会生活的真实。

"锻炼出一双正确而健全的普罗列塔利亚意识的眼睛"

我们曾把对文学的思想倾向性的重视看作茅盾早期"为人生"的文学观的一个特点,然而只有革命现实主义才真正实现了"新思想"与现实主义基本要求的科学统一。在向革命现实主义进发的途中,他逐渐抛弃了"永存的人性"等非马克思主义的、含混的"新思想"的命题,而提出:无产阶级的理想是"要建设全新的人类生活","社会主义的建设的理论是必要的。无产阶级艺术也应当向此方面努力,以助成无产阶级达到终极的理想"。① 他正是在马克思主义世界观上找到了"新思想"的唯一归宿,也找到了革命现实主义的哲学基础。

马克思主义世界观的指导是革命现实主义区别于旧现实主义的基本标志。在旧现实主义范畴内的种种文学思潮和创作,它们往往不能做到世界观和创作方法的和谐统一。那种世界观和创作方法的矛盾实质上反映的是作家主观世界的内在冲突,即使在被茅盾称为"主义的写实主义"的托尔斯泰那里,他一方面对沙俄时代的社会生活进行了"无与伦比"的真实描绘,另一方面又摆脱不了托尔斯泰主义的可笑说教,体现在创作中的这种外在冲突,正是内在的"托尔斯泰观点中的矛盾"的外化。而在苏联的社会主义现实主义文学那里,它第一次把现实主义艺术的一般要求统一于"看到"和"表现"、"使生活走向社会主义"的现实内容,其中当然体现着作家种种直觉的以至于自觉对社会主义的感受和理

---

① 《论无产阶级艺术》,《文学周报》第 172、173、175、196 期,1925 年 5 月。

解的。在革命现实主义与旧现实主义这一根本区别的理论认识上,茅盾显然受到了苏联文学的深刻影响。

他认为:客观生活不可能直接进入文学作品,它必须转化为形象（或"意象"）,而形象正是人脑的审美（广义的）的反映。所以,那种摒弃了主体的创造活动的"客观"反映是不可思议的。对于革命现实主义作家来,则"须先准备好一个有组织力、判断力、能够观察分析的头脑,而不是仅仅准备了一个被动的传声的喇叭;他须先的确能够自己去分析群众的噪音,静聆地下泉的滴响,然后组织成小说中人物的意识"①,指出了作家具有马克思主义世界观在对生活做能动反映中的至关重要的意义。正是在"证明被压迫的无产阶级有怎样不同的思想方式"②上,他将革命现实主义与旧现实主义做了原则的区分。他后来还多次就苏联的社会主义现实主义的作品指出革命的世界观和人生观,对创作的重大意义,强调生活的实感与思想的联系。③ 如果说,茅盾在《论无产阶级艺术》中还未曾把伊凡诺夫、赛甫琳娜等"同路人"作家与法捷耶夫、富曼诺夫 ④、绥拉菲摩维支等无产阶级革命作家加以区分而显出对"人生观"认识上的某种不明确的话,那么,在《西洋文学通论》中他就注意指出:"同路人"作家由于"并没体认到革命的全体","对于共产主义也是门外汉"而带来的对社会生活反映上的某种片面性,尽管他们对于革命也有着某种程度的出于直感的认识。如对"同路人"作家皮涅克,茅盾认为他的局限就在于"不曾往前走",以寻求"革命的核心",尽管他是"上好的观察者",但是由于没有对于革命的"全体"的认识,他笔下的人物也只能"和皮涅克自己一样,是革命的'同路人'"。在《中国苏维埃革命与普罗文学之建设》中他指出:"'同路人'作家的皮涅克尚未能把苏联革命的主要意义和精神,很正确地在他作品

① 《读〈倪焕之〉》,《文学周报》第 8 卷 20 号,1929 年 5 月。
② 《文学者的新使命》,《文学周报》第 190 期,1925 年 9 月。
③ 参阅《关于〈人民是不朽的〉》,见《人民是不朽的》,中苏文化协会编辑委员会 1945 年版,后收入《茅盾全集》第 33 卷。
④ 现译富尔曼诺夫。下同。

内表现出来。"这里从世界观的根本原则上对无产阶级作家与"同路人"作家的区分,是有其深刻的理论意义的。这说明,在茅盾看来,对革命现实主义的自觉是以马克思主义世界观为基础的,因此,作家"锻炼出一双正确而健全的普罗列塔利亚意识的眼睛",乃是把握革命现实主义创作原则的必要条件。

然而辩证唯物主义并不能代替革命现实主义。茅盾在提出马克思主义世界观对革命现实主义创作方法所具有的决定意义的同时,又反对了另一种将文学创作"论文化"的倾向。他曾把这种倾向概括为"政治宣传大纲"加"公式主义的结构或脸谱主义的人物"这样一个公式,正是批评了初期无产阶级革命文学在艺术创造中的"左"倾幼稚病。就作品所表现的作家主观认识而言,这种公式首先破坏了马克思主义的生动性和创造性,由于脱离了思想所唯一依存的物质实体——具体的场景,具体的动作,具体的形象,他的"主义"或"思想"都只能是"耳食的社会科学常识或是辩证法"①。茅盾反对任何一种游离于形象以外的"目的意识",并因此而对小说《地泉》提出了批评,尖锐地指出这一类作品所反映的甚至是作家本身并末"真能够懂得"社会科学的"全部的透彻的知识"②。

茅盾所针砭的是创造社、太阳社作家在提倡无产阶级革命文学时的一种有害的倾向。众所周知,这种倾向是在苏联"拉普派"的教条主义的理论思潮的影响下形成的,茅盾对它的批评事实上包括了对"拉普派"错误的某种认识。如同在《论无产阶级艺术》一文中对萌芽期的苏联文学的某些不足仍进行了批评一样,茅盾在向革命现实主义进发的途中,在较多地接受苏联文学影响的同时又对之采取了审慎的态度,他所吸取的是社会主义现实主义文学的本质精神,而摒弃了对方在形成期上所不可避免的某些杂质。

---

① 《读〈倪焕之〉》,《文学周报》第 8 卷 20 号。
② 《〈地泉〉读后感》,《地泉》,上海湖风书局 1932 年版。

"最最主要的还是充实的生活"

茅盾认为要创造伟大作品,必须具备三个条件:一是"正确的观念",二是"充实的生活",三是"纯熟的技术"。而且他又认为"最最主要的还是充实的生活。只有从生活中把握到了正确观念方是真正的'正确',也只有从生活中体认出来的技术方是活的技术"①。这固然是针对当时左翼文坛的"概念化、公式化"的创作倾向而言的,然而对"生活实感"的强调却始终是茅盾革命现实主义理论的重要内容与鲜明特色。

茅盾认为,为了克服创作上的"脸谱主义"和"方程式"的描写,除了"更刻苦地去储备社会科学的基本知识"和"更刻苦地去磨炼艺术手腕的精进和圆熟"外,还要"更刻苦地去经验复杂的多方面的人生"。②为了提醒左翼作家注重"生活实感",茅盾多次撰文介绍高尔基的经历,揭示高尔基在社会底层丰富的生活阅历与他的现实主义创作的密切关系。他指出:"高尔基的生平也就等于一篇小说"③,"社会就是高尔基的学校,各项苦工就是高尔基的学科。他的敏锐的观察,生辣活泼的文章,都是他自学与经验的果实"。④他在日本所写的最后一篇论文《关于高尔基》,其目的是"为了指明,真正的普罗文学应该像高尔基的作品那样有血有肉,而不是革命口号的图解"⑤。他在介绍其他苏联作家时,也注意到"生活实感"问题,即使是"同路人"作家,他也指出:"他们确是和革命同时'生长'的,他们的观念形态都是从革命中取得的,他们各个以自己的态度接受革命。"⑥

为了更完整地理解茅盾有关"生活实感"的理论认识,指出下列两

---

① 《关于"创作"》,《北斗》创刊号,1931年9月。
② 《〈地泉〉读后感》,《地泉》,上海湖风书局1932年版。
③ 《西洋文学通论》,上海世界书局1930年版。
④ 《高尔基》,《中学生》第25号,1932年。
⑤ 《我走过的道路》(中),人民文学出版社1984年版。
⑥ 《西洋文学通论》,上海世界书局1930年版。

点还是有意义的:

第一,由于现实主义对真实的追求并不在于刻板地摹写生活,所以茅盾在强调创作应以"生活实感"为基础的同时,又认为有了"生活实感"不等于就有了"艺术真实"。他说:"作者所贵乎实感,不在'实感'本身,而在他能从这里头得了新的发现,新的启示",所以,须"先把自己的实感来细细咀嚼,从那里边榨出些精英,灵魂,然后转化为文艺作品"。①可见,茅盾提出的"生活实感"仍属于感性认识的范畴,它还是片断的,粗糙的,芜杂的,当然也是有待深化的,它必须经过提炼为形象以至于典型等一系列审美创造过程,才逐步到达更深一层次的艺术的真实。正是在这个意义上,他比较了"同路人"作家的创作与社会主义现实主义文学的区别,他认为前者选择的题材也是作家所"躬自体验过的",他们也如实写来,是"写实"的,但以"仅仅描写现实为满足",而后者则是"要就'现实'再前进一步",向更深层的真实掘进的,所以前者"实则只仅仅是内战时代动乱人生的小小的 Carticature(漫画)",而后者则表现了"更深切而真实的人生"。②

第二,茅盾在分析新文学运动初期创作上背离真实的原因时指出:"国内创作小说的人大都是念书研究学问的人,未曾在第四阶级社会内有过经验,像高尔基之做过饼师,陀思妥耶夫斯基之流过西伯利亚,印象既然不深,描写如何能真?"③他提出的补救方法则是"实地观察"和"客观描写"。此时,作为一个"'自然主义'和旧现实主义的倾向者"的茅盾,还没有明确地把握"实践"在认识中的意义。而在成为革命现实主义者之后,他更多的用"生活实感"代替了"实地观察",强调作家"从革命中取得"对生活的艺术的把握。茅盾用"生活实感"这个命题科学地解释了客观与主观、生活与艺术之间的中介,它意味着作家取得素材的过程本身就是一个"实践"的过程,是一个有目的的、主体积极参与的创造

---

① 《欢迎太阳!》,《文学周报》第 5 卷 23 期, 1928 年 1 月。
② 《西洋文学通论》,上海世界书局 1930 年版。
③ 《社会背景与创作》,《小说月报》第 12 卷 7 号。

过程,而不是对生活的冷漠的"观照",更不是原始形态的客观生活本身的实录。也许我们只有这样理解茅盾提出的"生活实感"的全部含义,才能领悟他多次介绍高尔基的生活经历对新文学建设的深远意义,才能明确茅盾的革命现实主义主张与旧现实主义在追求客观真实上的理论分野。

方法和技巧

对艺术技巧的重视是茅盾革命现实主义文学观的重要组成部分。值得指出的是:为了丰富和完善革命现实主义文学的艺术技巧,他指出了广泛地吸取外国优秀文学遗产的重要性,其中除了苏联的社会主义现实主义文学外,还包括了其他流派的文学,尤其是 19 世纪批判现实主义文学。这一面向世界的特点使他的革命现实主义文学观呈现出十分可贵的开放性。

在成为革命现实主义者后,他仍然整理出版了多种旧著,如《欧洲大战与文学》、《六个欧洲文学家》等,其目的也是在艺术上为新文学提供广泛的有益的借鉴。他一方面在介绍苏联文学时注意分析作家的独立风格和艺术技巧,另一方面又着重指出他们与古典现实主义文学在艺术上的联系。他指出:"同路人"作家的技巧,"是继承了革命前的作家的手法的";爱伦堡的创作则"浸润于大陆的文风",深受福楼拜的影响;赛甫琳娜的"表现方法是旧时的写实主义的方法";巴贝尔是写实主义,"而且是法国的佛罗贝尔式的写实主义";富曼诺夫"便是临模了过去写实派名家,从果戈理起,直到托尔斯泰,而得了成功的"。至于无产阶级作家,他也指出:"在李－白金司基的作品中,可以看见迦尔洵(V. L. Garshin)与乌司本斯基(G. I. Uspenshy)这两位过去的写实名家的影响。法捷耶夫则受托尔斯泰的影响很深。心理描写太多的拉玛司金的作品却显然有陀斯妥也夫斯基的影子。"他从中认识到的是这些新俄作家"差不多全是从俄国文学的'黄金时代'的那些写实派作家那里学习了描写的技巧"①。

他出版于 1928 年的《小说研究 ABC》具体总结了欧洲古典小说特别是自菲尔汀以来的近代现实主义小说的艺术经验,其中包含着针砭当时左翼文坛轻视传统的错误偏向这一现实目的。他曾明确提出:即使是批判现实主义的创作方法,"对于观念地去描写'转变'的现时中国文坛,不失是一种参考"②。这种"参考"当然是包括艺术技巧上的借鉴的。

而且,茅盾的革命现实主义文学观的开放性不仅有着向外国作家学习艺术技巧上的意义,更为重要的是,他是从民族新文学的发展与世界文学的远景上来认识这种借鉴的。他认为:"中国文艺形式一定也得循着世界文艺形式发展的道路而向前发展"③,因此,它不得不打破自己传统的格局,出现了"五四"文学革命这样伟大的革新运动,而外国文学的影响正是促成革新的重大契机;他又认为文学的变革从根本上说是由经济基础的变革而发生的,他说:"文艺形式这东西,无论在世界那一国,只要有同样的'社会经济的土壤'以及'阶级的母胎',便会放出同一类的花来。"所以新文学注重向外国近现代文学的借鉴实质上体现的仍然是它受制于本民族社会生活的内在要求走向现代化的历史进程。他曾经引用过《共产党宣言》中关于"世界文学"的那一段著名论断来阐明各民族文学"互相影响融化"的伟大意义,并指出:中国新文学"要吸取过去民族文艺的优秀的传统,更要学习外国古典文艺以及新现实主义的伟大作品的典范"。

显然,这里所体现的对中国文学走向世界,走向现代化的思考,正是形成茅盾革命现实主义文学观的开放性质的深层原因。

①　《西洋文学通论》,上海世界书局 1930 年版。
②　《文凭·译后记》,《文凭》,现代书局 1932 年版。
③　《旧形式、民间形式与民族形式》,《中国文化》第 2 卷 1 期,1940 年 9 月。

新浪漫主义的引进与再认识

在茅盾早期文学活动中，他对外国文艺思潮流派的介绍是十分广泛的。在以写实主义文学为主的同时，也介绍了第一次世界大战前后出现的西方文学诸多"新流派"、"新主义"，以作为丰富他"为人生"的文学主张的借鉴，甚至作为他所瞩望的理想文学的"预备"。在其后的几十年中，与他的思想发展相适应，茅盾对这"半打多"的主义的评价也有过曲折的变化，显示了他作为无产阶级革命现实主义巨匠的科学态度和批判精神。

"提倡"新浪漫主义的出发点

毫无疑问，中国新文学在外来文艺思潮的择取上，从其总体来说是以现实主义和浪漫主义为主的。但这样一个历史特点是在从文学革命到革命文学的发展进程中逐渐成熟的，而在新文学运动初期，对比于注重引进现实主义和浪漫主义这样一种自觉的文学意识，对外来文艺思潮的"开放"状态倒是那个时期文学的更显著特点。正如茅盾后来所说的出于冲破旧文学传统樊篱的需要，"当时大家竞相介绍十九世纪欧洲各派文艺思潮"①。在《晨报》副刊,《小说月报》、《创造季刊》等刊物上,除了王尔德、梅特林克、斯特林堡、波特莱尔、爱伦·坡、瓦雷里、布洛克等"新"派作家的作品翻译外,还有大量的理论探讨和介绍的文字以及对尼采、柏格森、弗洛伊德著作的翻译或介绍。这些"新"派文艺思潮的涌进,当然也对初期的新文学运动产生了较大的影响。郑伯奇后来在总结第一个十年的新文学运动时说:"浪漫主义、现实主义、象征主义、新古典主义,甚至表现派、未来派等尚未成熟的倾向都在这五年间的中国文学史上露过一下面目。"② 这是确实的。

　　茅盾在他的第一篇论文中就介绍过尼采③,在1920年又撰写了长篇论文《尼采的学说》。不久后他说:"最近文学新浪漫运动的兴起,实是受了三部书的影响。"指的是尼采的《查拉图斯忒拉这样说》,勃吕奈底要尔的《科学与宗教》和詹姆斯的《向信仰的意志》。我们没有看到茅盾对后两种书的进一步评介,而尼采的影响在他的早期思想中却是存在的。④ 像鲁迅早期创作中残存的"尼采色",其实代表着"另一种社会关系"一样,茅盾之借重于尼采,是要以其"做摧毁历史传统的畸形的桎梏的旧道德的利器,重新估定价值,创造一种新道德出来"。也许茅盾比同时期的新文学家在对尼采学说的认识上持有更清醒的批判态度,然而对于理解尼采的影响更有意义的却在于这样一个事实:他主要是从尼采学说的反传统的思想形式上去接受它的影响的,他把这种思想形式从尼采学说的反人道主义、反民主主义的思想实体上剥脱下来,改造成批判封建传统道德、宣传民主主义和个性解放的"利器"。显然,他所理解的尼采,并不完全等同于作为德国唯心主义哲学家的尼采。至于对世纪末文艺思潮造成深刻影响的,除了尼采学说之外,还有柏格森的直觉论和弗洛伊德的"下意识"理论,然而茅盾对这些形成"现代派"文学理论基础

---

①　《我走过的道路》(上),人民文学出版社 1981 年版。

②　《〈中国新文学大系·小说三集〉导言》,上海良友图书印刷公司 1935 年版。

③　《学生与社会》,《学生杂志》第 4 卷第 12 号,1917 年 12 月。

④　参见乐黛云:《尼采与中国现代文学》,《北京大学学报》1980 年第 3 期。

的哲学流派似乎并没有给予很大的关注,他更多评介的还是诸"新"派文学,其中包括早期象征派、后期象征派、表现主义、未来主义等以及以罗曼·罗兰为代表的新理想主义。他曾经用"新浪漫主义"这样一个概念囊括了上述的各种"主义",而在写于1958年的《夜读偶记》中,他再一次沿用了这个概念,所指的是"现在我们总称为'现代派'的半打多的'主义'"以及"初期象征派和罗曼·罗兰的早期作品"。

茅盾当年对新浪漫主义的"提倡",从其主观认识上说,是有着下列原因的:

一是从文学进化观念出发,他把重主观的浪漫主义到重客观的写实主义,再到重新复活主观的新浪漫主义看成是文学进化的"必经之途辙"①。他又认为,不同于浪漫主义是对古典主义的"反动",新浪漫主义对于写实主义则"非反动而为进化"②,它是"受过自然主义洗礼"的,体现了主观和客观的综合,如同黑格尔的三段式所揭示的,是"正反等于合",它的返回主观,却"已不是从前的主观了",因此是迄今为止一种"最高格的文学"。

二是从新文学宣传新思潮的角度对新浪漫主义进行认识。他认为"近代文学只能跟着哲学走","文学的最后目的……到底还在表示至高的理想",而"近代思想是由唯物主义转到新理想主义,所以文学也是由自然主义转到新理想——即新浪漫——主义"。③所谓"新思潮"者,按照他的理解,不能认为他所指的就是"哲学上的新理想主义"。这是因为固然他曾经未加批判地使用过"新理想主义"的概念,他也未认清后者的哲学渊源是柏格森的唯心主义的新观念论,但是他又从来没有给"新理想主义"以明确的解释,因此也就很难说他提倡的就是欧洲哲学史上的"新理想主义";他的彻底反帝反封建的自觉意识,他的对文学的社会功利性的强调,都规定了他的"新理想主义",其

---

① 《遗帽·译者附记》,《东方杂志》第17卷第16号,1920年8月。
② 《〈欧美新文学最近之趋势〉书后》,《东方杂志》第17卷第18号,1920年9月。
③ 《近代文学体系的研究》,收入《中国文学变迁史》,上海新文化出版社1921年版。

真正含义只能是一种用以"指导人生",解决社会问题的积极进步的社会理想。茅盾在这里所说的"唯物主义"和他在其他地方所说的"唯物主义科学万能主义"一样,指的就是哲学上的自然主义,由于它机械地套用自然科学的规律来说明人类社会现象,因此不能解决社会问题。文学要表现的新思潮,当然不能是哲学上的自然主义。由于新浪漫主义体现了他所理解的新理想主义的精神,综合了"批评"和"指引",既"揭破黑幕"又"放进光明",所以,他认为,"能帮助新思潮的文学应该是新浪漫的文学,能引我们到正确人生观的文学该是新浪漫的文学"。①

三是要克服写实文学重客观、轻主观、"丰肉而枯灵"的弊病,取新浪漫主义的"兼观察与想象"、"综合表现人生"的长处。他针对自然主义只注意观察、忽视想象,只注意分析、忽视综合的缺点,强调"创作文学时必不可缺的,是观察的能力和想象的能力","表现的两个手段,是分析和综合",并明确指出:"世界万象,人类生活,莫不有善的一面与恶的一面",而"徒尚分析的表现法,不是偏在善的一面,一定偏在恶的一面。举浪漫文学与自然派文学就是各走一端的。丑恶的描写诚然有艺术的价值,但只代表人生的一边,到底算不得完满无缺,忠实表现。"② 在与写实主义的对比中,他认为新浪漫主义在"分析"的基础上达到了以下几个方面——"肉"与"灵"、"恶"与"善"、"批评"与"指引"——的"综合"。所以,"今后的新文学运动该是新浪漫主义的文学"。

以上各点,就是他当时对新浪漫主义的基本认识,并成为他"提倡"新浪漫主义的出发点,其核心的思想就是提倡他所理解的"新理想主义"。他甚至很明确地把新浪漫主义径直称为新理想主义,他说:"……于是最近海外文坛遂有一种新理想主义盛行起来了。这种新理想主义的

---

① 《为新文学研究者进一解》,《改造》第 3 卷第 1 号,1920 年 9 月。
② 《新文学研究者的责任与努力》,《小说月报》第 12 卷 2 号。

文学,唤做新浪漫运动。"①

"主义的写实主义"与"新理想主义"

　　显然,把具有各不相同的思想艺术倾向的各种"新"派艺术的集合体——新浪漫主义称为新理想主义,是并不恰当的。新浪漫主义作为垄断资本主义时代所产生的一种表达中小资产阶级的失望和不满情绪的文学,其中的各个派别当然都具有"反动"于前一时期所盛行的自然派文学的共同特征,这就是它们都"忌避物质方面的东西,而注重主观的神秘梦幻的情绪"②。然而,由于主观的千差万别,其艺术倾向也是绝不相同的,其中固然有茅盾所注重的"新理想主义",更多的却是梅林在20世纪初就批评过的"逃向梦的国度"③的消极倾向,对于这种差别,茅盾认识不足,这也是不待言的。

　　然而,对于理解茅盾早期文学思想来说,他把新浪漫主义归结为新理想主义,事实上表明了他"提倡"新浪漫主义的重点所在,这个重点就是以罗曼·罗兰为代表的新理想主义。他固然说过:"表象主义和神秘主义复活以来,合而成了新浪漫派。"④ 但他又认为:"其实新浪漫主义之复兴,盖近代主要之倾向,非可以表象概之,自法小说家 Anatole France 时即已粗具,1912 年罗兰之大著 *Jean Christophe* 出世,旗鼓顿盛。"⑤ 而在其他一些地方,他则说得更为明确:"新浪漫主义现在主要的趋势光景可以拿罗兰做个代表了。"⑥ "最能为新浪漫主义之代表之作品,实推法人罗曼·罗兰之 *Jean Christophe*。"⑦

① 《文学上的古典主义浪漫主义和写实主义》,《学生杂志》第 7 卷第 9 号,1920 年 9 月。
② 沈起予:《什么是浪漫主义》,《文学百题》,生活书店 1935 年版。
③ 《自然主义和新浪漫主义》、《梅林论文学》,人民文学出版社 1982 年版。
④ 《圣诞节的客人·译者附记》,《东方杂志》第 17 卷第 3 号, 1920 年 2 月。
⑤ 《遗帽·译者附记》,《东方杂志》第 17 卷第 16 号, 1920 年 8 月。
⑥ 《为新文学研究者进一解》,《改造》第 3 卷第 1 号, 1920 年 9 月。
⑦ 《〈欧美新文学最近之趋势〉书后》,《东方杂志》第 17 卷第 18 号, 1920 年 9 月。

　　茅盾认识罗曼·罗兰的新理想主义所依据的是后者的早期作品。值得注意的是,茅盾从 1920 年起开始向新文坛介绍罗曼·罗兰,这正是他极力推崇托尔斯泰的时候。我们认为,茅盾对罗曼·罗兰的激赏,其动机就掩藏在他对托尔斯泰的认识之中。他认为:"俄国近代文学的特色是平民的呼吁和人道主义的鼓吹",而"从此爱和怜的主观,又发生一种改良生活的愿望",表现了"社会思想和社会革命观念"①,这些基本特色最集中地体现在托尔斯泰的"主义的写实主义"创作之中。托尔斯泰对罗曼·罗兰的影响是人所共知的。正如后者自己所说:"我深深地热爱托尔斯泰,我爱他一如既往,从未间断。近两、三年来,我一直是在他的思想气氛的包围中生活着。"② 茅盾固然从来没有把托尔斯泰当作新浪漫派作家,然而他所注重的却是托尔斯泰的不同于"纯粹的写实主义"的地方,托尔斯泰"所重者实已不在客观的描写,而在以主观的理想的人物,放在客观的描写的环境内,而标示作者的一种主义";"他书中的环境是现实的环境,他书中的陪衬人物,也都是现实的人;独有书中的主人翁便不是现实的,而是理想的,是托尔斯泰主观的英雄。"③ 这些都与罗曼·罗兰的创作——尤其是《约翰·克利斯朵夫》——的特色相同或相近,而茅盾很早就注意到了罗曼·罗兰著作中的"大勇主义",注意到了《约翰·克利斯朵夫》所具有的"表现过去,表现现在,并开示将来给我们看"④ 的特点。此外,在描写的"局面之宏大"上,在注重心理刻画上,二者之间也有着显明的承继关系。我们指明这一点,在于说明茅盾提倡以罗曼·罗兰为代表的新理想主义,其真正的含义也就包含在对托尔斯泰的激赏之中,甚至也包含在对波兰的显克维支、挪威的比昂逊的认识中,而从他当时强烈的革命民主主义内在要求

---

①　《俄国近代文学杂谭》,《小说月报》第 11 卷 1—2 号,1920 年 1—2 月。

②　《托尔斯泰——一封未发表的信》(1902),《欧美作家论列夫·托尔斯泰》,中国社会科学出版社 1983 年版。

③　《文学上的古典主义浪漫主义和写实主义》,《学生杂志》第 7 卷第 9 号,1920 年 9 月。

④　《为新文学研究者进一解》,《改造》第 3 卷第 1 号,1920 年 9 月。

来说,他也许更注重的是罗曼·罗兰的"大勇主义",而不是托尔斯泰的"无抵抗主义"。

除了罗曼·罗兰之外,茅盾所指的具有新理想主义倾向的作家还有法朗士和巴比塞。他说,法朗士等人"大家称他们是合写实主义与感情主义为一的,所以也可以称是新浪漫主义的前驱"①。"巴比塞小说的体裁算得是写实派,但思想决不是写实派,可说是新理想派",其作品"大概都含有一种新人生观在文学夹行中"。②正如他对托尔斯泰的"主义的写实主义"的赞赏并没有使他背离现实主义的基本原则一样,他对以罗曼·罗兰为代表的新理想主义的提倡,从其根本上说也仍然是现实主义的。罗曼·罗兰的那些被茅盾看作是新理想主义代表的早期创作实际上仍然属于批判现实主义的范畴,而茅盾也并没有忽视它们的"客观真实性"的根本特征。因此,我们当然可以说,以罗曼·罗兰为代表的新理想主义影响于茅盾的并不是使后者转向对"主观表现"的追求,而仍然是执着于"客观真实"的锲进,仍然是现实主义原则的加强。而且,由于同时强调了要表现作家的主观理想,要"开示将来",这里的现实主义已不同于传统的"纯粹的写实主义"而具有新的面目。这种新面目的写实主义,无论在他"提倡"新浪漫主义时期,还是在"提倡"自然主义时期,他都没有放弃过,而且始终是他的文学主张的核心;尽管他此时所追求的写实主义还没有在一个新质的基础上稳定下来,然而,像他对写实主义自然主义的固有缺陷的清醒认识一样,其中却孕育着他后来向革命现实主义者转化的可贵因素。我们认为这正是以罗曼·罗兰为代表的新理想主义影响于茅盾早期文学思想的主要之处。

显然,罗曼·罗兰的新理想主义并不会是茅盾文学思想的终点。茅盾曾经表示"不很满意"罗曼·罗兰的讽刺剧 Jululi,这是因为他"以为不可不读中,还是少取讽刺体的及主观浓的作品,多取全面表现的,普遍

---

① 《对于系统的经济的介绍西洋文学底意见》,《时事新报·学灯》,1924年2月4日。
② 《为母的·译者前记》,《东方杂志》第17卷第12号,1920年6月25日。

呼吁的作品"①。这种观点还很难说得上是一种成熟的见解,不能因此而认为茅盾当时对罗曼·罗兰已有所批评。罗曼·罗兰的作品,就其所表达的理想来说,并没有超越以博爱为基础的资产阶级人道主义,他笔下的英雄人物,如约翰·克利斯朵夫,虽敢于反抗资本主义社会的压迫,但始终是一个个人主义者,最后只能以失败而告终。罗曼·罗兰作品中的这些局限是为当时的茅盾所未能认识的。然而,茅盾作为新文学家中最早的一个共产党员,他对党领导的政治革命的极大热情,他的思想中日益增长的马克思主义因素……这一切都使他对新文学所表现的"新思想"的具体内容的理解上包含有鲜明的革命民主主义以至于社会主义的因素,也必然要使他的文学思想日渐突破罗曼·罗兰影响的局限。1925年,他终于在苏联无产阶级文学运动的影响下,批评了罗曼·罗兰的"民众艺术",认为它"究其极不过是有产阶级知识界的一种乌托邦思想而已",转向了对无产阶级艺术的提倡,也就彻底告别了罗曼·罗兰的新理想主义。

"新"派文艺译介中的"拿来主义"

除了以罗曼·罗兰为代表的新理想主义之外,新浪漫主义还包括了早期象征派以及后来被总称为"现代派"的诸种"新"流派。茅盾早在1919年就翻译了比利时作家梅特林克的象征主义神秘剧《丁泰琪的死》,在同年发表的《近代戏剧家传》中介绍了"表象主义"(Symblism,即象征主义)戏剧家多人。20年代最初几年,他继续翻译欧洲"新"派作家的作品,并撰写了《表象主义的戏曲》、《近代文学的反流——爱尔兰的新文学》、《梅特林克评传》、《霍普特曼的象征主义作品》、《未来派文学之现势》、《文学上各种新派兴起的原因》等论文,进一步表明自己对这些"新"派艺术的理解,而在《我们现在可以提倡表象主义的文

---

① 《通讯——致周作人》,《小说月报》第12卷2号,1921年2月。

学么？》、《为新文学研究者进一解》等文章中，他又提出了可以"提倡"新浪漫主义（包括上述"新"派文学）的主张。

在茅盾早期所介绍的"新"派文学中，有象征派、未来派、表现派、达达派等，也包括唯美派、颓废派，其中介绍的重点是象征派。这不仅因为它作为"现代派"文学的始祖，在19世纪末"曾风靡欧洲各国"，而且因为它对比于其他的"新"派艺术较为可解，也含有一定的"科学精神"。茅盾当时之所以如此关注这些"新"派文学，是由于他认为：不管是象征派，还是未来派、表现派、达达派，它们都是"人生的反映"[1]，具有一定的认识价值；这些"新"派文学在艺术表现上"从冷酷的客观主义解放到热烈的主观主义，实是文学的一步前进"；在艺术形式的创造上，表象主义小说"把心理的文学做本运动的中坚"，象征派诗歌"大都注意于言简而意远"，未来派诗人则"要从美中见奇"，都体现了"自由创造的精神"。[2]

按照他的理解，这些"新"派文学与以罗曼·罗兰为代表的新理想主义同属于新浪漫主义，而后者是新浪漫主义的最高体现，前者只是到达后者的"预备"。因此，同他后来"提倡"自然主义一样，他的对上述"新"派文学的"提倡"，也只是作为建设理想的新文学的过渡，并不具有作为文学进化的终极意义。茅盾此时所属望的文学实质是一种具有新面目的写实主义文学。尽管他此时还未能在一个坚固的思想基础上把自己的美学追求稳定下来，从"新的写实主义"到"新写实主义"还有一段很长的距离。然而，文学的"为人生"和"写实"性却是他一贯的主张，即使在评介象征主义等"新"流派时他也没有背离这一根本宗旨。正是这种追求，生发出了他在"提倡"上述"新"派文学时的全部特色。

其特色之一是象征主义等"新"流派在茅盾的理解中被抹上了浓

---

① 《文学上各种流派兴起的原因》，《时事公报》，1922年8月12—16日。
② 《近代文学体系的研究》，收入《中国文学变迁史》，上海新文化出版社1921年版。

厚的写实主义色彩。他所注意的往往是它们（象征主义等）与"写实主义"的相似之处,而不是它们的相异之处。茅盾认为:"文学的目的是综合地表现人生,不论是用写实的方法,是用象征比譬的方法,其目的总是表现人生,扩大人类的喜悦和同情,有时代的特色做它的背景",而且"现代的大文学家——无论是浪漫派、神秘派、象征派——哪个能不受自然主义的洗礼过?"①"许多新浪漫作品都是以自然主义的技术为根据的。"② 也就是说,在茅盾看来,象征主义等文学思潮也多少具有"自然主义"即"写实"的精神。这种观点他曾一再加以表述,如论霍普特曼——"他是一个有诗人的想象,而又有科学家客观眼光的大天才",《沉钟》"情节怪诞不经,人物都是逼真实在的人"③。在《霍普特曼的象征主义作品》一文中,茅盾认为:霍氏的"这些想象的艺术品,他的背景是有科学精神的"。对于叶芝,茅盾认为他"也是写实派——是理论上的写实派"。作为这个观点的补充,他做了如下的阐释:叶芝"并不注意描写当代爱尔兰人的表面上的生活:他注意描写的,是精神上的生活","是爱尔兰民族思想感情表现的结晶"。④ 这些论述所显示出来的对"写实"的理解,已突破了自然主义的"外面真实"的局限,而兼有"内面真实"的含义,这与茅盾的"综合表现人生"的现实主义主张是相一致的。所以茅盾认为:"爱尔兰的新文学……已经合写实与浪漫为一",叶芝的剧本是"写实和理想相杂",显示了"诗人的写实家"的特色。

其特色之二是茅盾从"为人生"出发,对世纪末文学思潮中的唯美主义、颓废主义进行了批判。他早在1920年就指出:"新浪漫主义不尽能包括现在以及将来的趋势。"⑤ 这跟他同时提出的"今后的新文学运动该

---

① 《最后一页》,《小说月报》第12卷8号,1921年8月。
② 《霍普特曼传》,《小说月报》第13卷6号,1922年6月。
③ 同上。
④ 《近代文学的反流——爱尔兰的新文学》,《东方杂志》第17卷第6—7号。
⑤ 《文学上的古典主义浪漫主义和写实主义》,《学生杂志》第7卷第9号,1920年9月。

是新浪漫主义的文学"似乎有矛盾,其实后者所说的新浪漫主义是以罗曼·罗兰为代表的新理想主义,而前者所包含的对新浪漫主义的批评却主要指其中那部分"主张纯艺术观的文学",两种不同的态度恰好显示了他在"为人生"这一基本立场上的一致。在 1921 年他再一次表示:"曾说新浪漫主义的十分好,这话完全肯定的弊端,我也时时觉得。"[①] 并指出:"王尔德的'艺术是最高的实体,人生不过是装饰'的思想,不能不说他是和现代精神相反。"[②] 更鲜明的批判出现在他在早期共产党人文学主张影响下写成的《杂感——读代英的〈八股〉》、《"大转变时期"何时来呢?》这两篇文章中,他认为唯美主义、颓废主义的主要弊病就在于"全然脱离人生",而"为人生的艺术"应当是"有激励人心的作用的","能够担负起唤醒民众而给他们力量的重大责任"。

如果我们把茅盾在 20 年代初期对象征派等文艺"新"思潮的评介从总体上进行考察的话,毋庸讳言,其中自有一定的思想局限。当茅盾用文学进化论的观点去观察西方文艺思潮的变迁时,他无法透过"进化"的迷雾看到文艺思潮的变革从根本上说是受制于经济基础的发展状况的,而在对象征派的评介上带了程度不同的偏颇。前期象征主义是西方"现代派"的前身,后期象征主义以及未来主义、表现主义等,开启了"现代派"的先河。"现代派"文艺是资本主义发展到了帝国主义阶段后的产物,是西方社会的全面危机在文艺上的表现,其中绝望以于颓废的情绪,反理性的、非现实主义的表现,都是与生俱来、日趋严重的。显然,茅盾对这些"新"思潮的消极因素估计不足,某些评价也难免失当或失实。但我们如果注意到,茅盾的上述评介活动都产生于新文学运动初期,此时西方的"现代派"文艺思潮正处于形成之中,其内部的矛盾还没有得到充分的暴露;如果我们还注意到, 20 世纪初欧洲的马克思主义文艺理论家,如梅林,对新浪漫主义的批判还没有介绍到中国来,而中国当时的先

---

① 《通讯——致周作人》,《小说月报》第 12 卷 2 号。
② 《新文学研究者的责任与努力》,《小说月报》第 12 卷 2 号。

进分子,对这个问题都很难说得上有较为全面的科学认识的话,我们就不能不承认,茅盾对象征派等评价上的失当,不仅仅出于思想认识上的局限,而主要是一种历史的局限所造成的。

然而,我们更应该看到茅盾从"为人生"的现实主义基本要求出发,在对象征主义等文艺思潮的评介中所具有的上述两个方面的特色,这体现了他实行的是"拿来主义"。这样,象征主义等文艺思潮经茅盾之手的引进,事实上已起了种种变化,也即适应于他的"为人生"的现实主义基本主张的变化。我们不能认为他对象征主义等文艺思潮的评介是完全切实的批评,然而他的评介的真正价值之处主要也就在这里。罗曼·罗兰说过:"不能要求一个创作天才批评时不偏不倚。当瓦格纳和托尔斯泰这样的艺术家谈论贝多芬或莎士比亚时,他们谈论的不是贝多芬或莎士比亚,而是谈论他们自己,他们在阐述自己的理想。"① 茅盾的上述评介显然打上了鲜明的个人烙印,他所理解的象征主义已由于"自己的理想"而多少被现实主义化了。这实际上反映了在民族文化交流中的一个普遍的、规律性的现象。由于任何一种民族文学在对外择取时都不能不以本民族的社会背景和文学背景为基点,所以"一个民族的特点在被对方民族接受之后,它不再与原来的民族文化相同了,而起作用的也不再是那使作家在本国获得影响的同样因素。有时这个作家的社会、文学背景已模糊不清或者在对方国家中已经完全湮灭,在这种情况下常会招致读者对他的误解。但同时,这位作家的某些重大特点在这个国家里又往往比在本国中更为鲜明"②。在茅盾早期对象征主义等"新"流派的认识中,正出现了"对方的某些特点被'湮灭',而另一些特点却'更为鲜明'地被凸显出来"的情况。之所以如此,那是由我们民族新文学的需要和茅盾个人对现实主义的追求所决定的。

正是基本这样的理解,我们认为,茅盾早期对新浪漫主义——包括对

---

① 《托尔斯泰传》,转引自《欧美作家论列夫·托尔斯泰》,中国社会科学出版社 1983 年版。

② 《托尔斯泰和西欧文学》,《卢卡契文学论文集》,中国社会科学出版社 1981 年版。

象征主义等"新"派文学——的"提倡",其真实含义并不在于企图在中国推动一个西方本来意义的"新"派文学潮流,而在于探索现实主义的更广阔空间,这与他同时期对俄罗斯文学的注重、对写实主义和自然主义的批评,在理论探求的基点和方向上是一致的。他从"为人生"开始,走向了现实主义,固然他几乎一开始就表明了对写实主义和自然主义固有缺陷的清醒认识,固然他又多方面地向写实主义以外的文学潮流进行了吸收,然而,他却始终没有偏离现实主义这一中轴,更没有因此而转向,他只是以写实主义作为基点,寻求着"再前进一步"。他曾经在新浪漫主义文学中,更在俄罗斯文学中发现了他的文学理想,但他也没有在它们身边停留下来。他还在探索,从这里我们可以看出茅盾早期文学思想的特点和强点,看出他的锋芒。固然从另一方面说,这未始不是一个弱点,他还未能在现实主义与非现实主义之间划出清楚的界限,这是有待历史来纠正的。

对"现代派"的再评价

随着茅盾的文学观向革命现实主义的发展,他在"清理一番自己过去的文学艺术观点"①的过程中,对"未来派、意象派、表现派等等"进行了批判,表明了对自己曾有过的偏颇的救正。我们在他的《论无产阶级艺术》一文中,在他此后所写的一些论述欧洲文学的专著中,直至在写于1958年的《夜读偶记》中,可以理出他对"现代派"再评价的轨迹。

茅盾从20年代中期开始的对"现代派"的再评价包括以下几个方面的内容:

第一,关于"现代派"文学产生的社会根源和阶级根源。茅盾指出:"颓废的神秘象征派是'世纪末'的阴暗的人心的产物;而这'世纪末'的心情又是欧洲资本主义发展到极顶后暴露不可解的矛盾的产

---

① 《我走过的道路》(上),人民文学出版社1981年版。

物。"① "欧洲以后新奇的表现派、构成派、达达主义、未来主义等等……正是世界资本主义崩溃期中必然产生的小资产阶级对于资本主义世界之或迎或拒的矛盾复杂的心理的反映。"②

第二,关于"现代派"文学的思想基础。茅盾认为主观唯心主义的非理性主义和个人主义是这一路文学的共同思想基础。"自然主义以后的反动的文艺运动就是这么的完全'个人的'作品","陷入于绝对主观而无视了社会的病的状态。"③ 他在《夜读偶记》中又指出:"'现代派'诸家的共同的思想基础用哲学术语来说,就是'非理性'的。"

第三,关于"现代派"文学的艺术本质。茅盾曾多次用"超现实"或"超现实主义"这样的概念来概括"现代派"文学的艺术本质。他指出:"他们剥露了现实的根,然而他们并没找得出路,他们只有遁逃。"他后来更明确地说:"我以为'超现实主义'这个术语,倒可以大体上概括了'现代派'的精神实质的。"④ 如果说,茅盾最初对象征派文学所作出的"写实与理想相杂"的评价,本质上是对一种能"综合地表现人生"的新文学的瞻望的话,那么,当他从苏联无产阶级文学中寻见了真正的理想之炬的光照之后,他就决绝地抛掉了象征派等文学所具有的梦幻式的主观、梦幻式的理想,他认为"现代派"文学既没有"写实"精神,也没有"浪漫"精神。他指出:"除了反对客观描写而外,浪漫主义所有的鲜明的主张,坚强的意志,毫不含糊的意识,活泼泼地勇往直前的气概,在神秘主义和象征主义的文艺中,都是没有的。我们所见于象征主义和神秘主义的,只是要逃避现实的苦闷惶惑的脸相!"⑤ 正是这种对"现代派"文学的"超现实"本质的深刻认识,使茅盾明确把握了"现代派"与现实主义和浪漫主义的根本区别。

---

① 《西洋文学通论》,上海世界书局 1930 年版。
② 《"民族主义文艺"的现形》,《文学导报》1 卷 4 期,1931 年 9 月。
③ 《西洋文学通论》,上海世界书局 1930 年版。
④ 《夜读偶记》,百花文艺出版社 1958 年版。
⑤ 《西洋文学通论》,上海世界书局 1930 年版。

第四,关于"现代派"文学的艺术形式创新。茅盾认为"现代派"文学怪诞的表现手法是从它们的"超现实"本质上生发出来的,他指出:这些各种"新"主义"只是在歪曲(极端歪曲)事物外形的方式下发泄了作者个人的幻想或幻觉,只是在反对陈旧的表现方法的幌子下,摒弃了艺术创作的优秀传统,只是在反对'形式上的貌似'的掩饰下,造作了另一种形式主义"①。

上述认识,茅盾从 20 世纪 20 年代中期到解放后的几十年时间里都是坚持的,尽管其中也有某些变化和发展,然而这些基本认识还是较为稳定的。我们知道,茅盾在苏联无产阶级文学的影响下写了《论无产阶级艺术》,从此他开始走向革命现实主义,他的对"现代派"文学的再评价正体现了他恪守革命现实主义的原则立场和在新的思想高度上俯视世界上纷纭复杂的文学思潮时所具有的深刻的洞察力和批判精神。

至于无产阶级文学是否可以从中有所汲取的问题,茅盾曾一度这样断言:"我们要认明这些新派根本上只是传统社会将衰落时所发生的一种病象,不配视作健全的结晶,因而亦不能作为无产阶级艺术上的遗产。"②我们认为这个主张,其中的积极的批判意义无疑是主要的,但也包含了某种偏颇。他在同一篇文章中称比利时象征主义作家凡尔哈仑的《晓光》"可称是无产阶级所受于旧时代的一份好遗产",也许应该视之为上述观点的一个补正。他在其后的更多文章中,都指出了有分析、有批判地汲取西方"现代派"艺术的养分对发展新文学的积极意义。他认为:俄国的象征派"把俄国文字的表现力提高了,充实了,又美化了";俄国的未来主义"是'继承'了象征派的改革俄国韵律的工作而达到完成的";从未来主义的堡垒里走上街头,走向革命的马雅可夫斯基,"他的诗是表现了雄伟粗壮的巨人的喊声";梅特林克的《青鸟》较为"明白","情调亦很愉快"③。当然,茅盾此时已不再以早期的"文学进化论者"的

---

① 《夜读偶记》,百花文艺出版社 1958 年版。
② 《论无产阶级艺术》,《文学周报》第 172、173、175、196 期,1925 年。
③ 《西洋文学通论》,上海世界书局 1930 年版。

姿态,而是从"现实主义屹然始终为主潮"① 这一基本观点出发,对西方"现代派"加以评论的。也许需要诠释的是,这里的"现实主义"已不同于旧现实主义,而是"新现实主义",即革命现实主义;他的《夜读偶记》不仅较为科学地评价了西方"现代派"艺术的思想内容,而且在对其形式上的刻意探求进行全面评价之后指出:"我们也不应当否认,象征主义、印象主义乃至未来主义在技巧上的新成就可以为现实主义作家或艺术家所吸收,而丰富了现实主义作品的技巧。"如果注意到这部重要艺术论著产生的年代,我们当然要佩服作家的艺术勇气和远见卓识的。

以上我们粗略地勾勒了几十年来茅盾对"新浪漫主义",包括西方"现代派"文学的基本评价及其发展变化之轮廓,并探讨了后者对茅盾早期文艺思想的影响。从今天我们理论界已达到的认识高度来说,也许不能认为茅盾当年对"新浪漫主义"的认识就已十分全面、十分完整了,即使在《夜读偶记》中,他也没有能够完全避免那个时代带给他的政治上的某些"左"的影响和思维方法上的某种片面性,他对"现代派"文学的再评价,在某些方面可能比他的早期认识还显得拘谨些,但是,作为历史,它是不会没有缺陷的。茅盾对"新浪漫主义"理论认识的发展变化,其可贵之处就在于:他始终以丰富和发展现实主义作为自己理论探讨的起点和归宿,因此他的探索是富于批判精神的,又是富有建设意义的。

---

① 茅盾:《现实主义的道路》,重庆《新蜀报·蜀道》,1942年2月1日。

中国现代历史的
恢宏画卷

　　当然,茅盾的文学创作,并不止于小说,他写过散文、杂文、剧本……然而,从 1921 年 7、8 月间写成中篇小说《幻灭》,他一发而不可收,终于以一个杰出的现实主义小说家的成就,奠定了他在中国现代文学史上的卓著地位。小说,尤其是中、长篇小说,是茅盾文学创作的主要样式,也是他最充分地显示了自己的艺术创造力的领域。因此,我们考察茅盾创作与外国文学的关系,主要也就是考察他的小说所受外来影响的问题,包括作家的选择、影响的表现、外来的文学养分在被吸收过程中由于主体的独创性需要而出现的种种变化以及这些选择、吸收、变化对于作家艺术创造的美学意义等问题。

　　谈到自己的小说,茅盾说:

　　　　我觉得我开始写小说时的凭借还是以前读过的一些外国小说。我读得很杂。英国方面,我最多读的,是迭更斯和司各特;法国的是大仲马和莫泊桑、左拉;俄国的是托尔斯泰和契诃夫;另外就是一些弱小民族的作家。这几位作家的重要作品,我常常隔开多少时后拿来再读一遍。①

“杂”,正是茅盾小说接受外来影响的一个特点,而且他是在长期的文学研究之后开始小说创作的,这意味着他的小说与外国文学的内在联系是广泛、多方面的。他的作品的某些特征,既可能是某一个他所喜爱的外国作家影响的结果,又可以看作是另一些他也同样喜爱的外国作家影响的结果;同时,当他着重对一些作家的某种艺术养分进行吸收的时候,也可能意味着对对方的另外一些特点的有意无意的漠视或扬弃,这就构成了影响的“正”“负”交错的复杂的情况。而且,这些影响由于经过了主体的创造性的融化吸收,已成为自身的有机成分,而不再是某些外在的、修饰性的、与整体若即若离的艺术摆设了。这种情况告诉我们,最为重要的是对对象的特点和价值的准确评价,然后我们才可能对其与外国文学的关系进行科学的研究。

---

　　① 《谈我的研究》,《中学生》第 61 期,1936 年 1 月。

"真实"的品格

茅盾晚年在谈到自己的创作时说：

> 我提倡过自然主义，但当我写第一部小说时，用的却是现实主义。我严格地按照生活的真实来写，我相信，只要真实地反映了现实，就能打动读者的心，使读者认清真与伪、善与恶、美与丑。①

其实，他在《从牯岭到东京》等文章中就表达过大体相近的意见。对真实的追求不仅是他一贯的理论思想，而且也是他一贯的创作原则。我们将会看到，他的上述说明不仅对于理解《幻灭》，而且对于理解他的整个小说创作都是有意义的。

对生活真实的寻求

值得注意的是作者关于"严格地按照生活的真实来写"的表白。这说明，在他的理解中，"真实"首先是客观的。

"真实"，在不同倾向、不同流派的作家手里，其内涵、性质和功能当

①　《我走过的道路》（中），人民文学出版社1984年版。

然是各不相同的。例如在浪漫派诗人济慈的眼里,"真实"并不取决于艺术在多大程度上摹仿或印证了客观世界。他说:

> ……我只确信心灵所爱的神圣和想象的真实性——想象所认为美的一切必然也就是真的——不管它过去存在过没有——因为我认为我们的一切激情和爱情一样,在他们崇高的时候,都能创造出本质的美。①

浪漫主义作家所追求的首先是"心灵"的真实。不同于此,我们在这里所要考察的是这样一种"真实":它是直接从作家的经验世界里生发出来的,它以"存在过"的客观事实为创造的依据,它要求将心灵创造的"假定性"规范于现实生活的"经验性"。主观对于客观,"假定"对于"经验",在艺术创造中,后者是前者的基础,它要求细节的具体、逼真。茅盾在谈到欧洲的"写实派"、"自然派"文学时说:

> 写实派用客观的眼光,科学的方法做长篇小说和短篇小说,叫人读了犹如亲历。他不必言悲言欢,而读者自能在事实中感到悲欢。②

小说作为一种叙事文学,它天生与客观真实有着更多的亲缘关系。茅盾曾系统地研究过中外小说,特别是自笛福、菲尔丁以来的西方近代小说,在他所具体考察的菲尔丁、吕芙、秀斯兰、配莱、斯蒂文生等人的小说理论中,他们无不把"描写现实人生",刻画"真实的生活与风土"作为近代小说的基本特征。在进行这一番研究之后,茅盾的结论是:

> 综合上所论述,我们可说:Novel(小说,或近代小说)是散文的文艺作品,主要是描写现实人生,必须有精密的结构,活泼有灵

---

① 《书信选》,见《欧美古典作家论现实主义和浪漫主义》(1),中国社会科学出版社1980年版。
② 《近代文学体系的研究》,收入《中国文学变迁史》,上海新文化出版社1921年版。

魂的人物,并且要有合于书中时代与人物身份的背景或环境。①

真实的客观性质是茅盾接受于西方近现代小说家的一个根本观念。这个观念与他在生活中获得的强烈而又深刻的感受或印象糅合在一起,形成了不可抑止的创作冲动,甚至可以说,他的全部创作冲动都是从人生的经验中得来的。他援引过一位英国批评家的话:左拉因为要做小说,才去经验人生;托尔斯泰则是经验了人生以后才来做小说。他认为:"我不是为的要做小说,然后去经验人生",因此,"到我自己来试作小说的时候,我却更近于托尔斯泰了"。②

这当然是对他的《蚀》三部曲等早期作品的说明。也许他左联时期的一些小说与此不同,如《子夜》、《春蚕》,它们既是作家人生经验积累的结果,又与作家的有意观察有着密不可分的关系。应该说,将人生经验与有意观察结合起来,是茅盾小说构思的主要方式。

我们想说明的是,不管是哪一种方式,人生经验都是茅盾小说的基础。他往往写自己最熟悉的题材和人物,选择自己精心研究过或亲身经历过的生活事件,作为构思情节和冲突的基础。他的创作题材最有特色的是对中国现代都市生活描写,那是因为他长期生活于上海、武汉、重庆、香港等大都市,他熟悉都市,能准确地把握它们的色彩和节奏;他所塑造的各类形象中最为成功的是各种各样的资本家,那是因为在30年代他与出入于卢公馆的那些同乡、亲戚、故旧有较多的来往,"他们中有开工厂的,有银行家,有公务员,有商人,也有正在交易所中投机的"③。他在观察与交谈中熟悉了他们,而吴荪甫这个30年代民族资本家的典型,则"部分取之于我对卢表叔的观察,部分取之于别的同乡之从事于工业者";他的另一种为人所称道的形象系列是如慧女士、梅女士那样的"时代女性",他熟悉她们,其部分原因是孔德沚当时正从事妇女运动,他们的家

---

① 《小说研究ABC》,世界书局1928年版。
② 《从牯岭到东京》,《小说月报》第19卷10号,1928年10月。
③ 《我走过的道路》(中),人民文学出版社1984年版。

自然是现实中的"时代女性"经常出入的地方,而更重要的原因是自大革命以来,他由于各种各样的机缘,与她们有较久的相处,他熟悉她们的"思想意识、音容笑貌"。他说:"有一次,开完一个小会,正逢下雨,我带有伞,而在会上遇见的极熟悉的一位女同志却没有伞。于是,我送她回家,两人共持一伞,此时,各种形象,特别是女性的形象在我的想象中纷纷出现,忽来忽往,或隐或显,好像是电影的断片。"

　　经验和观察成为茅盾小说题材上的直接来源,这构成他小说客观真实性的基础。也许指出下列这点还是很有意义的:他在欧洲19世纪现实主义文学的影响下,在理论上始终提倡新文学要注重反映下层社会的苦况,在他所阐明的现实主义文学的特点中,就有"写实文学专描写下等社会的生活"①的话,然而他的小说特具长处的恰恰不是描写下层社会的题材。这并不是由于他的理论主张起了变化,也不是由于理论与实践的脱节,而是由于他更为熟悉的是青年知识分子与各类资本家,他对农民生活和工人生活的有限观察使他写出了《春蚕》那样的短篇,而更多的只是为他的都市生活描写提供某种背景和补充。也许他对城市贫民和一般小市民生活了解得最少,他的都市描写中最缺乏的正是老舍式的市民社会。这种理论主张与自身创作不相一致的情况,只能说明茅盾对欧洲现实主义文学的吸收最为注重的是它的客观真实性这一根本原则:在各种文学流派中,也许只有现实主义才特别是"经验"的艺术,在某种意义上我们可以说如果没有对人生经验的执着,也就没有对现实主义原则的恪守。茅盾的小说在面向"客观"现实、面向"经验"人生方面,正显示了欧洲现实主义创作原则对他的深刻影响。

客观描写

　　客观真实性原则同时要求于作者的是一种冷静地、客观地直面人生

---

① 《文学上的古典主义浪漫主义和写实主义》,《学生杂志》第7卷第9号,1920年9月。

的创作态度。在茅盾介绍欧洲 19 世纪现实主义文学思潮时,我们可以发现他所使用的"客观"概念往往涉及创作的主体态度,所谓"见什么写什么,不想在丑恶的东西上加套子",所谓"客观描写",即是他所理解的"客观"内涵的又一方面。

茅盾这种理解当然也影响了他自己的创作。他在谈到自己的早期创作时说:"我是用了'追忆'的气氛去写《幻灭》和《动摇》;我只注意一点:不把个人的主观混进去,并且要使《幻灭》和《动摇》中的人物对于革命的感应是合于当时的客观情形。"① 如果说他的早期作品所体现的主体客观态度主要表现在使人物"对于革命的感应"即从心理感受上不为主体的主观情绪或意识所左右,那么他 30 年代以后的作品则在人物行动和心理两方面都追求着描写对象的更为充分的"客观"表现。

这里要排除一些例外和次要情况（如有的作品中的次要人物的议论不过是作者的"现身说法",而《追求》中的"极端悲观的基调"也是作者"自己的"）。从整体上考察茅盾小说,我们可以发现充分的"客观"性质是对象的基本的、稳定的特质。当他的小说刚在文坛上出现的时候,几乎是所有的读者和评论家都注意到了它们的这一特质。正如罗美（沈泽民）在致茅盾信中所说:

> 你是很客观的叙述自武汉以至南昌时期中的某一部分的现象。中间的人物如慧、静、王女士、李克,等等,各人有各自的观点,而你对他们不加丝毫主观的批评,将他们写下来。②

正是这种基本的、稳定的"客观"特质清晰地显示了茅盾小说与欧洲 19 世纪现实主义文学在创作方法上的重要联系。徐蔚南说:"著者受着南欧自然主义文学的影响很多。"③ 创作的客观态度当是"影响"的一个重要方面。这里需要补充的是:其"影响"既来自自然主义,更来自现实主

① 《从牯岭到东京》,《小说月报》第 19 卷 10 号,1928 年 10 月。
② 《关于〈幻灭〉——茅盾收到的一封信》,伏志英编《茅盾评传》,现代书局 1931 年版。
③ 《〈幻灭〉》,见《茅盾评传》。

义,而且,由于茅盾小说的艺术特质在整体上属于现实主义,所以现实主义文学的影响当然是更为重要的。

为了进一步说明茅盾小说的这种充分的客观性质,我们还想指出对象的下述两个方面的特征:

其一是表现理想的问题。茅盾在对 19 世纪欧洲各种文艺思潮进行介绍时,十分注意表现理想的问题。他在"纯粹的写实主义"与"主义的写实主义"的对峙中,始终是钟情于后者的,他甚至还对"新浪漫主义"表示了极大的兴趣,其考虑的一个重点就是对方在表现理想上显示出长足的优势。然而到他开始创作时,对比于表现理想,作者更为注意的是"忠实"于当时的客观情形,"忠实"于人生的本来面目,更准确地说,他似乎有意去回避在作品中竖起一个光明的尾巴。《蚀》的创作也许正由此而引起世人的诟病。对此,茅盾不无感慨地说:

> ……从《幻灭》至《追求》这一段时间正是中国多事之秋,作者当然有许多新感触,没有法子不流露出来。我也知道,如果我嘴上说得勇敢些,像一个慷慨激昂之士,大概我的赞美者还要多些罢;但是我素来不善于痛哭流涕剑拔弩张的那一套志士气概,并且想到自己只能躲在房里做文章,已经是可鄙的懦怯,何必再不自惭的偏要嘴硬呢?……所以,《幻灭》等三篇只是时代的描写,是自己想能够如何忠实便如何忠实的时代描写。①

显然,对比于表现理想,作者更为注重的还是忠实的时代描写。他从不把生活理想化,在《动摇》中对农民运动的描写,在《子夜》中对地下工作者的描写,大都体现了一种"不加粉饰"、如实写出的特点。他对《地泉》的批评,对革命文学初期"革命的浪漫蒂克"倾向的针砭,对照于他的创作,我们显然可以看出茅盾对现实主义文学的客观性原则的自觉。

---

① 《从牯岭到东京》,《小说月报》第 19 卷 10 号, 1928 年 10 月。

其二是塑造理想人物的问题。茅盾在进行现实主义思潮的系统考察时曾注意到托尔斯泰创作的下述特点："他书中的环境是现实的环境。他书中的陪衬人物,也都是现实的人,独有书中的主人翁便不是现实的,而是理想的,是托尔斯泰主观的英雄。"他将这种特点看作是托尔斯泰的"主义的写实主义"的重要表现。[①] 作为一种理论主张,他提倡"主义的写实主义",但是到他开始创作时,我们发现,他并没有塑造这种理想的"英雄",他倒是更接近于左拉或契诃夫的那种,"纯粹的写实主义",他刻画了一个又一个神采各异的资本家和知识女性,而他们显然都不是理想化了的,他们的人格、性格、心理都有着各自的弱点或缺陷。他在 30 年代以后的作品里正面刻画了一些工农形象,但他们大多不作为小说的主角,而不管是《子夜》里的朱桂英、张阿新,《春蚕》里的阿多,还是《锻炼》里的周阿梅,他们也不是那种理想的"英雄",即使是为数很少的革命者,茅盾似乎也吝于笔墨,从不在他们头上涂上理想的光圈。《子夜》里的吴荪甫,有人说是理想化的,但事实上,这个形象的理想化成分是微不足道的。相反,作者写他也曾投靠赵伯韬搞公债投机,对工农运动恨之入骨,在吴公馆里也一样用家长的淫威建立起小小的专制王国……显然,他更是一个充分写实的民族资本家的形象。

社会分析的理性框架

茅盾小说以追求客观真实为基本特征,但这决不意味着他漠视主体激情、理性认识在创作过程中的作用,也不意味着他在作品中有意逃避对他所描写的生活、冲突,人物的主观评价以至于或偏爱或憎恶。一般而言,创作中的主观与客观的关系是一个统一的关系,激情、思想不仅在创作过程中在作家心中燃烧,而且以不同方式贯注、渗透到作品中去。对于现实主义作家来说,这种关系体现为"作家在生活事件、场景、人物、冲突

---

① 《文学上的古典主义浪漫主义和写实主义》,《学生杂志》第 7 卷第 9 号,1920 年 9 月。

的客观冷静的叙述描写之中自然而然地流露出主体的理性评判与情感倾向"。茅盾的特点却在于:一方面是客观真实的冷静刻画,另一方面却不仅仅是将主体的意识与情感一般地流露在细节描写之中,而是在整体结构上给小说规定了一个富于社会哲理内涵的框架,一个从作家的理性出发对社会进行分析、透视的框架。

在这里,我们可以发现茅盾与托尔斯泰、与左拉在创作上的某些相似之处。

读托尔斯泰的作品,特别是他的中、后期作品,如《安娜·卡列尼娜》、《复活》,我们可以感受到:他的小说从整体上看都暗合于他的思想结构,也就是说,他的全部描写,当然是客观社会生活的如实反映,但他又把这些描写纳入了他的伦理道德的理性框架。批评家豪威尔斯说:"他的伦理学和美学是二而一,不可分的,这就是他的全部艺术具有生机勃勃的温暖之所在。""他自己和他的艺术是融为一体的。"罗马尼亚评论家彼得列斯库在谈到托尔斯泰的创作时曾把后者与巴尔扎克做了对比,他认为巴尔扎克作品中的主体情感因素都是作者"在以自己再现事物的力量进行描写时,才亲身加以体会的",而"托尔斯泰走的则是截然相反的途径","他是先直接地、亲身地作为一个人那样经受了自己作品中的主要的、极其重大的事件和冲突。只有当这些感受形诸笔墨,仿佛在一篇激起良心的公开忏悔或是宣言,一篇社会革命的宣言或是一篇道德革命的宣言中倾注出来后,作者才得到解脱。"[1]

左拉的情况稍有不同,他是自诩为"如实地接受自然,不从任何一点来变化它或削减它"[2] 的,然而我们同样可以发现,在《卢贡——马加尔家族》里,他是完全有意识地用遗传之树这种理性框架把 20 部小说作为系列统一起来。而且,我们还可以发现,左拉的遗传之树在更准确的意义上说是一种社会学框架,也就是说生理学框架和社会学框架在左拉小说中,其实是重叠的;或者说,左拉的生理学框架是小说结构的一种外在形

---

[1]　见《欧美作家论列夫·托尔斯泰》,中国社会科学出版社 1983 年版。
[2]　《戏剧上的自然主义》,《西方文论选》(下卷),上海译文出版社 1979 年版。

式,社会分析的框架才真正接近小说所表现的人生。正如卢那察尔斯基所说:左拉"是一位社会学者,甚至连巴尔扎克也不如他"。正是在这种社会学分析的框架里,包蕴着一个伟大作家对第二帝国时代苦难生活的神圣愤怒。

托尔斯泰和左拉,他们的作品在细节描写上都是异常真实的,但毫无疑义,其对生活的整体把握却是深刻地渗透着作家的理性认识和情感倾向的。他们并不强迫自己的人物要这样做,而不要那样做,却在全局的意义上赋予作品一种"思想",一种"哲学"。这样,琐细的细节刻画不再是分散的、各自显示意义的、无序的排列,而是以一种"哲学"为背景的完整画面,形成了结构上的整体感和节奏感。

茅盾早年在对欧洲文艺思潮进行考察时,一开始就注意到托尔斯泰等大师们"有哲学做他们的背景"的特点,而他的小说最接近于托尔斯泰和左拉的,也许就是这种对人生做整体理性把握的特点,尤其在左拉的影响下,形成了一种社会分析的理性框架。

他对《春蚕》的构思过程做了这样的说明:

> 先是看到了帝国主义的经济侵略以及国内政治的混乱造成了那时的农村破产,而在这中间的浙江蚕丝业的破产和以育蚕为主要生产的农民的贫困,则又有其特殊原因,——就是中国"厂"丝在纽约和里昂受了日本丝的压迫而陷于破产(日本丝的外销是受本国政府扶助津贴的,中国丝不但没有受到扶助津贴,且受苛捐杂税之困),丝厂主和茧商(二者是一体的)为要苟延残喘便加倍剥削蚕农,以为补偿,事实上,在春蚕上市的时候,茧商们的托拉斯组织已经定下了茧价,注定了蚕农的亏本,而在中间又有"叶行"(它和蚕行也常常是一体)操纵叶价,加重剥削,结果是春蚕愈熟,蚕农愈困顿。从这一认识出发,算是《春蚕》的主题已经有了,其次便是处理人物,构造故事。

我们可以看出,他的"认识"(或"主题")是经过一系列的"分析"而后形成的,鲜明的科学"分析"特征正是他理论"认识"的前提,是他作品中理性框架的血脉。从这个意义上说,"理性化"不妨看作茅盾小说的一个重要特点。但是我们还要注意到:这种"理性化"并不意味着茅盾小说成为某种社会学命题的演绎,某种与形象思维相排斥的逻辑思维的化身,正如他的《春蚕》是在相当的生活积累以后①才进入构思的,茅盾小说所显示的恰恰是生活与思想的重合、形象和意义的重合。我们认为:如果说大多数现实主义小说家的创作都体现出形象大于思想的特征的话,茅盾的特点却是形象与思想的均衡。②这一特点,《子夜》表现得最为突出。

茅盾在《〈子夜〉跋》、《〈子夜〉是怎样写成的》等文章里对《子夜》的创作动机和创作过程都有细致的说明,其中提到的"观察得到的材料"和中国社会性质论战的"理论"正是小说构思不可偏废的两个方面。正如我们上面分析过的,"严格地按照生活的真实来写"是茅盾创作的一个原则,《子夜》的创作同样体现了这一原则,它所呈现出的社会分析的理性框架,是以作者对现实生活的观察和体验为基础的,是茅盾"真实性"原则的一个特征,它与任何"主题先行"都是不相容的。

茅盾小说的社会分析理性框架既受到托尔斯泰、左拉的影响,又有着自己的特点。我们曾说过:托尔斯泰的理性框架是以伦理道德为主要内容的,左拉的理性框架是以遗传之树和社会学分析的重合为内容的。茅盾的理性框架则是以马克思主义的社会科学分析为内容,尤其是以阶级分析为内容的,它没有托尔斯泰主义的宗教色彩,也"没有左拉那种蒲鲁东主义的蠢话"③。而且,由于他比前辈作家与实际运动有着更为密切的联系,他的作品所传达的理性的"发言"更有着鲜明的迫切感和焦灼感,

① 在《我怎样写〈春蚕〉》里,作者对他所了解的农家生活,特别是蚕农、叶市、蚕行的"紧张悲苦",做了生动的叙述。

② 显然,我们是就茅盾小说那些成功的作品而言的。无须讳言,他也有少数作品,如《三人行》,是思想大于形象的。

③ 瞿秋白:《〈子夜〉和国货年》,《瞿秋白文集》第2卷,人民文学出版社1953年版。

更有着现实功利的意味。当然,这对于他的创作来说,在某种场合是可能带来一些遗憾的。

细节描写的真实与其象征寓意性的统一

现实主义作家追求细节的真实,正如别林斯基所说,它的意义在于"忠实于生活的现实性的一切细节、颜色和浓淡色度,在全部赤裸和真实中来再现生活"①。茅盾小说的细节描写具体、细腻,着意于色彩的变化和明暗的对比,富于质感和层次感,达到了很高的真实。《创造》一开篇就对娴娴的卧室做了精细的描绘:

> ……沙发榻上乱堆着一些女衣。天蓝色沙丁绸的旗袍,玄色绸的旗马甲,白棉线织的胸褡,还有绯色的裤管口和裤腰都用紧带的短裤:都卷作一团,极像是洗衣作内正待落漂白缸,想是主人脱下时的如何匆忙了。……床右,近门处,是一个停火几,琥珀色绸罩的台灯庄严地坐着,旁边有的是:角上绣花的小手帕,香水纸,粉纸,小镜子,用过的电车票,小银元,百货公司的发票,寸半大的皮面金头怀中记事册,宝石别针,小名片,——凡是少妇手袋里找得出来的小物件,都在这里了。一本展开的杂志,靠了台灯的支撑,又牺牲了灯罩的正确的姿势,异样地直立着。台灯的古铜座上,有一对小小的展翅作势的鸽子,侧着头,似乎在猜详杂志封面的一行题字:《妇女与政治》。

作者不惜重笔浓彩去描写室内的陈设,看起来琐细,却处处使人想起城市资产阶级家庭少妇的身份、教养,甚至她的慵懒的姿态。这些真实而传神的笔墨,令我们想起《贝姨》,也想起《娜娜》中那些相类似场面

---

① 《论俄国中篇小说和果戈理君的中篇小说》,《别林斯基选集》第 1 卷,上海文艺出版社 1963 年版。

的描写。

茅盾对细节真实的重视,刻画细节时的技巧,当然可以认为是受到西方现实主义大师的影响的。然而,更使我们感兴趣的是:作者细节描写中往往并不只求真实的再现,而且在其中注入了象征、寓意的内涵,显示出别样的风采。这一特点的形成,却与西方象征主义艺术有着更为直接的联系。

我们曾经谈到他在"五四"时期对"新"派艺术的态度,并分析过他的特点是把象征主义等"新"派艺术做了现实主义式的理解。事实上,他从来一直认为象征主义艺术是可以作为现实主义的补充的。追求细节描写的真实性与其象征、寓意性的统一,正是这种主张在茅盾创作上的一个重要表现。

大抵有这么三种情况:

一种是局部性的情节构思对整部作品的基本冲突起着暗示的作用。《子夜》第一章中吴老太爷进城的描写对于整部小说的意义不仅仅是提供了一个"托尔斯泰式"的结构。在我们看来,吴老太爷从一个"顶括括的维新党",变为"半身不遂",终于"僵尸风化",这一命运其实也暗示着吴荪甫的结局,这一局部性情节不妨看作整体冲突的一种象征,一种讽喻。

另一种情况是把场景、人物的细致具体刻画纳入一个象征的框架而表达哲理性的主题。如《创造》。毫无疑问,这篇作品的细节描写都是非常真实的:场景、人物装束、言谈、动作……都达到了"栩栩如生"的效果;然而,作者却把这些真实的细节描写纳入这么一个思想框架:"革命既经发动,就会一发而不可收,它要一往无前,尽管中间要经过许多挫折,但它的前进是任何力量阻挡不住的。"①

再一种细节描写被作者用来暗示书中人物的特定心境、情绪。《子夜》第十二章关于吴公馆夜间阴惨景象的描写,衬托了吴荪甫在大风暴

---

① 《我走过的道路》(中),人民文学出版社1984年版。

到来之前狂躁不安的心情；而《动摇》末了写到方罗兰、陆梅丽等人仓惶出逃在一座尼庵里暂歇时，作者以很大篇幅描写了陆梅丽所注意到的一只悬在梁上的蜘蛛，它"凛栗地无效地在挣扎"，"苦闷地麻木地喘息着"，正是陆梅丽以及原先"无往而不动摇"，而此时尚惊魂未定的方罗兰心境的写照。

　　茅盾小说的"真实"品格在许多方面都受到外国作家的影响。这里应该提到的外国作家，当然不止托尔斯泰和左拉，而且包括契诃夫、莫泊桑、巴比塞等一大批作家，他们的写实风格完全可能程度不同地影响了茅盾，那种冷静、客观的写实手法，是可以使我们想起契诃夫、莫泊桑的那些著名的小说的，他后期描写小市民的那些短篇小说，更是显示了与莫泊桑等人在风格上的接近；而那种"体裁虽仍是写实，但大概都含有一种新人生观在文字夹行中"①的鲜明特色，又使我们想起巴比塞、罗曼·罗兰以及茅盾所介绍过的一大批弱小民族的作家。在寻求写实手法与象征艺术的融合上，我们又分明可以看到霍普特曼、叶芝、梅特林克等"新"派作家影响的痕迹。

　　就影响的方面而言，也不仅仅是"客观指写"、"理性框架"以及"细节真实与其象征寓意性的统一"。人们注意到，茅盾小说特别注重人物的心理描写，他不仅表现着人物行动、行为的真相，而且显露着人物心理、情绪的真相。追求人物描写中的行动真实与心理真实的统一，成为茅盾小说真实品格的一个重要内容。这一特点，从与外国文学的关系来说，显然是后者的影响，特别是托尔斯泰影响的结果。

---

　　① 《为母的·译者前记》，《东方杂志》第 17 卷第 12 号。

纵向考察：编年史的方式

历史的兴趣

著名的丹麦文学史家勃兰兑斯曾不无调侃地用这样的语言谈到 19 世纪英国历史小说家司各特："这位作家的作品曾经统治过 19 世纪 20 和 30 年代的书籍市场，他的影响曾经在欧洲各国风靡一时，……然而，在岁月的悄然流逝之中，通过发人深省的时间的考验，他现在已经成为一个只能受到十三、四岁的孩子们欢迎的、每一个成年人都曾经读过但是没有一个成年人再会去阅读的作家了。"[1]

勃兰兑斯对司各特的议论，茅盾认为是"持论比较公平的"[2]，他也曾批评司各特小说不讲究结构、心理描写太不深入、不善于描写自然景物等缺点。然而，我们知道，他不仅标点过林纾的文言译本《撒克逊劫后英雄略》(即《艾凡赫》)，写过《司各德评传》和《司各德重要著作题解》，而且多次谈到司各特是自己所喜爱的作家之一。相似的情况也出现在他对大仲马的认识上。造成他这种"喜爱"的原因可能是多方面的，比如

---

[1] 《十九世纪文学主流》第四分册"英国的自然主义"，人民文学出版社 1986 年版。
[2] 《我走过的道路》(上)，人民文学出版社 1981 年版。

他认为："司各特的文笔纵横驰骋,绚烂多彩"","司各特的吸引力就在描写人物和对话","这些类型的历史的,理想的人物挤满在司各特的全集里,他们的品性命运和行动,足使百世后人景仰崇拜"①,这些方面当然可以说是对茅盾创作有所影响的。

然而,我们认为,司各特对茅盾小说影响最大的还是他的历史小说的"历史"特点。这并不由于他取材于中古,他所完成的不是"罗曼史",而是由于:他擅长于以环境、景物、风俗习惯的出色描写创造一种历史氛围,他的人物具有鲜明的时代特征,他们的行动、性格和命运总是与当时重大的历史事件联系在一起。这个总体特征形成了司各特历史小说特有的"历史"感。

巴尔扎克称赞司各特的"威弗利小说""把小说提高到历史哲学的地位"②。他并不注意司各特题材的具体年代特征,却看到了其中蕴藏着使"每一部小说都描写一个时代"这一审美理想的胚芽。然而,真正使小说成为"历史"的艺术反映的却是巴尔扎克本人。恩格斯在著名的致哈克奈斯的信中这样评价巴尔扎克的创作:

> 巴尔扎克,我认为他是过去、现在和未来的一切左拉都要伟大得多的现实主义大师,他在《人间喜剧》里给我们提供了一部法国"社会"特别是巴黎"上流社会"的卓越的现实主义历史,他用编年史的方式几乎逐年把上升的资产阶级在 1816 年至 1848 年这一时期对贵族社会日甚一日的冲击描写出来,……③

这里所指出是的巴尔扎克创作在整体上的两个特征:在反映生活的横向空间宽度上,巴尔扎克描绘的是以巴黎"上流社会"为中心的整个法国"社会"的宏大画幅;在反映生活的纵向时间长度上,巴尔扎克提供的是相当完整的一个阶段的当代历史,恩格斯将后一特点称为"编年史的

---

① 《司各德评传》,收入《撒克逊劫后英雄略》,商务印书馆 1924 年版。
② 《〈人间喜剧〉前言》,见《司各特研究》,外语教学与研究出版社 1982 年版。
③ 见《马克思恩格斯选集》第四卷,人民出版社 1972 年版。

方式"。

　　这种方式以及其中所包含的作家的历史意识和自觉追求是现代社会的产物。我们看到在司各特作品里,作者有意识地"让读者时时刻刻注意到地点和时间",他"从《亨利四世》和《亨利五世》里学会了把历史人物和历史场面与底层生活和喜剧的情景、人物结合起来……"① 然而,我们同时又看到了,无论在莎士比亚还是在司各特的作品里,都没有当代生活。可以说,在中世纪甚至到17、18世纪,几乎还没有一个作家可能在个人创作中达到用"编年史的方式"去反映当代生活的目的。根本原因是由于那个时代的生活节奏是缓慢的,作家们对"历史"的兴趣往往不是在当代题材而是在历史题材上表现出来的。他们在眼下发生的事件中,在他们的当代生活中,往往只是看见了"故事",看见了片断的"过程",而不是"历史",而只有在结局已经显露,"过程"已经打上句号之后,才可能看到"历史"。

　　对当代生活做编年史式的反映,只属于现代。而且,我们注意到,即使在巴尔扎克所生活的那个时代,小说家们的眼光已从中古转向当代,他们的作品也包含着"多少关于时代精神的资料";然而,他们中的大多数由于缺乏深刻的对当代生活的历史洞察力,也缺乏对广阔生活进行全盘把握的艺术魄力,所以,他们的作品较多是人生片断的掘进,而较少"历史"的意义。也许正是在这个意义上,当时的批评家曾不无苛刻地指出:他们的作品"一点也没有、几乎一点也没有表现这个时代"② 。只有少数伟大的现实主义大师的作品,如巴尔扎克的《人间喜剧》,才真正体现了对当代生活作历史反映的丰富而深邃的审美内涵。显然,这种文学上的"编年史方式"不仅只属于现代,而且只属于那些具有卓越的历史意识和饱满的当代精神的现实主义大师。巴尔扎克正是在看到包括司各特在内的前辈小说家的局限之后,找到了自己小说创作的独特天地的。他

---

　　①　赫伯特·格里尔森:《历史和小说》,见《司各特研究》。
　　②　布吕纳吉耶尔:《巴尔扎克》,见《欧美古典作家论现实主义和浪漫主义》(二),中国社会科学出版社1980年版。

说:"法国社会将要作历史家,我只能当它的书记。"① 他的《人间喜剧》是"一幕幕描绘出来的社会史"②。

除了巴尔扎克,我们还要提到的另一个法国作家是左拉。他的 20 卷本的《卢贡——马加尔家族》,"叙出全部'第二帝政时代'——从'政变'的阴谋袭取直到'塞当'的叛国"的历史。他把他的皇皇巨著称为"第二帝政时代一个家族之自然史及社会史"。像巴尔扎克一样,他也是有意追求以"编年史的方式"描写当代生活的,甚至在各部小说的联系上,由于他运用了"遗传"的框架,比起巴尔扎克的"人物互现法",更显出结构上的严密。

从与茅盾的关系来说,对比于司各特的影响,我们认为,巴尔扎克,尤其是左拉的影响是更为显明,也是更为重要的。

三十年壮剧的一道"印痕"

我们知道,几乎从投身新文学运动的开始,茅盾就呼唤着新文学的社会性和时代性。就他所理解的"时代性"而言,他认为,新文学首先必须反映当代生活,亦即"五四"以来的社会生活;其次在选材和表现上都必须真能体现当代风貌,亦即须抓住当代生活的脉动,抓住最能影响当代生活的中心事件,以鲜明的时代精神写出"五四"以来历史的发展和转换的。茅盾的这一理解特别体现在《读〈倪焕之〉》这一重要论文中。这里所表达的理论思想是可以使我们联想起上面所提到的法国作家的。事实上,不仅司各特与大仲马,而且巴尔扎克与左拉,都是茅盾所熟悉的作家。他说他"读过不少巴尔扎克的作品"③,至于他与左拉的联系则是更为重要的。正如我们在第二章里所说明的,左拉的创作和理论甚至成

---

① 《〈人间喜剧〉前言》。
② 《巴尔扎克致纬斯卡夫人》,转引自奥勃洛米耶夫斯基的《巴尔扎克评传》,中国社会科学出版社 1983 年版。
③ 《我阅读的中外文学作品》,《福建文学》1981 年第 8 期。

了茅盾早期"为人生"的现实主义文学观的一个重要思想来源。左拉是茅盾所爱读的法国作家之一①,他甚至还改写过左拉的《太太们的乐园》②。茅盾当然注意过巴尔扎克和左拉的以"编年史的方式"反映当代生活的重大特征。他在介绍左拉的作品时说:"法国第二帝政时代由商业金融资本转到工业资本这一转型期的社会相,在左拉的著作里表现着。左拉继承了巴尔扎克的《人间喜剧》那样的大计划,用毕生的精力写了总名为《卢贡——马加尔家族》的二十部长篇小说。"他认为:整个第二帝政时代的法国生活,在左拉的小说里表现着——卢贡一支的历史表现了第二帝政时代的"政治的大变动",马加尔一支人物的遭遇则表现这一时期的"社会生活的各方面"。③

因此,当我们在茅盾小说中发现了用"编年史的方式"反映时代这一具有全局意义的重大特点时,当然是应该联想到这一特点的形成中所包含着的与前辈西欧作家的内在联系的。

我们可以注意到,茅盾在许多长篇小说的有关说明文字中一再表白了自己努力在创作中对当代生活加以"历史"地反映的意图。如:

> 当时……欲为中国近十年之戏剧,留一印痕。
>
> ——《虹·跋》

> 《幻灭》等三篇只是时代的描写,是自己想能够如何忠实便如何忠实的时代描写。
>
> ——《从牯岭到东京》

> ……

事实上,茅盾的自述传达了他的这样一种创作欲望:他所努力追求着的是反映整个时代,一个相当完整的历史阶段,不是一般意义的一段人生,也

---

① 《谈我的研究》,《中学生》1936年1月号。

② 改写本取名为《百货商店》,上海新生命书局1931年版。

③ 《左拉的〈娜娜〉》,《汉译西洋文学名著》,中国文化服务社1935年版。

不只是历史的一截片断,一个插曲。

如果把茅盾小说所反映的年代加以排列的话,我们看到茅盾几乎像巴尔扎克一样"逐年描写了从'五四'前夕到中华人民共和国建国前的历史"。他留下了一幅中国现代史的恢宏画卷。至于茅盾小说的编年史特征,已有不少专家学者做过很细致的分析,我们要指出的是他对比于司各特、大仲马以及巴尔扎克、左拉显示出下列特点:

一是关于小说(我们这里说的是一个作家的全部小说)的结构方式。我们知道,巴尔扎克把自己的《人间喜剧》分为《风俗研究》、《哲理研究》和《分析研究》三大部分,他在作品里,特别在《风俗研究》里,对法国社会"场景"作历史的反映,基本上采用的是平行叙述的方式,他将一幕幕相互间并无联系的人间悲喜剧镶嵌在复辟王朝的背景上,只是在部分作品里采用了"人物互现法"。他的结构的完整性主要是由统一的背景、相近的粗犷雄健风格来实现的。左拉天生"具有建筑师的才能",他一开始就认定"必须事先确定各部作品之间的联系"[1],他选择了遗传之树作为联系作品的脉络,使结构显得更为严密而匀称。茅盾以他对社会科学的理解,当然不会接受左拉的遗传之树的影响。他倒是对巴尔扎克的"人物互现法"有过兴趣,在谈及《蚀》三部曲的创作时,他说:"如果在最初加以详细的计划,使这三篇用同样的人物,使事实衔接,成为可离可合的三篇,或者要好些。"结果他没有完成他的企图,而"只有史俊和李克是《幻灭》中的次要角色,而在《动摇》中则居于较重要的地位"[2]。也许他没有时间从容地为他的宏图做一个精细的计划,也许由于他描绘的是眼下正在发生、发展的社会人生,这使他不可能在各个具体的"人物"和"故事"上做通盘的设计。因此,巴尔扎克和左拉的影响主要不在于某些结构技巧的借鉴,而在于启发他去寻找一个"历史"地反映社会人生的独特视角。

---

[1] 阿尔芒·拉努:《左拉》,黄河文艺出版社1985年版。
[2] 《从牯岭到东京》,《小说月报》第19卷10号,1928年10月。

这处独特视角就在于他选择了"时代女性"和资本家作为观察和反映的对象,通过这两种形象系列反映了中国现代社会的历史变迁。在"时代女性"系列里,中国现代社会的文化心理以及知识分子的情感与理性选择得到相当充分的表现;而在资本家形象系列里,社会政治、经济的复杂运动则有着清晰的反映。对这两种形象做系列的反映,也许并不是他开始创作时的有意选择,然而他的经历和环境以及由此而产生的生活实感,却为他所寻求的文学的时代性做了最好的准备,他对"时代女性"与资本家的系列刻画自然形成了他的"编年史方式"的特有内容。

二是就反映生活的"历史"内容而言,茅盾小说比"威弗利小说",也比《人间喜剧》和《卢贡——马加尔家族》具有更为鲜明的当代性。巴尔扎克把"完成一部描写19世纪法国的作品,作为自己的目标",左拉也许比巴尔扎克在时间上更为逼近他所描写的那个年代,但当他的20部长卷的第一卷《卢贡家族的命运》在《世纪报》上连载的时候,时间已是1870年,他是在一个时代已近终了时去审视、去再现这个时代的。与此不同的是茅盾的小说总是紧随着当代生活的每一个进程,他笔下的生活与现实中的生活几乎是同步前行的。他的《幻灭》问世于1927年9月,描写的却是中国南方那个刚刚逝去的多事之秋;他的《子夜》、《第一阶段的故事》……所写的也都是刚刚过去或正在进行的那个事件。这种"近距离"地处理题材的方式,由于渗透着强烈的当代精神,使茅盾小说,即使那些历史题材的作品,都准确而深刻地揭示了生活的本质和历史动向。他在《大泽乡》里把困于大泽的闾左贫民写成"贫农",小说末尾有这么一段描写:

> 风是凯歌,雨是进击的战鼓,弥漫了大泽乡的秋潦是举义的檄文,从乡村到乡村,郡县到郡县,他们九百人将尽了历史的使命,将燃起一切茅屋中郁积已久的忿火!

这与其说写的是历史,不如说写的是当代生活,是穿上历史外衣的当代生活,是借着历史的一段事实,写出 20 世纪 30 年代中国农村的"地火的运行"。

对当代题材、当代精神的关注是茅盾的一个执着而持久的倾向。他不仅是这个时代的忠实儿子,而且是这个时代的弄潮儿。没有哪一个作家像他一样,曾如此深入地凫进时代大潮的中心。他的"内心的趣味"使他与"当今"生活,与"眼下"正在发生的事有着特别密切的情感联系。唯其如此,他的关注点和兴奋点不能不在"今天",不能不在那些还热得烫手的题材上。当然,由于过于逼近题材,有时他还来不及好好地消化题材,而题材本身也可能还来不及露出它的全部面目,茅盾的一些作品,如《路》与《三人行》,显露出表现浮泛、直截的弊病,缺乏含蓄和从容,这与过于逼近题材是有关系的。

三是在对"历史"内容的关注点上,茅盾总是以政治、经济作为情节构成的中心或人物活动的十分"逼近"的背景,这一点也使茅盾接近于巴尔扎克和左拉。

但我们也可以很明显地看出茅盾与他们的区别。在巴尔扎克的《人间喜剧》里,所谓风俗描写是占了很大比重的,而左拉在他的《卢贡——马加尔家族》里,世俗生活也得到了淋漓尽致的表现,同时他不仅像巴尔扎克那样注视着中上层社会,而且还注视着小酒店、贫民区、圣密特广场,注视着下层社会。在茅盾的小说里,这方面的描写恰恰是不充分的。他对政治因素的重视大大超过了对世俗风情的重视。这当然是那个时代对他影响的结果,然而,更为重要的因素也许还是他的经历,还是他的"内心的趣味"。这样,一方面,他比前辈作家更为自觉,更为完整地从政治这一角度去观察人,去感受时代的气氛,去把握生活的脉动,并由此去反映当代生活的历史内容;另一方面他又不如他的前辈,在他的艺术视野中,风俗生活的印象往往不是很清晰的,其表现也是较为薄弱的。

关于小说的描写中的"经济"因素,茅盾的作品也有着自己的特色。恩格斯说:在巴尔扎克作品里,"甚至在经济细节方面(如革命以后动产和不动产的重新分配）所学到的东西,也要比从当时所有职业的历史学家、经济学家和统计学者那里学到的全部东西还要多"。至于左拉对经济生活的描写却有着自己的特点。传记作家阿尔芒·拉努认为:"一提金钱,在巴尔扎克的作品里,只表现在人与人的关系中。金钱像魔鬼一样,使人发狂,它使女人们腐化堕落,使男人们兽性大发。然而,巴尔扎克并未注意到使社会集团活跃起来的金钱,也使这些集团你争我夺、尔虞我诈,演出了社会角逐的种种惨剧。不错,巴尔扎克是一位天才,但他是以一个诉讼代理人的眼光来观察金钱的;而左拉则是一个经济学家和第一流的社会学家。"①

　　显然,茅盾对巴尔扎克和左拉都有所吸收。他在"经济"的运行中看到了道德的变化,又看到了"经济"对社会生活各个方面的强大作用。然而,茅盾的特点却在于透过"经济"的现象去表现阶级与阶级的对立,一种社会力量与另一种社会力量的对立,表现经济变动对政治革命的意义以及政治状况对经济生活的强大影响。他笔下的"经济"运行,其"自发"的特征是不明显的,相反,其"人为"的特征却极其鲜明地凸现出来。在《子夜》里,对于造成吴荪甫悲剧命运的因素,作者有力地表现了"国家不像国家,政府不像政府"的政治状况、赵伯韬对公债市场的操纵……正是这些非经济的因素扼杀了中国民族资本的发展,吴荪甫们面对的不是一个自由竞争的经济环境,而是一个依仗外国资本和本国军阀的强权而构筑起来的殖民地、半殖民地经济怪圈,他的雄才大略未能实现他的"双桥王国"的美梦,却只能加速他的毁灭,不是投降,就是失败。在《林家铺子》、《春蚕》里,那些超经济的因素对经济生活的强大影响,都得到了充分而有力的表现。

---

① 《左拉》,黄河文艺出版社 1985 年版。

横向考察：从都市照见全社会

社会性：一种对文学的自觉

巴尔扎克曾经这样宣称："我企图写出整个社会的历史。我常常用这样一句话说明我的计划：'一代就是四五千个突出的人物扮演一出戏。'这出戏就是我的著作。"① 从历史的发展来看，只有在 19 世纪现实主义潮流兴起之后，一些最伟大的作家才产生以自己的创作给整个社会作全景式描绘的自觉追求。于是巴尔扎克写出了《人间喜剧》、左拉写出了《卢贡——马加尔家族》、托尔斯泰写出了《战争与和平》。

正是近现代以来的人类对宇宙、对社会、对人类自身认识的"体系化"，促成了作家在反映社会生活的"体系化"。勃兰兑斯在谈到巴尔扎克的《人间喜剧》时说："这个计划庞大，完全独出心裁；在任何已知文学中，尚未出现这种类型。""它不只是人生的小小片断被象征地艺术地扩大成为整体的一个映象，而是按照科学的意义来讲，可以正当地要求成为一个整体。"他所创造的小说世界"像一个真正的国度"、"用两三千个人物，每个人物又代表另外几百个人物，为法国社会所

① 《致〈星期报〉编辑意保利特·卡斯狄叶先生书》，《文艺理论译丛》1957年第 2 期。

有不同的阶级,因而间接地为他的时代,给世界提供一幅全面的心理解剖图"。①

　　茅盾的关于文学的社会性的思想早在新文学运动初期当他开始译介外国文学特别是现实主义文学时就开始形成和发展起来了,他的这一思想当然也受到欧洲的现实主义大家的影响,其中有托尔斯泰的影响,司各特的影响,左拉的影响……他在谈到他阅读过的外国文学名著时说:"我喜欢规模宏大,文笔恣肆绚烂的作品。"②他曾极度称赞托尔斯泰的《战争与和平》写出了"全般社会相",他认为:"托尔斯泰是广阔地多方面地反映现实的艺术巨匠。在他的史诗式的作品中,俄罗斯人民卫国战争的波澜壮阔的雄伟画面和平凡的日常生活场面、众多的人物形象和他们之间的联系及冲突,他们的外貌和内心世界的深入刻画都错综复杂地交织在一起,构成一幅异常丰满的栩栩如生的时代生活的图画。"③他十分欣赏司各特的善于在广阔的社会背景上描写人物的才能;对于左拉的 20 卷巨著,他称其"真是巨大的风俗画,《人间喜剧》以后仅有的大计划"。

　　文学是一种选择,一方面生活选择文学,它鼓励最适合时代需要的创作发展;另一方面作家也选择生活。这种选择,既起于作家个人的生活经验、人生理想、个性气质,也起于他的文学素养和审美追求。茅盾的关于文学社会性的思想既是现实生活直接推动的产物,又是欧洲 19 世纪以来现实主义文学有力影响的结果。那么,这种影响从上世纪 20 年代到 30 年代对接受者的理论主张带来什么具体变化呢? 对于茅盾的创作来说,它在题材上所体现的社会性的最主要特征是什么? 这种特征的形成与外国文学的影响又有什么关系呢?

---

① 《十九世纪文学主流》第 5 分册,人民文学出版社 1982 年版。
② 《我阅读的中外文学作品》,《福建文学》1981 年第 8 期。
③ 《激烈的抗议者,愤怒的揭发者,伟大的批判者》,《世界文学》1960 年第 11 期。

都市的发现

我们认为,这种影响在茅盾的理论主张上则是他从新文学初期对文学社会性的一般提倡深化到对无产阶级都市文学理论的发现;而他的创作在题材上的最大特征则是都市性,他以如椽巨笔,浓墨重彩地描绘了中国现代都市的种种色相,在一系列充溢着浓重的时代气氛的矛盾冲突的动态展示中,表现着都市人生的悲剧和喜剧。都市成为他俯察全社会的中心。他以现代都市人生的深刻表现反映着全社会。

我们知道,现代都市是伴随着中国社会殖民地化、半殖民地化的日益加深而畸形发展起来的。它既是帝国主义势力、封建主义势力和官僚买办势力的反革命政治、经济统治的中心,又是新兴的社会力量——工业无产阶级的集结地。它最集中、最迅速地反映着中国社会百年来的风云变幻。正是这种社会历史背景使反映都市人生成为新文学的必然要求。20年代中期,鲁迅曾对"现代都会诗人第一人"勃洛克的诗歌艺术进行过介绍,并认为:"能在杂沓的都会里看见诗者,也将在动摇的革命中看见诗。所以勃洛克作出《十二个》,而且因此'在十月革命的舞台上登场了'。"他又不无遗憾地指出:"中国没有这样的都会诗人。我们有馆阁诗人,山林诗人,花月诗人……没有都会诗人。"① 于此我们可以看出鲁迅对"都会诗"以至于整个都市文学的瞩望。事实上,"五四"新文学创作中有关青年知识分子的题材多少带有都市生活的色彩,他们在现实中的进退拮据和内心的彷徨苦闷无不与都市文明的畸形发展有着或多或少的联系;而郭沫若的《女神》,其中不少篇章则以"五四"的狂飙精神反映了现代的都市人生。我们不妨把它们视为都市文学的先声。然而,真正给都市文学以理论发现并在创作中鲜明地显示都市文学特征的,则是茅盾。

---

① 《集外集拾遗·〈十二个〉后记》,上海鲁迅全集出版社 1938 年版。

理论的探寻

　　早在"五四"时期,茅盾就注意到新文学表现"城市劳动者生活"的问题,并从现实主义的原则要求出发,对"知识阶级中人和城市劳动者"的"隔膜"提出了批评。[①]然而真正给"反映都市人生"这一命题赋予理论意义的是他在 20 年代末以及后来的一些论述。发其端者则是他的《读〈倪焕之〉》。

　　在这篇标志他的现实主义思想的重大发展的著名论文中[②],茅盾从"寻求代表'五四'的'时代性'和'社会性'"出发,对第一个十年间的新文学创作进行了批评。其中最能传达他的都市文学思想的是对《呐喊》、《彷徨》的评论。

　　众所周知,茅盾是最早对鲁迅创作的社会意义和文学意义进行有力肯定的新文学家之一。他在《读〈倪焕之〉》中仍然"坚持我从前的意见","以为《呐喊》所表现者,确是现代中国的人生"。他高度评价了鲁迅小说在"攻击传统思想"上的"惊人色彩"。但是更使我们感到兴趣的却在于他又认为:"《呐喊》中的乡村描写只能代表现代中国人生的一角",其中"没有都市,没有都市中青年们的心的跳动","很遗憾地没曾反映出弹奏着'五四'的基调的都市人生"。我们认为茅盾这些论述中所表达的文学思想是很值得我们注意的。事实上,他的这些看法并不仅仅是写于 1923 年《读〈呐喊〉》的重复,其中对"弹奏着'五四'的基调的都市人生"的认识,是他在"真实地去生活,经验了动乱中国的最复杂的人生的一幕"[③]后形成的新鲜认识,也由此而形成了他发展中的文学思想的一个重大特色。所谓"弹奏着'五四'的基调的都市人生",

---

　　① 《文学与人生》,刊于《浙江第一次暑期学术演讲会演讲录》。

　　② 我们认为《读〈倪焕之〉》体现了作者从一般的现实主义到革命现实主义的重大发展,详见本书第 36 页。

　　③ 《从牯岭到东京》,《小说月报》第 19 卷 10 号,1928 年 10 月。

在他看来,这一命题包含着下列两方面的内容:

其一,作为对"五四"的时代反映,文学题材的选择必须把重点放在都市人生或与都市人生紧密相关的其他方面的社会人生上;

其二,然而也只有选择最鲜明有力地显现"'五四'的基调"的那一部分"都市人生",即充分显示出现代冲突和现代节奏的动态的都市人生作为反映对象,文学才可能较大限度地获得时代性。

所以,他对《呐喊》中的"乡村描写"由于其离开了对"都市人生"的有机联系而感到"遗憾";所以,他对《彷徨》中的《伤逝》和《幸福的家庭》这样的以城市现代知识青年为描写对象的作品,由于其"也只能表现了'五四'时代青年的一角","不能不使人犹感到不满足",而当时文坛上大多数反映城市知识青年生活的作品,由于它们所反映的人生还是"极狭小的、局部的",没有表现出"'彷徨'的广阔深入背景",因此仍然"并没抓到'五四'的基调"。我们也许并不完全赞成他对鲁迅创作所持的上述批评,然而这并不妨碍我们因此而发现茅盾在这些评论中所透出的特异锋芒。我们可以说,对文学的时代性社会性的追求是茅盾一贯的主张,然而只是到了20年代末,他才把对"都市人生"的反映视为这一主张的具体内容之一;而他所谓的"都市人生",并不指城市居民世俗生活的表面,那种灰暗的、贮满了历史积尘的人生,而是指"被'五四'的怒潮所冲激",即以思想解放、政治革命为主潮的动态生活。如果说当时的新文学家大多从"难得变动"的"静态"生活描写上去揭示社会人生的悲剧或喜剧,那么,茅盾则强调从"弹奏着'五四'的基调"的"动态"人生的充分展示中反映"五四"以来的社会现实。

按照他的理解,"在《呐喊》的乡村描写发表的当时,中国的乡村恰正是鲁迅所写的那个样子",那么,所谓"弹奏着'五四'的基调"的,不能不首先在于都市。正是基于这种认识,他高度评价了《倪焕之》的出世在新文学史上的重大意义。他认为:"把一篇小说的时代安放在近十年的历史过程中的,不能不说这是第一部;而有意地要表示一个人——

一个富于革命性的小资产阶级知识分子,怎样地受十年来时代的壮潮所激荡,怎样地从乡村到都市,从埋头教育到群众运动,从自由主义到集团主义,这《倪焕之》也不能不说是第一部。"在他看来,"从乡村到都市"是与"五四"以来的"时代的壮潮",甚至与"到群众运动"、"到集团主义"等现代意识都密切相关的。正由于第一个十年里的"时代的壮潮"主要是以都市为舞台的,那么,都市性与现代性就成为互相包容的概念。

同时,也应看到茅盾在提出文学反映"都市人生"主张的最初时期,对都市题材所包含的复杂内容还认识不足。尽管他用"弹奏着'五四'的基调"作为他所主张要着力反映的"都市人生"的限定词,但在事实上,其重点仍在于要表现都市小资产阶级知识青年。随着他的马克思主义文艺观的进一步成熟,他就从建立无产阶级革命文学的高度对"都市文学"进行了新的阐释。这体现在他 1933 年前后所写的《都市文学》、《机械的颂赞》、《现代的》等一系列文艺论文或随笔中。

在这些文章中,茅盾不仅第一次提出了"都市文学"的概念,而且在对其中的资产阶级、小资产阶级文学倾向的批判中阐明了自己的无产阶级都市文学的主张。事实上,"都市文学"在 30 年代已经成为文坛上的一股不小的潮流,如艾青的早期作品。他在蓝波、阿坡里奈尔、叶赛宁、惠特曼、勃洛克……尤其是比利时的都会诗人凡尔哈仑的深刻影响下,写出了他的"都市的忧郁"和"农民的忧郁"。正像在农村题材中有前进的或保守的甚至反动的不同文学倾向一样,都市文学自身其时也显露出阶级的分野。尼姆·威尔士在谈到中国 30 年代文艺时说:在左翼文艺蓬勃发展的同时,"还出现了一种颓废——肉感派,中国称之为'城市派'。这一派专门描写现代城市生活以娱读者,往往带有一种形同自杀的逃避感。"[1] 这种"城市派"文学的产生与西欧 19 世纪末以来流行的各种文艺"新"潮以及日本的"新感觉派"等文艺流派的影响有着密切的关

---

[1] 《现代中国文学运动》,《活的中国》附录一,《新文学史料》1978 年第 1 辑。

系。尼姆·威尔士在这里所说的是当时一群集结在《现代》月刊周围的青年作家。《现代》编者施蛰存当时这样解释被人们称为"现代"派的诗作:"《现代》中的诗是诗,而且是纯然的现代的诗。它们是现代人在现代生活中所感受的现代的情绪,用现代的辞藻排列成的现代的诗形。""所谓现代生活,这里面包含着各式各样独特的形态:汇集着大船舶的港湾,轰响着噪音的工厂,深入地下的矿坑,奏着 Jazz 乐的舞场,摩天楼的百货店,飞机的空中战,广大的赛马场……甚至连自然景物也与前代的不同了……"[①] 这里所述的是多少被论者的想象所"欧化"了的"现代生活",其真正的注脚是当时上海的畸形的"都市生活"。也许"现代"诗派的创作与编者的宣言不尽一致,他们的作品有的也多少表现了对黑暗现实的不满,其成就的高下也相异甚殊,但都市的现代小资产阶级感伤主义却是他们创作的共同色调。资本主义都市文明中的颓废、享乐的倾向也许在"城市派"小说家的创作中更为明显,如穆时英的小说。我们当然不可能在这里对他作全面的评价,他也一度在左翼浪潮的裹挟下写出了《南北极》等几篇有一定现实意义的作品,我们想指出的是:真正代表所谓"穆时英作风"的是《夜总会里的五个人》、《上海的狐步舞》等表现上海畸形的都市生活的作品,他在这些作品中用"Jazz,机械,速度,都市文化,美国味,时代美……的产物的集合体"[②] 来"以娱读者"。在《黑牡丹》中,他借小说一个人物之口说出了自己的审美趣味:

> 譬如说,我是在奢侈里生活着的,脱离了爵士乐,狐步舞,混合酒,秋季的流行色,八汽缸的跑车,埃及烟……我便成了没有灵魂的人。那么深深地浸在奢侈里,抓紧着生活,就在这奢侈里,在生活里我是疲倦了。……

---

① 《又关于本刊的诗》,《现代》第 4 卷第 1 期。
② 穆时英:《公墓·被当作消遣品的男子》,上海现代书局 1933 年版。

所谓"城市派",他们的创作所体现的正是"都市文学"中的资产阶级或小资产阶级的倾向。

茅盾认为上海30年代"生产缩小,消费膨胀"的"畸形发展",造成了"消费和享乐是我们的都市文学的主要色调"。[①] 我们以为这主要是就穆时英、刘呐鸥等人的"城市派"文学倾向而言的。他指出:在这些作品中,"大多数的人物是有闲阶级的消费者,阔少爷,大学生,以至于流浪的知识分子,大多数人物活动的场所是咖啡店,电影院,公园;跳舞的爵士音乐代替了工厂中机械的喧闹,霞飞路上的广告代替了码头上的忙碌。"不同于他以前着重从青年知识分子在时代大潮中的进退和思想、心理的剧烈变动去理解"弹奏着'五四'的基调的都市人生",他认为表现"站在机器旁边流汗的劳动者"和他们"在生产关系中被剥削到只剩一张皮"的惨状应是都市文学的重要内容,而要达到这一点,"必先有作家的生活的开拓",以至于"能够和生产组织密切"相连,明确指出作家的切身体验在正确反映城市无产阶级时的极端重要性。显然,他是从文学应当表现工业无产阶级,从建立无产阶级革命文学的高度去对都市文学进行再认识的。这反映了茅盾的"都市文学"理论在马克思主义文艺科学光照之下的一个长足发展。区别于资产阶级或小资产阶级的都市文学,茅盾所主张的是无产阶级的都市文学。

茅盾认为,无产阶级的都市文学在内容上应当做到:一是表现城市工业劳动者的命运和抗争;二是重视对"缩小的生产",即关系着都市以及全社会的经济活动作充分真实的反映,因为可以由此而"更有力地表现了都市的畸形发展,表现了畸形发展都市内的劳动者加倍的被剥削,而且表现了民族工业的加速度没落",离开了都市经济活动的"人"的描写,消费性的生活方式的描写……其对都市人生的反映都是不全面的。而在艺术特征上,无产阶级都市文学的主要色调应该是"力"和"速度",因为它们体现了"新的人类以大无畏的精神急趋于新世界的创造——新生

---

① 茅盾:《都市文学》,《申报月刊》第2卷5号。

活关系的确立"①。

　　茅盾的上述观点当然与他长期生活于上海等旧中国都市所形成的切身感受密切相关,然而对于我们的论题更有意义的是:他的这一主张的形成与他对近现代西方文艺的系统、科学的研究有着密切的关系。现代都市是资本主义文明的产物,资产者用立法的或商业的"战争"迫使乡村屈服于城市的"统治"②。随着都市的发展,都市题材、都市特征在西方文学中越来越占有显著的地位。至于19世纪末以来的各种文艺"新派",他们的创作和理论更是都市性的,其对中国现代文学的消极影响则是催生了"城市派"那样的都市文学。茅盾在"五四"时期,他从"为人生"的现实主义要求出发,曾介绍、甚至提倡过"新"派艺术。然而自从1925年后,以《论无产阶级艺术》的问世为标志,他开始"清理一番自己过去的文学艺术观点"③,逐步确立了马克思主义的文艺观。此中的曲折对他1929年提出表现"弹奏着'五四'的基调的都市人生"、1932年前后提出无产阶级都市文学的理论主张,是有一定联系的。他曾对俄国象征主义诗人勃留梭夫的下述特点给予很大的注意:"他又是首先把近代都市生活给予诗的描写的一人。在他的诗里,不但有汽车、电车、飞机,并且还可以听得近代产业中心的脉搏。所以在一种意义上,很可以说他是'倾向于机械的'。"④他又在《文凭·关于作者》一文中称赞另一个俄国批判现实主义作家丹青科:"在这篇《文凭》里将乡村中间所听到的都市的宏壮的呼声用很美妙的文情表达出来",女主人公安娜·底摩维芙娜的"一颗在跳跃着被'都市'的喧声所鼓动起来的勇敢的心",体现了"觉醒了的农村的意识",显示了19世纪90年代的俄国"都市"对于"种种方面的人生的影响"。这些评述体现了作者唯物主义的历史发展观。上述两篇文章分别发表于1931年和1932年,正是他提出无产

---

① 《现代的》,《东方杂志》第30卷第3号,1933年2月。

② 马克思、恩格斯:《共产党宣言》,《马克思恩格斯选集》,人民出版社1972年版。

③ 《我走过的道路》(上),人民文学出版社1981年版。

④ 《勃留梭夫评传》,《妇女杂志》第17卷第1号,1931年1月。

阶级都市文学主张的前夕,其中的联系是很显明的。

然而,更主要的是由于他运用马克思主义的历史观对殖民地化、半殖民地化日益严重的中国社会进行了宏观的把握。他的都市文学的主张是在对"五四"新文学的反思中产生,在对资产阶级、小资产阶级都市文学的批判中发展起来的。他是我国在无产阶级革命文学的范畴内给"都市文学"以理论发现的第一人。

复杂而多彩的都市人生

也许我们应该注意到茅盾的上述主张正是与他的创作同时起步的。因此,他的都市文学理论主张不能不首先影响着自己的"写什么"与"怎么写",而在创作中打下深深的印记。

其表现主要是:

第一,都市社会的历史反映。我们知道,茅盾的创作大多取材于都市人生,他的最为成功的作品多是"偏重于都市生活的描写"的。他给新文学留下了一幅又一幅中国都市社会的历史画卷。从《蚀》到《子夜》,再到《腐蚀》……其中的都市特征不仅在于选取上海、武汉、重庆等都市作为事件展开的环境,即使是像《动摇》中那样小县城生活的描写,也充分地感应着大都市政治风云的变幻,应该看作都市人生的一个侧影,而且在于所描写的冲突都是都市性的,其中的主要人物或是民族资产阶级、买办资产阶级和他们的政治、文化代表,或者完全都市化了的小资产阶级知识分子,或者城市的产业工人……他的《蚀》三部曲,《虹》、《路》、《三人行》主要是围绕着"五四"以来至大革命失败前后小资产阶级知识青年在社会革命漩涡中的进退去反映都市人生。政治是这些作品冲突的中心,而所谓"思想界的混乱,社会基础的动摇,新旧势力之错综肉搏而无显著的进退"①,又是通过静

---

① 茅盾:《读〈倪焕之〉》,《文学周报》第8卷20号。

女士、方罗兰、梅女士这样知识青年的神经去触觉、去表现的。而在《子夜》、《第一阶段的故事》、《锻炼》等作品中，茅盾则从更广阔的社会背景和历史背景上，反映着三四十年代的都市人生。就塑造的人物而言，这里有民族资产阶级，如吴荪甫、何耀先、严仲平；有买办资本家，如赵伯韬；有"空谈的大学教授、吃利息的高尚诗人"，如李玉亭、范博文；还有产业工人，如朱桂英、赵元生、何祥；还有……色彩缤纷的众多形象组成了三四十年代中国都市社会的人物画廊。就描写的冲突而言，这里有十里洋场上交易所的狂潮，有民族资本和买办资本、官僚资本的竞争，有工人与资本家的激烈对抗，有各阶层爱国者与亲日分子、反动分子的生死冲突……经济活动与政治斗争如此纠缠，互为因果，密不可分。就反映的时代而言，它简直活生生地再现了三四十年代中国都市社会的全部历史，从30年代初的经济萧条、蒋冯阎大战、"一·二八"淞沪抗战，到"大后方"的黑暗，国民党反动统治的最终崩溃，都在其中得到了真实、生动、具体的反映，形成了研究者所谓的"史诗特征"。

　　显然，茅盾的这些以"都市人生"为题材的创作，其对中国现代社会人生的反映决不仅仅囿于"都市"这一社会的局部。他的人物、环境和故事冲突都具有相当的典型意义，因而是全社会性的。如《子夜》，它"差不多要反映中国的全社会，不过是以大都市作中心的"①。茅盾的创作从"都市"这一视角照见的是整个现代社会。这种在题材上体现的作家认识生活、反映生活的独特视角，形成了茅盾现实主义创作的一个重大特征。

　　第二，都市人生的动态描写。应该说，都市题材并不是都市文学的全部特征，甚至也不是其最重要的特征。如果离开了对都市人生的"现代"氛围、"现代"观念、"现代"生存方式和"现代"冲突的充分描写，那也就失去了都市文学。这种对都市人生之"现代"性的反映，正是都市文学与市民文学的最大区别。市民文学在我国传统文学中已十分发达，

---

　　①　瞿秋白：《〈子夜〉和国货年》，《瞿秋白选集》，人民文学出版社1955年版。

最著名者莫如宋以来的话本和拟话本。然而它不是都市文学,这是十分显然的。"五四"以来的新文学中,城市市民生活始终是引起人们关注的题材。无论是当时的京派作家,还是左翼的一些青年作家,他们都曾在这块领域内各自挖掘出人生的悲剧或喜剧,以引起疗救的注意。在这里以老舍创作为例,是可以说明问题的。他以擅于描写北方市民社会著称,描风俗、写人物,都具有非凡的功力,堪称为"市民文学"的大师。然而,他的创作之所以不能称为"都市文学",在于他所描写的生活主要是都市中的停滞的部分,是传统的市民社会的沉积层。他笔下的小商贩、小房产所有者、城市贫民、无业游民、暗娼、穷公务员……所构成的正是一个五光十色的下层市民社会,他们不代表任何新的生产关系,他们是散漫的,保守的,没有独立力量的。现代社会的急剧变化很难在他们身上得到积极的反应,他们往往只是消极、迟缓地去适应这种变化。"静态"正是老舍笔下市民生活的主要特征。有的评论家认为老舍创作的时代感不强,甚至他的代表作《骆驼祥子》,其反映的年代至今还是老舍研究中很难解决的一个问题。我们以为这首先是由于描写对象的固有特征所决定的。老舍正是在"静止"的市民生活中发现病态,发现了喜剧,也发现了悲剧,因此而深刻地表达了"改造旧生活"的强烈要求。应该承认,老舍在表现市民生活上的贡献至今仍是十分杰出的,不可代替的。

不同于此,都市文学首先是以自己鲜明的"现代"性格显示独异的色彩和气度的。所谓"现代"性格,用闻一多的话说,首先是"20世纪是个动的世纪"[①],在紧张的动态之充分描写中反映的是现代生活的变革和发展。如果说新文学中以市民生活为题材的创作,其"现代"属性主要在于其中渗透着作家对灰色人生的强烈批判精神,由此而传递出了"五四"的声息,那么,茅盾都市题材的创作则由于他在新民主主义革命历史要求下深刻地反映了都市以至全社会生活的动态、节奏和发展方向,

---

① 《女神之时代精神》,《创造周报》第4号。

而更具有完整的、鲜明的"现代"意义。他的创作迅速地传达着现代都市社会的每一律动，尤其是都市社会各阶级、各阶层在政治、经济的急剧变动冲激下的心理、思想上的每一律动。与动态人生相对应的是，他认为"力"和"速度"应该"成为现代文艺的主要色调"，事实上，他的创作比他的理论提倡更为充分地体现了这一原则。正是这种"动态"特征，使他的创作是充分"现代"的，因而也是"都市"的，显示了与市民文学的鲜明区别。《追求》中的章秋柳有一段话：

> 我们这一伙人，都是好动不好静的；然而在这大变动的时代，却又处于无事可做的地位。并不是找不到事；我们如果不顾廉耻的话，很可以混混。我们也曾想到闭门读书这句话，然而我们不是超人，我们有热火似的感情，我们又不能在这火与血的包围中，在这魑魅魍魉大活动的环境中，定下心来读书。我们时时处处看见可羞可鄙的人，时时处处听得可歌可泣的事，我们的热血是时时刻刻在沸腾，然而我们无事可做；我们不配做大人老爷，我们又不会做土匪强盗；在这大变动时代，我们等于零，我们几乎不能自己相信尚是活着的人。我们终日无聊，纳闷。到这里同学会来混过半天，到那里跳舞场去消磨一个黄昏，在极端苦闷的时候，我们大哭大叫，我们拥抱，我们亲嘴。我们含着眼泪，浪漫，颓废。但是我们何尝甘心这样浪费了我们的一生！我们还是要向前进。

他很少描写城市生活中那种"停滞"的部分，而选择那些依照自己的生命规律必然是"好动不好静"的社会层作为自己的反映对象。他们是都市中最活跃的部分。固然其运动的起点和归宿、运动的具体形式都各有差异，甚至有质的不同，然而，紧张的动态却是茅盾笔下都市人生的共同特征，要么前进，要么没落，各种人的生活和观念都不在某一点上停滞下来。也许离开现代都市生活的节奏也就谈不上对茅盾都市题材创作中时空观念的正确认识，它影响到故事的情节结构、人物的多重性格设计等诸方面。正如当时的一篇评论在谈到《幻灭》时所说的：

欧洲"自然主义长篇中篇小说的描写都是非常缓慢的,我们的著者写幻灭时在手法上或者以为是很迅速了……"[①]整部《子夜》,它的大小情节在短短的两个月内展开和收束,然而却包含了极其丰富的、完整的都市人生,如吴荪甫的投机活动、建立双桥王国的野心和最后的破产,如杜竹斋的反水,交易所里的"愚人节",如城市里的工潮……体现的正是紧张的动态。

事物运动的动力在于事物自身的内在矛盾冲突。如果说"五四"时期的新文学家在知识青年的题材中大多描写"新"与"旧"两种生活、两种生活观念的冲突,所谓"父与子"的冲突的话,那么,茅盾创作更多表现的恰恰是现代都市生活的自身矛盾和冲突。如《虹》描写梅女士"从乡村到都市"后,"心理形成一大疑团",于是就"把这些疑问抽象地写成一篇短文",而发表该文的刊物编者在按语中却说其中"所叙述的恋爱痛苦,也是旧礼教造成的":

> 梅女士很不满意这个牛头不对马嘴的按语。她想:一切罪恶可以推在旧礼教身上,同时一切罪恶又在打破旧礼教的旗帜下照旧进行,这便是光荣时髦的新文化运动!

显然,在作者看来,问题不仅在于旧礼教如何乔装打扮,混迹于"新文化运动",而更在于后者又如何历史地服从辩证法则出现分化。这样,他的都市题材创作就明显地具有反资本主义文明的意义。他当然不能从"父"辈的眼光去考察这个主题,他需要的是从都市生活的自身矛盾中去把握对象的否定之否定的历史过程的丰富内容。我们还可以设想一下,如果让《子夜》中的吴老太爷进了吴公馆,居然活了下来,那将演出怎样的"父与子"的悲喜剧啊。然而作者并没有这样做。他也许宁可牺牲这一不乏历史意义的主题,而把主要冲突建立在都市这个统一的生活实体上。我们是否可以从中体察到作者在组织冲突时的深刻用

[①] 徐蔚南:《〈幻灭〉》,《茅盾评传》,现代书局1931年版。

心呢？

正因为作者如此注重从都市人生的内在矛盾上去揭示对象的紧张动态，那么他的创作就自然而然地带有对其发展方向的某种表现或暗示。这种表现或暗示倒不在于作者是否对自己笔下的生活进行了直接的政治或道德的评判，作为一个成熟的现实主义作家，茅盾把自己力量主要诉诸对现实的"如实写出"。他的作品中的民族资产阶级的命运都是悲剧性的，同样，他的那些沉陷于幻灭之中而不能自拔的"现代女性"的命运也是悲剧性的——一种可爱的灵魂老是在污浊的世界里流浪的悲剧，她们从希望的此岸启航，由于缺乏实践的能力，总是到不了理想的彼岸，更何况她们的"彼岸"事实上只是一片幻象呢。这些都是茅盾在都市题材的现实主义描写中告诉我们的，它们说明的是中国资产阶级由于先天的软弱而不能独立领导中国的民主革命，而小资产阶级知识分子在其自身的圈子里也是永远摆脱不了"流浪"的命运的。我们也许还应该充分重视茅盾对产业工人的描写。不仅在"劳动者在生产关系中被剥削到只剩一张皮的描写"[1] 中，而且在朱桂英、张阿新、何秀妹等一系列产业工人形象的塑造中，作者表达了自己对无产阶级历史地位的深刻的认识。当然，我并不认为茅盾对工人阶级的表现是很充分的，其不足之处主要在于党的领导还没有得到更有力的体现。然而，把工人阶级作为独立的阶级力量进行真实、具体的表现的，至少在 30 年代，茅盾还是最为出色的。透过茅盾对都市各阶级、各阶层人物历史命运所作的现实主义的描写，我们看到了半封建半殖民地的旧中国已历史地选择了无产阶级领导下的新民主主义革命作为分娩出新世纪的产婆，其中当然包括对旧中国都市人生发展动向的科学揭示。我们以为这是茅盾的都市题材创作区别于西方的都市文学，也区别于 30 年代的"城市派"文学的主要之处，由此而鲜明地显示了自身的民族特征和无产阶级文学性质。

---

[1] 《都市文学》，《申报月刊》第 2 卷 5 号。

都市阴影下的农村

除了"偏重于都市生活的描写"外,茅盾的创作中还有一些是以乡村生活为题材的。我们仍可以从这些作品中感受到浓重的都市气息,它表现为都市生活对破产的农村的巨大影响。我们应该注意到茅盾作品中的农村大多是都市附近的村镇,如被作者自称为"描写乡村生活的第一次尝试"① 的《林家铺子》,其故事发生的地点就在距离上海并不太远的一个小市镇。这种地理上的联系显然是都市影响的基本条件,也体现了作者观察农村生活的独特视角。且不说《子夜》中的双桥镇本来就是吴荪甫梦想中的双桥王国的一部分,就是以农村为直接描写对象的作品,如《春蚕》、《秋收》、《残冬》,他也从不把它们描绘成独立于都市的"桃花园式"的社会。如果说鲁迅等新文学家,包括 30 年代一些乡土题材作家,他们对农村生活的反映,或是从农村的急剧破产、败落和缓慢的生活节奏之悲剧性冲突中显示"不能照旧生活下去"的主题,或是从封建性半封建性农村的自身矛盾上揭示"咆哮的土地"的发展趋势,那么,茅盾的特点就在于表现了以都市为中心的帝国主义势力、反动政治势力和资本主义经济对中国农村的侵蚀和危害,鲜明地体现一个革命现实主义作家在马克思主义光照之下对半封建半殖民地社会的中国农村的深刻洞察。

在《春蚕》中有这么一段描写:

呜!呜,呜,呜,——

汽笛叫声突然从那边远远的河身的弯曲地方传了来。就在那边,蹲着又一个茧厂,远望去隐约可见那整齐的石"帮岸"。一条柴油引擎的小轮船很威严地从那茧厂后驰出来,拖着三条大船,迎面向

---

① 《〈春蚕〉跋》,《春蚕》,开明书店 1933 年版。

　　老通宝来了。满河平静的水立刻激起泼刺刺的波浪,一齐向两旁的泥岸卷过来。一条乡下"赤膊船"赶快拢岸,船上人揪住了泥岸上的树根,船和人都好像在那里打秋千。轧轧轧的轮机声和洋油臭,飞散在和平的绿的田野。老通宝满脸恨意,看着这小轮船来,看着它过去,直到又转一个弯,呜呜地又叫了几声,就看不见,老通宝向来仇恨小轮船这一类洋鬼子的东西!

像《子夜》开场对大上海夜市的描写一样,这里所刻画的正是在大都市阴影下飘摇不安的乡村生活,不可一世的"小轮船",有着整齐的石帮岸的茧厂,它们是君临于农村的都市经济、都市文明的象征。老通宝是一老实的农民,他带着传统的道德,也带着自耕农的传统的保守心理无可奈何地接受了"洋"玩艺儿所带来的世间的"突变"。资产阶级"它的商品的低廉价格,是它用来摧毁一切万里长城、征服野蛮人最顽强的仇外心理的重炮。它迫使一切民族——如果它们不想灭亡的话——采用资产阶级的生产方式;它迫使它们在自己那里推行所谓文明制度,即变成资产者。一句话,它按照自己的面貌为自己创造出一个世界。"[1] 几千年沿袭下来的稳固的自给自足自然经济在外来力量的挤压下瓦解了,破产了,乡村迅速地失去了自身的独立性,而"从属于城市"。茅盾认为,在 30 年代,"全中国经济破坏,毒血似的洋货深入了农村的血管,号称丰年,农民没有饭吃! 全中国农村骚乱,金钱向安全地带跑,造成都市经济的畸形的发展,造成了都市的奢侈豪华、淫逸罪恶,……"[2] 这里所表达的对旧中国"都市—乡村"这一动态的反馈系统的清醒认识,也许应该看作是《子夜》等作品的解题之笔。他在《"现代化"的话》等散文中还描绘了所谓"都市文明"对乡村的侵蚀:"大都市里的时髦风气也很快地灌进内地去了;剪发,长旗袍,女大衣,廉价的人造丝织品,国产电影,一齐都来了","都市的'现代'风气的装饰和娱乐流到乡镇",它们和封建主义的传统

---

[1]　马克思、恩格斯:《共产党宣言》,《马克思恩格斯选集》,人民出版社 1972 年版。
[2]　《紧抓住现在》,《申报·自由谈》, 1933 年 1 月 8 日。

结合,形成"中西合璧"的文化怪胎。

当然,茅盾在这里并不是为封建性农村的没落唱一曲挽歌。他的全部同情无疑都是在破产了的农民身上的,然而他又认为老通宝们对太平盛世的幻想既无济于摆脱破产的命运,也不合于社会发展的趋势。他反对当时一些"田园诗人"的"怀乡病",对电影《城市之夜》的错误倾向进行了批判。[①] 他所描写的旧中国农村的悲剧说明了:只有革命,才是唯一的出路。而崛起于乡村废墟之上的,不是别的,却是被老一辈人视为"忤逆"的多多头们。这是一代年轻、自信的,顺应时代潮流的,有能力开辟自己新生活的造反者。他们是破败了的乡村的一线曙色。

如此从与都市社会的普遍联系上对农村生活做立体的透视,并由此而表达了改造农村的强烈愿望,正是茅盾农村题材创作的特点。

---

① 《〈狂流〉与〈城市之夜〉》,《申报·自由谈》,1933 年 3 月 24 日。

浪漫主义与现代主义

试论戴望舒诗歌的外来影响与独创性

二三十年代,对中国新诗产生过重大影响的外国诗歌主要来自三个方面:一是英美浪漫主义诗歌;二是法国象征派诗歌;三是苏联革命诗歌。这三种主要的外来影响的先后出现,受着当时中国社会的政治、思想文化发展的制约,也与新诗本身的艺术发展,与新诗史上各种风格、众多流派的形成有着内在必然联系。

戴望舒是中国"现代派"的代表诗人。他的创作和理论主张对新诗的艺术发展产生过不小的影响。在 20 年代末和 30 年代上半期,他注意引进法国象征派诗歌作为建设中国新诗的借鉴。在他的创作中,法国象征派的影响是较为引人注目的现象。但是,纵观他一生的文学活动,我们可以发现,他的诗歌所受的外来影响不是单一的,而是多元的。他的诗歌创作除受法国象征派的影响之外,还有法国浪漫派以及国际无产阶级文学运动和苏联文学的影响。这些影响在他诗歌创作的不同时期分别出现,与整个中国新诗在二三十年代所受多方面外来影响的历史进程有着内在的必然联系。

戴望舒作为一个正直的、有一定革命要求的小资产阶级知识分子,从最初微弱的个性解放的要求开始,中经大革命和左翼文学运动的影响,思想上经历了追求和幻灭的痛苦旅程,最后在民族民主革命战争的炼狱中,终于选择了一个爱国诗人的合理归宿。这是他思想发展的三个时期。与此相适应,他诗歌艺术的探求也明显地划分为三个阶段。上述的外来影响之于望舒,主要体现在他艺术追求的第一、第二时期(这两个时期的诗作分别是:《我的记忆》中的《旧锦囊》辑;《我的记忆》中的《雨巷》辑、《望舒草》以及《灾难的岁月》开首几篇),它反映了诗人矛盾惶惑的思想状态,也留下了诗人为发展中国新诗而不倦探索的足迹。

一

戴望舒的诗歌创作始于 20 年代初期。从他存留在《旧锦囊》那一辑中的少年之作看来,他是带着中国晚唐温李那一路诗的影响进入诗坛的。其时,正值新月派诗人大力介绍英美浪漫派诗歌及其理论,提倡新诗格律化,并给予了新诗坛极大的影响。在这个背景下,他接受了法国浪漫派作品的影响。

戴望舒读过许多法国浪漫派作家的作品,如雨果的、夏多布里昂的、拉马丁的……以及有相同倾向的 16 世纪七星诗社的龙沙的。他译过夏多布里昂的《阿达拉》和《瑞奈》,译过富于浪漫传奇色彩的法国古弹词《屋卡珊和尼各莱特》。他对 19 世纪法国浪漫主义文学运动曾给予很高的评价,认为这是法兰西文学的"新纪元",它"代替了一切古典的,传统的,它创造出一个新的、美的形式"。但也为思想所限,他无法区分消极浪漫主义和积极浪漫主义。由于他的感伤情绪,当时他较多地瞩目于前者。毋庸讳言,戴望舒从夏多布里昂等消极浪漫派的作品中所受的思想影响主要也是消极的。这反映在他的《旧锦囊》那一辑的作品中。在这些诗里,"他像一个没落的世家子弟,对人生采取消极的、悲观的态度。这个时期的作品,充满了自怨自艾和无病呻吟"。这种情绪与他那时所受的消极浪漫派的影响不能说是没有关系的。

　　法国浪漫派对戴望舒诗歌艺术的影响是值得我们注意的。

　　主观性是浪漫主义文学最突出最本质的特征。浪漫主义诗歌注重表现诗人的内心生活,常常以爱情为题材,在情调上往往染上忧郁感伤的色彩。所以,法国的文学家有时把浪漫主义叫作"抒情主义",而德国的席勒又把浪漫主义文学叫作"感伤的诗"。注重抒情和情调的感伤性是浪漫主义文学影响戴望舒诗歌的最主要表现。整个《旧锦囊》,诗人集中于表现自己内心体验,表现自己狭隘的对"爱"的想望和不得所"爱"的哀伤以及对生活无端的烦怨。在《回了心儿吧》一诗里,他低吟着:

> 回了心儿吧, Ma chére enemie,
> 我如今不更来无端地烦恼你。

这里的"Ma chére enemie"意为"我亲爱的冤家",典出 16 世纪的龙沙。戴望舒的《夜》一诗用进了拉马丁的名诗《湖》中的诗句,而《夜》的缠绵悱恻的情调与《湖》又是十分相近的。拉马丁作品中忧郁、孤独的主题在戴望舒的《旧锦囊》中得到了呼应。

　　与主观性相连的是浪漫主义诗歌的"描写或模仿热情"的特征。与后来的象征主义着重用象征物去暗示情绪的手法不同,浪漫派诗人较常用的是直抒胸臆的手法,他们"描写或模仿"的就是"热情"本身,而不是另一个"热情"的象征物。在《旧锦囊》中,诗人的情绪大多是直接抒发出来的。如《寒风中闻雀声》:"唱啊,同情的雀儿, / 唱破我芬芳的梦境; / 吹罢,无情的风儿, / 吹断我飘摇的微命。"这种直抒胸臆的方式不同于他后来在象征主义影响下写成《雨巷》、《单恋者》等篇章时所用的象征、暗示的手法。这是戴望舒接受法国浪漫派影响的又一表现。

　　戴望舒所受的法国浪漫派影响,这个问题往往为人们所忽视。人们为戴望舒在《雨巷》及后来的诗作中所呈现的象征主义特征所吸引,而没有注意到诗人接受外来影响的多元性。浪漫主义与象征主义在主观性上固然是相通的,但二者之间在艺术上毕竟有着显著的区别:前者着重用直接的抒发去表现情绪,后者则用象征物去暗示情绪;前者明晰,后者朦胧。

其实,前人对此亦有过启人深思的论述。如杜衡在谈到《望舒草》所受的法国象征派诗人的影响时说:"本来,他所看到而且曾经爱好过的诗派也不单是法国底象征诗人。"可见,戴望舒在写作《望舒草》之前确曾有过向法国象征派以外的其他诗派(从他的翻译和创作来看,主要是向法国浪漫派)学习并受影响的过程。我认为如实地说明这种现象,对理解戴望舒诗歌接受外来影响的多元性和他早期诗作的艺术特征无疑是有益的。

二

戴望舒接受法国浪漫派影响主要体现在他诗歌创作的初期。由于缺乏社会生活的丰富体验,也缺乏艺术上的深厚素养和创新的追求,他的《旧锦囊》的成就是不大的。20 年代后半期,他转向对法国象征派诗歌艺术的吸收和借鉴,几经变革后,逐渐形成自己独特的诗歌风格。

在这期间,戴望舒陆续翻译了魏尔仑①、福尔、梅特林克、耶麦②、果尔蒙、许拜维艾尔、洛尔加、沙里纳思、瓦雷里等人的诗作、诗论。1935 年春,他返国前夕,在巴黎会见了法国诗人许拜维艾尔,谈起他所喜爱的象征派诗人,他说:"或许是韩波(Rimbaud)③和罗特亥阿蒙(Lautreamont)④,在当代之间呢,我以前喜欢过耶麦(Jammes)、福尔(Paul Fort)、高克多(Cocteau)⑤、雷佛尔第(Reverdy)⑥,现在呢,我已把

---

① 现译为魏尔兰。下同。
② 现译为亚默。下同。
③ 现译为兰波。下同。
④ 现译为洛特雷亚蒙。下同。
⑤ 现译为科克托。下同。
⑥ 现译为勒韦迪。下同。

我的偏好移到你（指许拜维艾尔——引者注）和爱吕阿尔（Eluard）[①]身上了。"

象征派诗人的创作和理论对戴望舒的影响，主要体现在他20年代末及30年代初的作品中。其中又可以分为两个时期。

一是《雨巷》时期，主要受魏尔仑的影响，追求诗的音乐美和形象的流动性、主题的朦胧性。魏尔仑主张"万般事物中，音乐位居第一"；他提倡意象的"模糊和精确紧密结合"，因为"唯有令人半醉的歌曲可贵"；他追求把强烈情绪寓于朦胧的意象之中，像"面纱后面的美丽的双眼"，"正午时分颤栗的骄阳"。我们以《雨巷》为例说明魏尔仑对望舒诗歌的影响。

这首诗写于大革命倾遭挫败之时。评论者一般都认为其中有所寄托。诗中表达了诗人对理想事物的模糊追求和在黑暗现实中产生的感伤迷惘的情绪。如果我们结合诗人在这动荡之秋的遭际来分析，诗中的情绪是否可以进一步看作是诗人对革命事业的想望和大革命失败后的幻灭感？诗中的主要意象，那个"丁香一样地结着愁怨的姑娘"，"她飘过／像梦一般地／像梦一般地凄惋迷茫"，她的颜色，她的芬芳，她的忧愁，甚至她的实在，都是隐隐约约，若有若无的，像一圈模糊的色晕，也像一声远方的叹息。诗的想象方式，在于表现一种幻觉，一种诗人在"雨的哀曲"中获得的瞬间印象。所以这首诗在主题、意象、想象方式上都有着朦胧的特点，诗人的情绪寓于朦胧之中。这种艺术手法与上述魏尔仑的主张是相近的。

另外，《雨巷》所达到的"音乐美"也有着魏尔仑的色彩。中外传统诗歌对诗的音乐性的要求都在诗的节奏（音尺、音步或顿）、声的和谐（中国的平仄、西方的长短、轻重）和韵脚这三方面。魏尔仑为了追求诗的音乐感而对诗歌格律采取较为自由的态度，他让同样的子音和母音在诗行中重复出现，这样来达到听觉的和谐和加强某种诗情的效果。如

[①]　现译为艾吕雅。下同。

《木马》——

> Tournez, tournez, bons chevaux de bois
>
> Tournez cent tours, tournez minlle tours
>
> Tournez Souvent, tournez toujonrs
>
> Tournez, tournez au son des hautbols
>
> （回转吧,回转吧,好木马,
>
> 回转一百圈,回转一千圈,
>
> 经常地回转,永远地回转,
>
> 回转吧,和着木笛声回转。)

在这里,"'ou'在每一行诗句中频繁地出现所构成的乐音,给人以木马回转的强烈感受"。让我们来看看《雨巷》:

> 撑着油纸伞,独自
>
> 彷徨在悠长、悠长
>
> 又寂寥的雨巷,
>
> 我希望逢着
>
> 一个丁香一样地
>
> 结着愁怨的姑娘。

诗人像魏尔仑一样,让"ang"这一韵母在诗行中反复出现,回肠荡气,加强了惆怅迷惘之感。"异音相从谓之和,同声相应谓之韵","韵,一般用在句尾,所以称为韵脚,在这一点上,古今用韵是一样的"。如上所举,《雨巷》对"韵"的处理显然不是西方古典式或中国古典式所能包容的。《雨巷》的音乐美,其独特之处就在于这种魏尔仑式的"独特的音节"。有人认为《雨巷》的音乐美源于中国古典诗歌,也有人认为这是新月诗人诗歌理论影响的结果,这两种论点,其共同之处在于企图仅仅从传统的诗歌声律理论寻求《雨巷》音乐感的模式,而忽视了《雨巷》所具有的音乐美的新鲜之处。我们都知道叶圣陶先生对《雨巷》的赞许——"替新诗底音节开了一个新纪元"，这个"新"的含意也许就在阐明其对音乐感追求的非传统性。

二是《望舒草》时期。戴望舒从《断指》后开始，对他所信奉过的诗的音乐成分的"反叛"，而转向对后期象征派诗人福尔、果尔蒙、耶麦那种更为自由、朴素、亲切诗风的吸收。

戴望舒从 1928 年就开始翻译他们的作品。他认为"保尔福尔氏为法国后期象征派中最淳朴、最光耀，最富于诗情的诗人"，"他用最抒情的诗句表现出他的迷人的诗境，远胜过其他用着张大的和形而上的辞藻的诸诗人"。他称赞耶麦的作品"抛弃了一切虚夸的华丽、精致、娇美，而以他自己的淳朴的心灵来写他的诗"。他欣赏果尔蒙的诗"有着绝端地微妙——心灵底微妙与感觉底微妙。他底诗情完全是呈给读者底神经，给微细到纤毫的感觉的"。

耶麦等人的作品影响望舒创作的几点，主要是：

其一，像法国象征派诗歌一样，戴望舒的诗表现了感觉的灵敏，各种感觉的相通以及感觉与情绪的微妙的对应关系。

望舒认为："诗不是某一官感的享乐，而是全官感或超官感的东西。"所谓"全官感"即指感觉的丰富性和统一性。这在中国美学理论中叫"通感"，在西方叫"应和"（echo）。"超官感"，主要指情绪。在象征派诗人那里，"全官感"和"超官感"是统一的，表现出"性灵与官感的狂欢"。波德莱尔后来更明确地阐述了这一原则："一节——形体、运动、色彩、熏香——在精神世界里同在自然界一样，都是意味深长，彼此联系，互相转换，感应相通的。"

《望舒草》显示了象征派诗歌艺术的这一特征。如《印象》，诗人也许意在表现某种行将消失的记忆，但诗并不直接描写记忆本身，而用一连串具体可感（偏于听觉和视觉）的动的物象来显示对象的"飘渺"、"行将消失"这一特点，暗示着诗人对记忆中的事物的眷恋和内心的寂寞。在《秋》里，诗人用听觉来表现秋的来临（"我已隐隐听到它的歌吹／从江水的船帆上"）；在《独自的时候》里，他用视觉、嗅觉来表现听觉

（"房里曾充满过晴朗的笑声／正如花园里充满百合或素馨"）……而这些丰富的感觉，又无不与诗人的情绪有着微妙的对应关系，诗人把感觉导向内心，把客观物视作情绪的象征。他诗中有着丰富的拟人化的比喻，那些没有生命的东西也具有"伟大的灵魂"，表现着诗人自己的灵感和沉思。

其二，戴望舒追求耶麦等人作品中的淳朴诗风。他摒弃了充满着青铜色彩和书卷气的语言，而采用现代人日常口语作为诗的语言，从而形成了朴素而亲切的新的诗风。

他的《旧锦囊》、《雨巷》两辑诗，语言华美，但失于陈旧、落套，距离现代语言太远。在上述象征派诗人的影响下，他转向寻找朴素、自然而又富于表现力的现代口语，写出了"它的拜访是没有一定的"，"再过几日秋天是要来了"这样充分口语化的诗句。

正是这种现代人的口语之用于写诗，带来了戴望舒诗歌风格的变化：朴素、简洁；在明白中显示着亲切，如朋友间的倾诉。这个变化对于诗人是一大进步，对于新诗的探索，也是一个贡献。

其三，与现代口语用于诗相连，戴望舒摈弃了诗中的"音乐的成分"，主张用情绪的节奏代替字句的节奏，形式上趋于散文化。

早期象征派追求诗的音乐美，如魏尔仑，但他们已对传统格律采取较为自由的态度。后期象征派诗人更发展了这种趋势。耶麦"不是正统的象征派"，他的诗体是解放的；福尔的诗在形式上则"介乎诗和散文之间"。作为耶麦等人影响的结果，也作为对当时曾有过重大影响而在其发展过程中又显露了形式主义弊病的新月诗派的诗歌格律理论的反拨，戴望舒在理论上提出了"诗的韵律不在字的抑扬顿挫上，而在诗的情绪的抑扬顿挫上，即在诗情的程度上"的主张，在创作上则不无成功地实践了这一主张，如《我的记忆》、《村姑》等。这对自由诗的艺术发展和它在新诗史上地位的进一步提升，无疑是有很大作用的。

戴望舒诗歌艺术上对法国象征派的借鉴，不仅止于魏尔仑以及耶麦、福尔、果尔蒙诸家，在他的诗作和诗论中，还可以看出瓦雷里、波德莱尔等人影响的痕迹。但我认为这些影响对于戴望舒来说，是统一于他的诗艺探索之中的。我们对魏尔仑以及耶麦、福尔、果尔蒙诸人之影响戴望舒的分析，可以大致概括其基本面貌。

三

戴望舒诗歌所受的外来影响并不止于法国浪漫派、象征派两家。他在 1930 年前后还受国际无产阶级文学运动和苏联文学的影响。

这种影响的产生，一方面出于"红色的三十年代"的革命形势的推动，另一方面也出于诗人自身的革命要求。写于这个时期的《断指》，就显露了诗人这种可贵追求的契机。1930 年，他参加左联，成为左联的最早成员之一；同时，他参与编辑的《新文艺》月刊开始宣传无产阶级文学。在这前后，他翻译了伊可维支的《唯物史观文学论》（该书编入鲁迅等编辑的《科学的艺术论丛书》），翻译了卢那察尔斯基的《普希金论》，著文介绍了十月革命后的文学、戏剧运动和英国无产阶级文学运动。他热情歌颂无产阶级文学是"一种新的力量"，"这种新抽芽的新枝在将来或许会使人们从那已经根深蒂固了的萧伯纳、威尔斯、高尔斯华绥、乔霭士等转过头去吧"。他还看到了"这无产阶级的新兴文学运动，在英国非常困难地和环境争斗着"，但是，"这总是一时的吧。将来，像一个光耀的太阳，这新兴的无产阶级文学，将照遍了那消失在烟雾中的英国吧。"

同时，他还注意到了苏联文学，特别是其中"同路人"文学。他翻译了"同路人"作家伊凡诺夫的反映苏联内战的小说《铁甲车》，著文介绍了苏联文坛 1929 年对"同路人"的批判。他认为"同路人"作家皮力涅克的长篇《红树》是"一部反革命倾向的小说"。他批评伊凡诺夫的小说"不能真正把握到革命的真谛"，但也肯定了他的写实的"才能"和"对于革命对于一切"的"根据本能的认识"。

写于 1930 年的《诗人玛耶阔夫斯基的死》一文为我们理解戴望舒创作思想的变化提供了重要根据。戴望舒在这篇文章中试图用阶级论来分析西方未来主义的阶级实质和产生的社会根源。他认为：未来主义是

"反抗着过去的一切,而带着一种盲目性、浪漫性、英雄主义来理解新的事物的现代小资产阶级的产物",马雅可夫斯基的死与他"赖以滋长终于因而灭亡的有毒的'欧洲的咖啡精'未来主义"有着很大的关系,在于他的"浪漫的、空想的、英雄主义的道路"和现实的无产阶级革命"不互相投合"。他甚至认为马雅可夫斯基和叶赛宁、勃洛克一样,是属于过去时代的诗人。这些观点瑕瑜互见,也明显受有当时"拉普派"的阿卫巴赫等人的影响,此中的得失应当留给研究马雅可夫斯基的专家们去评判。值得我们注意的是,这篇文章表现了他企图用马列主义一些基本文艺观点(如文艺是社会生活反映的观点、文艺的阶级性观点)去解释苏联十月革命后复杂的文学现象,他企图说明革命使"意象派和未来派如何地演进并试想和革命联结",他虽然尚未能科学地解释这种复杂的现象,但他确实看到了这种变化的必然性,而且可以看出他是拥护这种变化的。

以上种种认识,对于他大革命以来实际行动上的革命倾向是合理的发展,而对于他长期以来形成的多少有些贵族化的文学主张("……把诗当作另外一种人生,一种不敢轻易公开于俗世的人生"),却是一个大胆的自我反叛。尽管这种认识也许还仅仅出于粗浅的热情和对革命的仰视,他当然还缺乏深刻的自我批判后的深思熟虑,但这种崭新的发现无疑影响了他的创作态度,使他一度克服了早期所遵奉的"超功利"的文学主张,他用积极的态度面对生活,追求着诗歌"和革命联结"。我认为这是国际无产阶级文学运动和苏联文学影响戴望舒的最主要之点。在这种影响下,他写出了《我们的小母亲》、《流水》那样服务于无产阶级革命事业、具有社会主义倾向的诗篇。他向"被践踏的草和被弃的花"呼吁:

穿过暗黑的、暗黑的林,
流到那边去!
到升出赤色的太阳的海去!

——《流水》

同时,我们在这两首诗中还看到了迥异于《望舒草》的两个重要特点:一是诗人突破了以往着重开掘内心的小天地,而转向广阔的社会生活题材的开拓;二是诗人改变了以往作品中纤弱、感伤的风格,而代之以高昂、明快的格调。诗的主题和意象不再是朦胧的,尽管诗中仍然使用了象征的手法,但由于诗人所选择的意象与所要表现的情绪之间有着人们所习惯的约定俗成的关系,如"赤色的太阳"之象征理想社会,"水流的集体"之象征团结起来的人民群众,这样,象征物自然而然引起人们的定向联想,使全诗有了明朗性。

可惜的是,他未能沿着这条新路子走下去。在革命深入和反革命文化围剿日益严重的斗争中,他的一度被压抑下去的小资产阶级意识又开始抬头。1931 年他在《北斗》上发表《一点意见》后,事实上退出了左翼文艺阵线。他的思想上摇摆也给他带来了创作上的危机。

但是,国际无产阶级文学运动和苏联文学对诗人的影响却是很深远的。它作为信息沉淀在诗人的记忆中,几经曲折,终于在诗人后期诗作中又显示了强大的活力。在那个时期,诗人写出了《灾难的岁月》中从《元日祝福》到《偶成》这样一些民族解放的预言诗。不过,在那个时期,诗人的文学使命感和审美理想已融进了很多进步文学的优秀传统(如艾吕亚、洛尔加等人把自己的诗歌服务于反法西斯斗争的传统),我们已很难断定其中的某种具体的外来文学的影响,但其后期诗作的思想特征与美学特征是对无产阶级文学传统的某种继承,这应该是无疑的。

四

以上我们分析了浪漫主义、象征主义以及国际无产阶级文学运动和苏联文学对戴望舒诗歌创作的影响。但是,戴望舒的诗是以反映民族现代社会生活为内容的,他一方面很重视从外国诗歌和本民族传统诗歌中汲取养分,另一方面,又勤于探索,在不断的探索中,他逐渐形成了自己独特的抒情诗的艺术风格,显示了可贵的独创精神,这是值得我们特别注意的。

　　独创性是成功的文学作品所必须具有的美学特征,是作者自己的"文章印记",是作品的民族特征和独特的艺术魅力的完美统一。英国18世纪的杨格认为有两种"模仿",一是对自然的模仿,二是对作家的模仿,后者是通常意义上的无出息的模仿,而前者则是人们所极为珍视的"独创"。在他看来,独创指的是对生活的反映。别林斯基则说得更为明确,他设想过如果有这么一个"中国的席勒",他"掌握了欧洲文化和欧洲知识之后,即使也能从民族中一举成名,那么他在他的作品范围内也只能是人类精神现象学中的一个有趣的事实,而不是创作领域中的一个伟大现象,因为伟大诗人只能在民族土壤中产生"。这里的"民族土壤"当然不仅仅指民族的社会生活,而且包括民族的艺术传统。民族传统既是作家艺术创造的标志之一,又是作家形成自己独特艺术风格的基础。显然,戴望舒创作活动所表现出来的独创精神,既在于它所具有的"中国现代社会的文学现象"这一特质,又在于它向人们提供了不可重复的审美对象。这是需要我们从内容和形式的统一上,从作者的个人风格的形成上加以认识和说明的。

　　第一,戴望舒历时二十多年的新诗创作,真实地记录了一个正直敏感的知识分子从迷惘中几经曲折,逐渐觉醒,一步一步走向人民的"心的旅程"。这个旅程对旧中国相当一部分知识分子具有某种程度的普遍意义。他的诗是植根于中国的土壤的。而且,他的作品不但一般地反映了中国现代知识分子的"苦难的历程",他在《望舒草》中所表现的追求、动摇、幻灭的主题,由于有他自身的经历所形成的独特感受,因而与同时代的其他诗人的作品迥然相异。当时的评论家说过这样的话:"在题材上,《对于天的怀乡病》写一种新奇的情绪,《断指》讴歌一个革命者的断指,这些题材都是中国旧诗和外国旧诗里找不到的。"这种题材上的不可重复性,正说明了望舒诗歌在反映民族社会生活方面具有鲜明的独特性。

　　第二,戴望舒的新诗创作体现了企图把中外诗歌的传统,特别是中国自由体新诗的宝贵经验和法国象征派诗歌的艺术养分,进行融合以求创新的努力。

周作人在论及最初十年的新诗成就时说:"我觉得新诗的成就上有一种趋势恐怕很是重要的,这便是一种融化。不瞒大家说,新诗本来也是从模仿来的。它的进化是在于模仿与独创之消长,近来中国的诗似乎有渐近于独创的模样,这就是我所谓的融化。"所谓融化,不仅指外来诗歌的艺术如何统一于以现代白话为主要特征的中国新诗的艺术机制,它同时包含着对中国诗歌传统的开掘这一重要内容。显然,戴望舒的诗歌有受中国古典诗歌的影响,他有很高的中国古典文学的修养。在他注重吸收外国诗歌艺术的养分时,这种修养可能作为一种艺术素质成为他的审美理想的重要成分;它甚至更可能作为一种潜在的艺术直觉,在不知不觉中影响着诗人的创作。

我们前面说过,戴望舒是带着中国晚唐温李那路诗的影响进入诗坛的。前人用"沉博绝丽"来概括李商隐诗创作的风格。如果说戴望舒的《旧锦囊》较多地汲收了李商隐"哀"和"艳"的特点,那么他的《望舒草》则较多汲取了李商隐无题诗的幻想象征的手法而更具幽怨沉郁,并以此与同期所受的法国象征派影响相衔接。此外,戴望舒诗中的意象往往"纯粹源自中国"。如他的前期诗歌中有两个主要反复出现的意象:一是孤独的游子;二是"丁香一样结着愁怨"的姑娘。这两种意象显然具有浓厚的中国传统的色彩(但也融进了夏多布里昂的《阿达拉》和《瑞奈》的某些精神特征)。

但是,我认为对于戴望舒来说,他对中国传统的吸收,不仅仅是对中国古代诗歌传统的吸收,他的创作更多地体现了对中国自由体新诗的宝贵经验和法国象征派诗歌的艺术养分,进行融化,以求创新的努力。

一切既成的思想材料对于继起者来说,都属于传统。我这里把中国自由体新诗的经验视为整个中国诗歌传统的一部分,并不悖于人们的常识。只是这一部分可资借鉴的历史,对于戴望舒来说,还过于短暂。戴望舒从自由体新诗所汲取的艺术经验主要是诗的情绪的自然节奏,这成为他以后提出自己诗歌艺术主张的主要之点——诗的节奏不在字句的抑扬顿挫,而在情绪的抑扬顿挫上——的出发点。但他不满于"五四"自由体新诗的"通行直说"、少含蓄的缺陷。这种艺术上的真知灼见,成为他执着的追求。他终于在法国象征派,特别是后期象征派的诗歌艺术中寻见了"自己",寻见了丰富的象征艺术与"情绪的抑扬顿挫"和谐完整的统一。只有这样,我们才能理解他为什么先是写出了《雨巷》,而后又写出了《我的记忆》;才能理解他为什么主要接受这种外来影响而不是其他另外一些的影响。而且,诗歌毕竟是一种语言艺术,而语言不能不是民族的。戴望舒从李金发"用半生不熟的中文模仿象征派写成的诗"中悟到了起步的艰难。他不仅需要从法国象征派诗歌中寻找进行艺术创新的启迪,而且需要回过头去研究短短十年的新诗史上以现代白话作为诗的语言所提供的经验或教训。所以不管他本人是否意识到,他实际上是站在前人的肩膀上去进行新的攀登的,我们也正是以此去理解他与中国自由体新诗的内在联系,而且认为戴望舒诗歌的口语化、散文化特征,是以自由体新诗尝试性的开拓为其借鉴之一的。

他把对中外传统的吸收统一于中国现代新诗的艺术机制,也服务于自己的艺术追求。他反对当时一些新诗人"拿白话写古诗"的保守倾向,也反对20年代象征诗人的晦涩诗风。他认为只有在形式和内容"这两者和时代之完全的调和之下的诗是新诗"。就《望舒草》而论,它也许在内容上和形式上都还没有达到他所追求的"和时代之完全的调和"这一高度,但正由于这种自觉的追求,他显示出不囿于前人和自己的既成诗路,筚路蓝缕,着意开拓的勇气。他向现实生活开掘语言的矿藏,使用现代城市知识分子的口语作为诗的语言;他的感觉灵敏,联想丰富,大大扩展了新诗的想象领域;他对法国象征派的吸收,着眼于丰富的象征、暗示的手法,而忌其晦涩;他不追求西方象征派以"恶"为"花"、"化腐朽为神奇"的效果,而更多用少女、游子这些中国传统的美的形象去启发读者的联想,去暗示主题。

他的对中外诗歌传统的融合,我们可以看到有两个特点:一是他强调"旧的古典"应服从于表现"新的情绪"、"新的诗情",如传统的"乡思"，在他的笔下成为"对于天的怀乡病"，这是一种"具有现代生活特征的""新的情绪"，显示着 30 年代被迅速发展的革命形势甩出轨道的一部分动摇着的小资产阶级知识分子的"失落感"和欲求"回归"的模糊愿望；二是他把传统的意象统一于他的富有象征主义特色的诗歌艺术。在他的作品中，一些传统的意象往往变形为某种象征，而成为诗人自身情绪的对应物。如那首以日本舞女为题材的《百合子》。流落江湖市井之间的不幸妇女的形象在中国古典诗歌中是常见的，著名的如白居易的《琵琶行》，它不但以女性主人公为直接描写对象，而且其主题也就直接包含在对象描写之中，诗中的"同是天涯沦落人，相逢何必曾相识"的感慨，也是从对象的描写中自然地生发开去，诗的主体与客体有着明显的区分，客体是实在的。但《百合子》中对象的"怀乡病"，她的"沉思的眼里是有着火焰"，这些特征与其说属于一个日本舞女，不如说表现的是诗人自己的情绪。这样，对象就成了主观情绪的客观对应物，客体的实在性在象征主义诗歌艺术中消失了。

　　如上所述，戴望舒的艺术个性正形成于诗人对社会生活的独特感受和对中外诗歌艺术传统的独具个人特点的消化力。这是一种"从作者个性出发的独创性"（别林斯基语）。他的抒情诗艺术风格在二十余年的创作活动中不是一成不变的。如果说他的诗歌风格形成于他诗歌创作的第二时期，那么，几经曲折变化之后、终于在第三时期趋于成熟和稳定。仅仅用沉郁、朦胧来概括他的诗歌风格是不够的，他往往在两种对立的艺术因素中寻找自己的立足点，明白晓畅的语言和相对朦胧的诗意，写实的意象和象征的主题，他徜徉于两极之间，往往偏爱朦胧和象征，形成偏颇。他的诗不是没有热情，但其中的热情是在重重的压抑之下，曲曲折折地呼喘出来的；他的诗固然很多徘徊时的低吟，但也不是没有呼喊，而只是这种呼喊一出他的口，就变成受伤者的遥远的呼号。在后期，他终于突破了那层伤感的外壳，释放出自己的热情。他在两极中找到了具有更高的审美意义的中点，"隐"和"显"，外在的节奏和内在情绪的节奏之和谐统一形成了艺术上的平衡。他删削朦胧，代之以薄明的暖色,而那种淡淡的忧郁则使诗中的爱国主义情愫显得更为真挚、深沉。

戴望舒对独创性的追求,经历了一个逐步上升的发展过程。我认为他早期的《旧锦囊》,其独创性是很薄弱的,主题肤浅,手法陈旧,抒情主人公形象过于单薄。而到《雨巷》和《望舒草》创作时期,由于诗情的深切、多种艺术养分的融合和个人风格的形成,其艺术上的独创性程度大大提高。固然这个时期是他接受外来影响最为丰富的时期,然而却由于他在"那些带有模仿的特色的借物上面捺上自己的天才烙印",而使自己的作品带有鲜明的独创性。像大多数作家一样,戴望舒对独创性的追求是与创作中的片面性,甚至局限性联系在一起的。但从某种意义上,我们也许可以说没有片面性也就没有独创性。所以别林斯基在谈到俄国浪漫主义诗人茹科夫斯基时说:"他锁闭在自身里面,这是他的片面性,而这片面性,在他就是一种高度的独创性。"这段话用来解释戴望舒在这个时期的独创性追求是很合适的。在《灾难的岁月》创作时期,与他思想上的突破相适应的是,他最终进入了自己诗歌艺术的"合题",他消释了与外来影响表面上的相似之处,而形成自己独特稳定的抒情诗艺术格局。像鲁迅说的,"脱离了外国作家的影响",也像杨格说的,一个勇于探索的作家,他应当"雄心勃勃地离开"古典作家,"在相似方面,你与他们相距越远,在优美方面,你就与他们相隔越近,你由此上升为一个独创性的作家,成为他们高贵的支亲,而非卑微的后裔"。无疑,戴望舒的后期作品,是他整个诗作中最为成熟的,其艺术上的独创性也是最为鲜明的。

为了进一步说明戴望舒诗歌创作中的独创精神,我们可以进行一些具体作家作品的比较。

与同受过法国象征诗歌影响的李金发相比,戴望舒的诗表现的是中国的现代社会生活,李金发的作品则充满了"异域情调",缺乏前者所具有的社会感;二者都显露了感伤的情绪,而李诗近于颓废,戴诗的很大一部分总透露出微茫的希望;望舒较为注重内容,他"不把对形式的重视放在内容之上"。所以他追求形式的自由、洒脱,在艺术表现上,他虽也重暗示而忌明说,但他力戒晦涩,除开少数篇章外,人们大体还读得懂,而李金发的诗则晦涩难懂,诗句拗口、板滞;在对中国诗歌传统的吸收上,戴望舒注意吸收富有表现力和生命力的诗歌语言,注意化用传统诗歌的意象,而李诗则仅止于搬用古字和文言句式。所以,"戴望舒尽管受到法国诗歌的影响,却依然是个中国诗人"。而李金发虽然是最早向中国诗坛介绍法国象征派诗歌的诗人之一,但他的作品却只能证明其不过是中国的"一个有趣的事实"而已。(当然,他的少数反映人民生活疾苦的作品,和他作为雕塑艺术家的才能都是应当肯定的。)

与同受过法国象征派和中国古典诗歌晚唐温李这一路诗影响的何其芳相比,戴望舒追求语言的朴素和诗行的自由,何其芳的早期诗作则较为华美,往往有着"刻意""画梦"的痕迹。形式上也大体整饬;他们两人的早期作品中都弥漫着感伤的情绪,但由于涉世的深浅不同,戴望舒经历了大革命和大革命失败后的流亡生活,与何其芳作为一个大学生对黑暗现实的不满相比,他在诗中所流露的幻灭感则更为深沉;后期,他们都同样把自己的诗歌与民族民主革命事业结合起来,但戴望舒因居于日寇占领下的香港,而何其芳却生活在延安的"自由的空气。宽大的空气。快活的空气"之中,由于生活的感受不同,其创作上的表现也大不相同;戴望舒的诗像一只啼血的杜鹃,它在对自由的呼唤中充满着受压抑的痛苦的热情,何其芳的诗则在明朗的、快活的调子中自由地抒发着战斗的激情和对新生活的歌唱,他"失掉了成年的忧伤",对生活"充满了梦想,充满了渴望"。

与30年代的中国"现代派"诗人相比,戴望舒诗歌最突出的特点在于诗情的深切,他的忧愤是他的追随者们所不可企及的,尽管他们"在模仿他,甚或窃取了他的片句只字插在自己的诗里",但他们往往只模仿到戴望舒诗歌的外在形式,而无法唱出"我啊,我是一个怀乡病者;对于天的,对于那如此青的天的"那样深沉的歌。这也许是风行一时的"现代派"诗歌早已为人们所遗忘,而唯独戴望舒的诗仍留存至今的最主要原因吧。

五

　　戴望舒历时二十余年的创作与翻译活动为年轻的中国新诗作出了自己独特的贡献。研究他的诗歌创作与外来影响的关系,不仅对我们正确评价诗人和他的作品,对理解"现代派"这一中国现代文学史上的现象,以至于对考察整个中国新诗与外来诗歌影响的关系,都有所裨益。而且,戴望舒在吸收外国诗歌养分过程中的经验和教训,对新时期的诗歌理论建设和创作繁荣,也提供了很有意义的启示。

　　新诗自产生以来,始终面临着扩大自己的社会基础(生活基础、群众基础)和艺术基础(中国诗歌传统,其中包括古代文人诗歌、民间诗歌以及中国新诗本身;外国诗歌传统,其中包括各个流派的外国诗歌)的任务。这个历史任务不是一个作家,或一部分作家,或一代人所能完成的。实践已经证明,把新诗的基础理解得过于狭窄的理论是不利于新诗的发展的。像不能拒绝接受本民族的诗歌遗产一样,我们也同样没有理由排斥外国诗歌的有益营养。在文学史上,以自身的发展需要为内因,以外来形式的引进为契机,而出现文学上的革新或进化,外来成分终于融化为整个民族文学的血肉,在民族本土上生了根,这样的例子是屡见不鲜的,特别在社会急剧变化、各民族文化交流日益频繁和扩大的现代社会。在这个意义上,我们可以说,如果没有外国诗歌的影响,我们就没有郭沫若的《女神》,没有《志摩的诗》,没有冰心的《春水》,没有戴望舒的《望舒草》……我们是提倡新诗人的独创精神的,而独创性却正形成于诗人对自己所处身的社会生活独特的深刻感受,并以对中外诗歌艺术优秀传统的独具个人特点的融化能力为前提。另外,对外国诗歌艺术的借鉴,光是着眼于现实主义和浪漫主义两大派是不够的。我们不应该排斥对其他众多的诗歌流派艺术经验的有批判、有选择的吸收。戴望舒积其二十余年的探索,终于使自己的后期诗歌汇入了现实主义的大潮流,并由于法国象征派诗歌艺术的深厚素养,他的这个时期的作品给现实主义诗歌带来了新鲜的色彩和魅力。他的经历说明了：像浪漫主义一样，现实主义是新诗的一个伟大体系。它们（现实主义、浪漫主义）在新诗中的主潮地位是不应当被怀疑的，但是，他们不应当是封闭式的，而应当是开放式的，有无限消化力、无限生长力的，只有这样的体系才与我们这个伟大的时代相称。

1982 年 5 月初稿、1983 年 4 月改定

戴望舒著译年表

现代著名诗人戴望舒（1905—1950），浙江杭县人。学名朝宷。笔名艾昂甫、江思、螿庐。此外据一些资料所举，还有梦鸥、戴望鸥、郎芳、朗芳、戴月、亚巴加、常娥等。一生著译甚多。

一九〇五年　一岁

十月五日出生。

父戴立诚，字修甫，是个银行职员。母卓佩芝，在家操持家务，她不识字，但很会讲《西游记》、《白蛇传》这样的故事。姐戴蔍玫，大学肄业。

一九一〇年　六岁

辛亥革命爆发。

一九一九年　十五岁

"五四"运动发生。

一九二一年　十七岁

中国共产党成立。

一九二二年　十八岁

与学友张天翼、戴克崇（杜衡）及施蛰存等办一小型文艺刊物。

开始写新诗,初期作品很少保留下来。

一九二三年　十九岁

毕业于杭州宗文中学。入上海大学中国文学系学习。

一九二五年　二十一岁

入震旦大学特别班学习法文。次年肄业于该校法科。

开始受法国象征派诗人魏尔仑（P. Verlaine）、耶麦（Fransics Jammes）等人的影响。

一九二六年　二十二岁

在大革命的推动下,与同学施蛰存、杜衡等从事革命工作,加入中国共产主义青年团,时值国共合作期间,遂又成为左翼的国民党员,在法租界环龙路区党部领导下做宣传工作,经常上街散发传单。

三—四月,与施蛰存共同编辑出版《璎珞》旬刊,共出四期。

> 诗作《凝泪出门》,发表于《璎珞》一期。
> 译诗《瓦上长天》（法国 P. Verlaine）,发表于《璎珞》一期。
> 诗作《流浪人之夜歌》,发表于《璎珞》二期。
> 书评《读〈仙河集〉》,连载于《璎珞》二—四期。
> 诗作《可知》,发表于《璎珞》三期。

一九二七年　二十三岁

四月,蒋介石在上海发动"四·一二"反革命政变。七月,宁汉合流,大革命遂告失败。

八月,中国共产党举行"八·一"起义,召开"八·七"会议。

三月,因从事革命活动被法租界当局拘捕,三日后交保释放。

"四·一二"后,与施蛰存、杜衡隐避江苏松江。

五六月到北京,认识了冯雪峰、姚蓬子、丁玲、胡也频、沈从文、李霁野等。

十月,诗作《十四行》、《不要这样盈盈地相看》、《回了心儿吧》,发表于《莽原》二卷二十一期。

一九二八年　二十四岁

上海进步文艺界开展革命文学的论争。论争持续至 1929 年年底。三月,《新月》创刊。左翼文艺界开始对新月派的批判。

革命文学的论争和对新月派的批判,推动了无产阶级文学的产生和发展,准备了左联的诞生。

重到上海。在革命文学的推动下,与施蛰存等人拟办《文学工场》,第一期已排好清样,因内容左倾,光华书局老板沈松泉不敢出版,遂流产。

与施蛰存、杜衡为光华书局编《萤火丛书》、为开明书店编《彳亍丛书》。

秋,刘呐鸥办"第一线书店"。后"第一线书店"被封,改名"水沫书店",移至北四川路公益坊。适冯雪峰来沪,遂参加书店工作。

九—十二月,与施蛰存、刘呐鸥、徐霞村等办《无轨列车》半月刊,撰稿人还有冯雪峰、姚蓬子、林徽因等。出至八期被禁。

一月,译文《蛊妇的女儿》(西班牙　伊本纳兹 Ibennaz),发表于《未名》一卷二期。

二月,译文《秋春》(西班牙　伊本纳兹),发表于《未名》一卷四期。

译诗《幸福》(法国　保尔·福尔 Panl Fort),发表于《未名》一卷四期。

三月，译诗《夜之颂歌》（法国　保尔·福尔），发表于《未名》一卷五期。

译文《不相识者》（意大利　玛蒂尔黛·赛拉娜 Matilde Serac），发表于《文学周报》六卷。

七月，译文《在林中》（瑞士　Juste Alivior），发表于《小说月报》十九卷六号。

九月，小说译集《良夜幽情曲》（西班牙　伊本纳兹），上海光华书局初版。

翻译小说《少女之誓》（法国　沙多勃易盎 Francois René de Châteaubriand），收入《阿达拉》和《核耐》两个连续性的中篇，上海开明书店初版。译本的取名沿用日文版的译名。

十月，译文《懒惰病》、《新朋友们》（P. Morand），发表于《无轨列车》第四期。

诗作六首——《雨巷》、《残花的泪》、《静夜》、《自家伤感》、《夕阳下》、《Fragments》，发表于《小说月报》十九卷八号。其中《雨巷》一诗颇为当时代理主编《小说月报》的叶圣陶先生所赏识，来信誉之"替新诗底音节开了一个新的纪元"，遂得"雨巷诗人"的称号。

十一月，译诗《我有些小小的青华》（法国　保尔·福尔），发表于《无轨列车》第五期。

翻译童话《鹅妈妈的故事》（法国　贝洛尔），上海开明书店初版。

诗作《独自的时候》，发表于《未名》一卷八、九期。

十二月，译文《洛加特金博物馆》（法国　保尔·穆杭），发表于《熔炉》一期。

小说译集《醉男醉女》（西班牙　伊本纳兹），上海光华书店初版。

诗作《断指》，发表于《无轨列车》第七期。

诗作《对于天的怀乡病》,发表于《无轨列车》第八期。

一九二九年　二十五岁

与李青崖、徐霞村、方于、邱代明、苏梅等十人拟发起成立中法文艺共鸣社,意在促进对法国文学的介绍。在一广东人开的"新亚酒家"开过筹备会,后没有举行具体活动。

九月,"水沫书店"出版《新文艺》月刊。

一月,小说译集《天女玉丽》(法国　保尔·穆杭),上海尚志书店初版。

诗作《我的记忆》,发表于《未名》半月刊二卷一期。

诗作《秋天》,发表于《未名》半月刊二卷二期。

译诗《凄暗的时间》、《冬日的希望》(比利时　梅特林克),发表于《文学周报》第七卷。

译文《不幸的躯体》(爱尔兰　唐遮南)发表于《文学周报》第七卷。

四月,翻译小说《爱经》(罗马　沃维提乌斯),上海水沫书店初版。

第一创作诗集《我的记忆》,收诗二十六首,上海水沫书店初版。

七月,翻译法国古弹词《屋卡珊和尼谷莱特》,上海光华书局初版。

九月,译诗《耶麦诗抄》(法国　弗朗西斯·耶麦),发表于《新文艺》创刊号。

十月,诗作《到我这里来》、《祭日》,发表于《新文艺》一卷二号。

译文《修伞匠》、《卖糕人》(西班牙　阿左林 Azorín),发表于《新文艺》一卷二号。

十一月,复读者林蕴清信,解释了《回了心儿吧》等诗。发表于

《新文艺》一卷三期。

　　书评《徐译〈女优泰绮思〉匡谬》发表于《新文艺》一卷三期。

　　与杜衡合译《道生诗抄》(法国　道生),发表于《新文艺》一卷三期。

　　译文《哀歌》(西班牙　阿左林),发表于《新文艺》一卷三期。

　　十二月,诗作《烦忧》、《少女》,发表于《新文艺》一卷四号。

　　译文《小说与唯物史观》(苏联　伊克维支),发表于《小说月报》二十卷十二号。该文为《唯物史观的文学论》第二部第一章。

一九三〇年　二十六岁

从这一年开始至1933年,革命根据地先后粉碎了国民党反动派的四次军事围剿。同时,党领导下的革命文化界打破了国民党的反革命文化围剿。

三月,中国左翼作家联盟成立。

左翼文艺界批判反动的民族主义文学。水沫书店出版由鲁迅、冯雪峰合编的《科学的艺术论丛书》(又名《马克思主义文艺论丛》),收有鲁迅翻译的《艺术论》、《文艺政策》、《文艺与批评》及冯雪峰、戴望舒、林衡的译作共八种。

曾与冯雪峰一起参加"左联"成立大会或大会前的一个筹备会,为"左联"的第一批成员之一。

《新文艺》从二卷一号开始大力鼓吹普罗文艺,出至二卷二号被迫停刊。

　　一月,译诗《保尔福尔诗抄》(法国　保尔·福尔),发表于《新文艺》一卷五期。

　　译文《文艺创作的机构》(苏联　伊克维支),发表于《现代小说》三卷四期。

二月,译文《唯物史观的诗歌》(苏联　伊克维支),发表于《新文艺》一卷六号。该文为《唯物史观的文学论》第二部第三章。

译文《一个侍女》、《赛万提斯的未婚妻》(西班牙　阿左林),发表于《新文艺》一卷六号。

三月,诗作《我们的小母亲》、《流水》,发表于《新文艺》二卷一期

作《文坛消息》三则,介绍苏、英等国新兴文艺动向,发表于《新文艺》二卷一期。

译文《唯物史观的戏剧》(苏联　伊克维支),发表于《新文艺》二卷一期。该文是《唯物史观的文学论》第二部第二章。

四月,译文《普希金论》(苏联　卢那卡尔斯基),发表于《新文艺》二卷二期。

五月,翻译小说《一周间》(苏联　里特进斯基),水沫书店出版。

六月,诗作《八重子》、《我的素描》,发表于《小说月报》二十一卷第六号。

八月,翻译文学论著《唯物史观的文学论》(苏联　伊克维支),水沫书店初版,作为《科学的艺术论丛书》之一种。

十月,译文《玛耶阔夫斯基》(法国　A. Habaru),发表于《现代文学》一卷四期。

十一月,译诗《瓦下长天》,《A poof Shephert》(法国　魏尔仑),发表于《现代文学》一卷五期。

十二月,《诗人玛耶阔夫斯基的死》一文,发表于《小说月报》二十一卷十二号。

与徐霞村合译的阿左林的散文集《西班牙》,上海神州国光社出版,译本改名为《西万提斯的未婚妻》。

本年出版的译作还有名剧《麦克倍斯》(英国　莎士比亚),金马书堂出版。

一九三一年　二十七岁

二月七日，左联五烈士被害。

九月十八日，日本侵略军侵占东北。

　　一月，诗作《老之将至》、《秋天的梦》，发表于《小说月报》二十一卷一号。

　　二月，诗作《单恋者》，发表于《小说月报》二十二卷二号。

　　十月，诗作《我的恋人》、《村里的姑娘》、《三顶礼》、《二月》、《小病》、《款步》，发表于《小说月报》二十二卷十号。

　　诗作《昨晚》、《野宴》，发表于《北斗》一卷二期。

　　十二月，译文《老处女》（意大利　玛蒂尔黛·赛拉那），连载于《文艺月刊》二卷十一至十二期。

一九三二年　二十八岁

"一·二八"淞沪抗战发生。

文艺界发生关于"文艺创作自由"的争论，左翼文艺界批评"自由人"和"第三种人"的文学主张。

九月，左联领导的中国诗歌会成立。

"一·二八"战事后，水沫书店歇业。与杜衡回杭州暂居。其间，刘呐鸥远走日本，施蛰存回松江教书。三月，施拟办新杂志，受聘于现代书局，主编《现代》大型文艺月刊。五月，《现代》创刊，水沫社旧人及小说家穆时英等遂云集周围，自成一群，时人称"现代派"。

十一月八日，乘"达特安"号邮轮赴法求学。经西贡、吉布提抵巴黎。抵法后，先在巴黎大学旁听。

　　一月，在《北斗》二卷一期《创作不振之原因及其出路》专栏中，发表《一点意见》。表示："我希望批评者先生们不要向任何人都要求在某一方面是正确的意识，这是不可能的事，也是徒然的事。"

显现了与左翼文艺界在思想上的距离。

译文《长妇人》（西班牙　阿拉尔慕），发表于《文艺月刊》三卷一期。

五月，诗作五篇——《过时》、《印象》、《前夜》、《款步》、《有赠》发表于《现代》创刊号。

译文《黎蒙家的没落》（西班牙　阿耶拉），连载于《现代》一卷一、二期。同时发表作家介绍《阿耶拉》。

译文《西班牙的一小时》（西班牙　阿左林），连载于《现代》一卷一、二期。

七月，诗作《游子谣》、《秋蝇》、《夜行者》、《微辞》，发表于《现代》一卷三期。

译文《下宿处》（法国　伐扬·古久列），发表于《现代》一卷三期。

八月，译文《大战后的法国文学》（倍尔拿·法意），发表于《现代》一卷四期。

九月，译诗《西茉纳集》（法国　古尔蒙），发表于《现代》一卷四期。

译文《克丽丝玎》（法国　茄连·格林），发表于《现代》一卷五期。

十月，诗作《妾薄命》、《无题》，发表于《现代》一卷六期。

十一月，诗作《深闭的园子》、《灯》、《寻梦者》、《乐园鸟》，发表于《现代》二卷一期。

《望舒诗论》（即《诗论另札》）十七则，发表于《现代》二卷一期。

翻译小说《铁甲车》（苏联　伊凡诺夫），上海现代书局出版。

一九三三年　二十九岁

大型文艺刊物《文学》在上海创刊。

在巴黎编定第二创作诗集《望舒草》,收录新诗四十一首。

从第三卷第一期起,杜衡参加《现代》编务。

三月二十一日,在巴黎参加了法国革命文艺家协会召开的大会,听取了安德烈、纪德等人的讲演。

五月,丁玲、潘梓年被捕,中国民权保障同盟联合文艺界人士致电国民党要求释放丁、潘,在电报的签名名单上有施蛰存、杜衡及当时尚在法国的戴望舒。

肄业于巴黎大学。赴里昂。在里昂中法大学旁听。

一月,译文《人肉嗜食》(法国　沙尔蒙),发表于《文艺月刊》四卷一期。

三月,诗作《不寐》,发表于《文艺月刊》四卷三期。

作《法国通讯》,介绍法国文学界的反法西斯统一战线。其中谈及"第三种人"的文字受到鲁迅的批评。

五月,译文《陶尔逸伯爵的舞会》(法国　雷蒙·拉第该),连载于《现代》三卷一期至四卷四期。

译文《关于雷蒙·拉第该》(法国　若望·高克多),发表于《现代》三卷一期。

八月,《望舒草》由上海现代书局初版。前有杜衡的序,后附《诗论另札》十七则。

十月,翻译小说《青色鸟》及《美人和野兽》(法国　陀尔诺伊),上海开明书店出版。

一九三四年　三十岁

中央红军第五次反围剿失败。十月红军被迫退出江西中央根据地,进行了举世闻名的二万五千里长征。

去西班牙做文学旅行。到了马德里。在马德里国立图书馆等处"留意寻访"我国旧籍逸书。时值西班牙内战前夕,受到西班牙诗人洛尔迦和沙里纳斯的影响,特别受感于前者的把象征艺术与民歌风味熔于一炉的诗歌艺术。

　　一月,论文《西班牙小说概观》,发表于《矛盾》二卷五期。

　　译文《寒夜》(西班牙　阿尔代留斯),发表于《矛盾》二卷五期。

　　五月,小说译集《法兰西现代短篇集》,上海天马书店初版。

　　六月,译文《衣橱里的炮弹》(法国　加尔各),发表于《文艺风景》一卷一期。

　　七月,译文《叶赛宁与俄国意象诗派》(苏联　高列里),发表于《现代》五卷二期。该文是《俄国革命中的诗人》之一部分。

　　十二月,诗作《古意答客问》、《灯》后均发表于次年十月出版的《现代诗风》第一册。

一九三五年　三十一岁

红军胜利到达陕北,长征结束。

八一宣言。瓦窑堡会议确立了我党的关于建立抗日民族统一战线的策略。

初春,从西班牙回到巴黎,会见法国诗人许拜维艾尔。后返回祖国。

《现代》改组。施蛰存、杜衡脱离《现代》。

《现代诗风》创刊号拟于五月出版,但一再延期。第一册终于当年十月问世(戴望舒列名为编辑人,上海脉望社出版),仅出一期。

与穆丽娟结婚。

　　二月,译诗《加尔西亚·洛尔迦诗抄》(西班牙　加尔西亚·洛尔迦),发表于《文饭小品》创刊号,同时还发表了作家介绍《关于加尔西亚·洛尔迦》。

　　翻译小说《高龙芭》(法国　梅里美),上海中华书局初版。

三月，译文《苏俄诗坛逸话》（苏联　高力里），连载于《文饭小品》二—六期。该文为《俄国革命中的诗人》之一部分，于上一年译成。

四月，翻译小说《紫恋》（法国　高莱特），上海光明书店初版。该书原名 cheri（宝宝）。

六月，小说译集《比利时短篇小说集》，上海商务印书馆初版。

七月，诗作《秋夜思》，后发表于十月立丑版的《现代诗风》第一册。

九月，小说译集《意大利短篇小说集》，上海商务印书馆初版。

十月，译文《苏俄诗坛逸话》之最后部分，发表于《现代诗风》第一册。

本年，校点《石点头》和《豆棚闲话》出版。

一九三六年　三十二岁

左翼文艺界发生两个口号的论战。在党的号召的指导和影响下，文艺界抗日民族统一战线逐渐形成。

十月十九日，中国伟大的文化革命主将鲁迅在上海逝世。

十二月，西安事变及其和平解决，促进了抗日民族统一战线的初步形成。

与卞之琳、孙大雨、冯至、梁宗岱等办《新诗》月刊。十月创刊。

是年，受胡适之托，开始翻译文学名著《吉诃德爷》（西班牙　赛万提斯）。

五月，诗作《拟作小曲》，后发表于次年六月二十六日的《大公报》。

诗作《赠克木》，后发表于十月出版的，《新诗》一卷一期。

七月。翻译小说《弟子》（法国　蒲尔薏），上海中华书局初版。

九月，小说译集《西班牙短篇小说集》，上海商务印书馆初版。

十月,诗作《眼之魔力》,后发表于十一月出版的《新诗》一卷二期。

译诗《许拜维艾尔自选诗》(法国 许拜维艾尔),发表于《新诗》一卷一期。

译文《许拜维艾尔论》(法国 马尔赛·雷蒙),发表于《新诗》一卷一期。

散文《记诗人许拜维艾尔》,发表于《新诗》一卷一期。

十一月,译诗《沙里纳思诗钞》(西班牙 沙里纳思),发表于《新诗》一卷二期。同时发表作家介绍《关于沙里纳思》一文。

《谈林庚的诗见和四行诗》一文,发表于《新诗》一卷二期。

十二月,诗作《夜蛾》,后发表于次年一月出版的《新诗》一卷四期。

译诗《勃莱克诗钞(三)》(英国 勃莱克),发表于《新诗》一卷三期。

是年,译作《苏联诗坛逸话》(苏联 本约明·高力里),上海杂志公司出版。该书为《俄国革命中的诗人》之一部分。

一九三七年 三十三岁

"七·七"卢沟桥事变。"八·一三"日寇进攻上海。全面抗战爆发。九月,全国抗日民族统一战线正式成立。

十一月十二日,中国军队撤出上海之后,上海英美"租界"及法"租界"成为日帝侵略势力包围下的"孤岛"(直至1941年年底太平洋战争爆发)。

受赵家璧之请,负责编选《世界短篇小说集》中之《南欧集》。该集以意大利和西班牙作品为主要内容。此事大体已就,因战事而搁浅。

"八·一三"后,《新诗》停刊。

一月,诗创作合集《望舒诗稿》,上海杂志公司出版。

二月，翻译文学论著《比较文学论》（法国　提格亨），上海商务印书馆初版。

诗作《寂寞》，发表于《文学杂志》一卷一期。

译诗《普希金诗钞（一）》，发表于《新诗》一卷五期。

三月，译诗《阿尔陀拉季雷诗钞》（法国　阿尔陀拉季雷），发表于《新诗》一卷六期。同时发表作家介绍《关于阿尔陀拉季雷》一文。

诗作《我思想》，发表于《文学杂志》一卷一期。

四月，译诗《叶赛宁诗钞》（苏联　叶赛宁），发表于《新诗》二卷一期。

译文《文学》（法国　梵乐希），连载于《新诗》二卷一、二期。

十一月，编译《现代土耳其政治》，上海商务印书馆初版。

一九三八年　三十四岁

三月，中华全国文艺界抗敌协会在汉口成立。

一——四月在"孤岛"上海从事翻译。五月携穆丽娟离开上海至香港，同行者有叶灵凤的夫人赵克臻。原打算取道香港转大后方参加文艺界抗敌工作，后为陆丹林推荐，受聘主编《星岛日报》（八月一日创刊）的副刊《星座》。

参加全国文艺界抗敌协会，与许地山共同组织文协香港分会，任理事。

一九三九年　三十五岁

抗日战争进入相持阶段。

七月，与艾青共同编辑《顶点》，新诗社出版，仅出一期。

受茅盾委托，与叶君健、徐迟、郑安娜、冯亦代及美国朋友艾泼斯坦等共同编辑出版了英文刊物 *China's Vriters*（共出三期），并主编其中第二期。

十月,叶紫逝世。参与夏衍、艾芜等人在桂林发起的为援助叶紫遗族募捐之事。

一月,诗作《元日祝福》,属望人民的自由解放。后收入诗集《灾难的岁月》。

二月,译文《玛德里》(西班牙　P.迦尔西亚),发表于《文艺阵地》二卷九期。

七月,译诗《西班牙抗战谣曲选》,发表于《顶点》一卷一期。

一九四〇年　三十六岁

一月,毛泽东《新民主主义论》发表。

国统区进步文艺界开展对"战国策"派的批判,并在学习毛泽东同志关于"中国作风与中国气派"的民族形式的指示中展开讨论。

与郁风等人编辑出版《耕耘》杂志(仅出两期)。

积极参加鲁迅六十诞辰纪念筹备活动。在香港文协举办的暑期文学讲习所中,承担讲课任务。

五月,诗作《白蝴蝶》,后收入诗集《灾难的岁月》。

译文《靠了针尖儿》(西班牙　卢阿诺巴),发表于《南线文艺丛刊》第一辑《民主与文艺》。

一九四一年　三十七岁

十二月七日,太平洋战争爆发,《星岛日报》在四面炮火中改为战时特刊。参与特刊的工作。

香港沦陷,撤退不及,以抗日的"罪名"陷狱。

六月,诗作《致萤火》,后发表于一九四六年十月《文艺春秋》三卷四期。

十二月,译著《苏联文学史话》(苏联　高力里),香港林泉君印本。

一九四二年　三十八岁

延安整风。毛泽东同志发表《在延安文艺座谈会上的讲话》。

在日本侵略者的土牢中,面对酷刑和死亡的威胁,英勇不屈,表现了"宁为玉碎,不为瓦全"的崇高气节。在狱中数月,后为友人营救出狱。

出狱后与穆丽娟离婚。

四月,诗作《狱中题壁》,后发表于一九四六年十月《文艺春秋》三卷四期。

七月,诗作《我用残损的手掌》,后发表于一九四六年十二月《文艺春秋》三卷六期。

一九四三年　三十九岁

与杨丽珍(杨静)结婚。

一月,诗作《心愿》,后发表于《文艺春秋》三卷四期。

十二月,诗作《等待(一)》,后发表于《文艺春秋》三卷四期。

一九四四年　四十岁

至浅水湾吊肖红墓。

一月,诗作《等待(二)》,后发表于《文艺春秋》三卷六期。

二月,译诗《叶遂宁诗抄》(苏联　叶赛宁),发表于《文阵新辑》。

三月,诗作《过旧居(初稿)》及《过旧居》,后者发表于《文艺春秋》三卷四期。

六月,诗作《在天晴了的时候》、《赠内》、《示长女》,后均收入诗集《灾难的岁月》。

十一月,诗作《肖红墓畔口占》,后发表于《文艺春秋》三卷四期。

一九四五年　四十一岁

八月,日本宣布无条件投降,抗战胜利。

携妻女回到上海,任教于上海师范专科学校,授课两门,其中一门是中国小说史,讲义自编。

一月,诗作《口号》,后发表于《文艺春秋》三卷四期。

五月,诗作《偶成》,以胜利者的预感呼唤着"生命的春天重到"。后收入诗集《灾难的岁月》。

一九四六年　四十二岁

国统区的反独裁民主运动不断高涨。

七月,民主斗士闻一多被害。国民党反动派悍然发动反共反人民的全面内战。

继续在上海师范专科学校任教并进行中国古典小说戏曲研究。

十一月,散文《记玛德里的书市》,发表于《文艺春秋》三卷五期。

一九四七年　四十三岁

十月,中国人民解放军发表宣言,号召"打倒蒋介石,解放全中国"。

一月,译文《龙勃里亚侯爵》(西班牙　乌拿莫诺),发表于《文艺春秋》四卷一期。

三月,诗译集《恶之华掇英》(法国　波特莱尔),上海怀正文化社出版。

　　四月,译文《玛丽亚》(西班牙　阿左林),发表于《文潮月刊》二卷六期。

　　五月,译文《赛纳河的无名女》(法国　许拜维艾尔),发表于《文潮月刊》三卷一期。

　　译文《农民的敬礼》(瑞士　拉谬士),发表于《人世间》复刊第三期。

　　八月,译诗《魏尔哈仑诗两首》(比利时　魏尔哈仑),发表于《诗创造》二辑《丑角的世界》。

　　九月,译文《墙》(法国　萨特尔),发表于《文艺春秋》五卷三期。

　　译诗《不贞之妇》(西班牙　洛尔迦),发表于《诗创造》三辑《骷髅舞》。

　　十月,译文《好邻舍》(法国　路易·阿拉贡),发表于《人世间》复刊第七期。

　　译文《西班牙怀旧录》(西班牙　巴罗哈),发表于《文潮月刊》三卷六期。

　　译诗《杜爱罗歌谣》(西班牙　狄戈),发表于《诗创造》四辑《饥饿的银河》。

　　译文《雾》(西班牙　乌拿莫诺),连载于《今文学丛刊》一、二本。

　　十二月,译诗《战时情诗七章》(法国　爱吕亚),发表于《诗创造》六辑。

　　散文《巴巴罗特的屋子》,发表于《文艺》丛刊第二辑《呼唤》。

一九四八年　四十四岁

中国人民解放战争三大战役取得伟大胜利。

气管炎复发,病势转剧,卧床。

与杨丽珍离婚。

因从事民主运动而受到国民党反动当局通缉,被迫流亡香港。

一月,译诗《爱吕亚诗抄》(法国 爱吕亚),发表于《新诗潮》一期。

二月,抗战时期创作诗集《灾难的岁月》,由上海星群出版社出版。

译诗《良心》(法国 V.雨戈),发表于《文讯月刊》八卷二号。

译诗《莱茵河秋日谣》(法国 阿坡里奈尔),发表于《诗创造》八辑《祝寿歌》。

六月,《李娃传中的一个问题》一文发表于六月十二日《星岛日报》的《星座》副刊,署名螳庐。

《明钞本列国志传之发见》一文发表于六月十四日《星岛日报》的《星座》副刊,署名螳庐。

七月,译诗《保卫玛德里、保卫加达鲁涅》,发表于《新诗潮》第三期。

八月。《十年前的星岛和星座》一文发表于八月一日《星岛日报》的《星座》副刊。

译文《龚果尔日记抄》(法国 龚果尔)连载于《星岛日报》的《星座》副刊(八月十二日—八月二十日)。

译文《敏感》(西班牙 阿左林),发表于八月三十日《星岛日报》的《文艺》副刊第四十期。

一九四九年　四十五岁

四月二十三日南京解放。

十月一日中华人民共和国成立。

三月,携女泳素、泳絮、泳树,偕卜之琳等人到北方解放区,后到北京,参加第一次全国文代会。

五月,在北京大学中国语文学系讲演有关唐人小说《李娃传》的若干问题。

十月,新中国成立后,在新闻总署国际新闻局法文组任法文翻译。

一九五〇年 四十六岁

二月二十八日,因肺气肿病逝,生前曾表示要加入中国共产党。

追悼会上,胡乔木致悼词;卞之琳写了悼念文章。

葬于北京西山万安公墓。墓碑上的字系茅盾所题:诗人戴望舒之墓。（墓碑毁于"文化大革命"中，1980 年重立。）

附：戴望舒身后出版及尚未印行的著译目录

（一）身后出版者：

一九五二年《读李娃传》,巴黎大学北京汉学研究所印本。

一九五六年《洛尔伽诗抄》（西班牙 洛尔伽）,作家出版社初版。此书为施蛰存所编。《伊巴涅思短篇小说集》（西班牙 伊巴涅思）,上海新文艺出版社初版。

一九五七年《戴望舒诗选》,人民文学出版社出版。

一九五八年《小说戏曲论集》,作家出版社初版。此书为吴晓铃所编。《一周间》（苏联 里特进斯基）,人民文学出版社出版。

一九八一年《戴望舒诗集》,四川人民出版社初版。

（二）尚未印行者：

《达夫奈思和赫洛艾》（古希腊 朗戈思） 遗失

《吉诃德爷》（西班牙 赛尔房狄斯）

《查理十二世》（法国 伏尔泰）

《两个鞋匠》（西班牙 阿耶拉）

《希望》（法国 昂·马尔洛）,未译完

《西班牙一小时》（西班牙 阿索林）

《文学》（法国　P. 伐莱荔）

《西班牙反法西斯谣曲集》（选译自《西班牙抗战谣曲集》），遗失

《两次战争间法国短篇小说集》

《意大利短篇小说集》

《小城》（西班牙　阿索林）

《望舒译诗集》，遗失

此外，据《中国现代出版史料》载，戴望舒的著译尚有：《伊巴涅思短篇小说集》，分上、下两册，光华书局出版，出版年代不详。《望舒诗存》，时代出版社出版，出版年代不详。

史诗的品格

——解放区文学的美学个性

　　《在延安文艺座谈会上的讲话》是中国化的马克思主义文艺科学的具有里程碑意义的重要文献。历史已经证明,在《讲话》指引下的文学由于具有崭新的历史特色,而自成新文学史上一个独立的发展时期。作为这一新的文学发展时期代表的,则是解放区的文学创作。它既是以"五四"为发端的新民主主义文学的延续和拓展,又是中华人民共和国成立后社会主义文学的最为嘹亮的前奏。本文试图对解放区文学创作的美学特征做一探讨。

一

　　从"五四"文学革命到《讲话》的诞生,中国新文学已经历了二十多年在苦斗中求生存和发展的过程。从产生的第一天起,它就是"为人生"的,而且密切配合中国的政治革命、思想革命的现实要求,竭尽其促进社会改革的历史使命。为中国的半封建半殖民地性质这一基本国情所决定,也为中国民主革命的现实发展程度所决定,新文学在它降生伊始,不能不首先关注着占全国人口绝大多数的农民和在新潮激荡之下最先觉醒起来的青年知识分子的命运,这就形成了初期新文学的两大题材。鲁迅的创作是"五四"新文学最为杰出的代表。在农村题材中,新文学表现的是农民"对于生的坚强和死的挣扎",虽然它所描写的生活画面,就其主色来说,往往是阴暗的,但它在农村的急剧破产、败落和缓慢的生活节奏的悲剧性冲突中鲜明揭示的正是"不能照旧生活下去"的革命性主题,并由于执着地寻求"新的生路"而显出若干亮色。随着无产阶级革命文学运动的崛起,对"咆哮的土地"的描绘代替了对"老中国的暗陬的乡村"的刻画,显示了大革命和土地革命时期农村生活在痛苦中的不安和躁动。在青年知识分子题材中,"五四"时期的"个性解放"的最初热情的呐喊,由于融进了社会革命的大潮,早在 20 代就出现了"从狭小的学校生活以及私生活的小小波浪转移到广大的社会的动态"①。而在左翼文艺运动的十年,新文学在更深刻的程度上反映了知识青年的思想变化以及其中的先进分子投身革命的艰辛历程。由于对社会生活的更深入一步的锲进,它具有远比第一个十年的文学更为丰厚的社会、政治内涵。

　　显然,上述的发展变化既受制于社会生活的现实发展,又受制于文学自身艺术发展的逻辑。一般地说,新文学始终是自觉地寻求着它的社会使命的,但由于反动势力的阻隔,在革命的文艺战线与革命的军事战线之间,在新文学与大众之间,实际上存在着一定的距离;另一方面,新文学无论在内容上亦或是在形式上都是以现代社会生活为基础并以既成的艺术经验为其创造的借鉴的,但是在二三十年代,由于它主要产生于都市并以城市的小资产阶级知识分子和市民为主要读者对象,它的艺术创新的启迪也主要来自西方的现实主义和浪漫主义文学,这样,它在取得创造性的重大成就的同时,也带来了自身的社会基础和艺术基础的褊狭,它亟待一个新的文学时期的纠正。从早期共产党人的文

---

① 　茅盾:《〈中国新文学大系·小说一集〉导言》,上海良友图书印刷公司 1935 年版。

学主张,到左翼作家对无产阶级文艺与文艺大众化的提倡,从土地革命时期党领导下苏区的处于萌芽状态的群众性文艺活动的蓬勃开展,到抗战前期敌后根据地人民文艺活动的大规模掀起,它们都体现了文学向新的天地突进的历史必然要求。而《讲话》的应运而生,体现了文学在新的理论高度上的自觉,它通过文艺整风的形式直接推动了以解放区文学为代表的新的文学时期的到来。

二

《讲话》后的解放区文学具有什么样的美学特色呢?

显然,我们应该把它摆在"五四"以来的现实主义文学发展潮流中去认识。现实主义是新文学最为宝贵的优良传统。一般说来,"五四"时期作家的创作以揭露和批判为主要特色,他们的作品传出了"封建社会崩坍的响声"①,显示了与旧生活决绝的姿态。左翼文艺运动时期的现实主义文学,不同于"五四"时期对"新的生路"的朦胧追求,它真切地反映了冲破岩层的"地火的运行",叶紫的小说,殷夫的诗歌……尤其是鲁迅的后期杂感,集中地表达了这样一个已经成熟了的历史命题:惟新兴的无产者才有将来。二三十年代现实主义文学的最主要成就在于不断地深化着对"上流社会的堕落和下层社会的不幸"②的表现,与此相对应的是喜剧艺术和悲剧艺术得到了最先的发展。从"五四"时期对现实生活中否定方面的冷嘲热讽,到30年代"左联"青年作家和京派作家的讽刺艺术的初步成熟,从初期新文学对被侮辱者、被损害者不幸命运的关注,到巴金的《激流三部曲》、老舍的《骆驼祥子》、曹禺的《雷雨》的出现,它们所各个标志着的正是新文学的喜剧品格和悲剧品格的初步确立。鲁迅的创作则是其代表。这不仅由于他用成熟的悲剧艺术或喜剧艺术去深

---

①　茅盾:《读焕之》,《文学周报》第 8 卷 20 号。
②　鲁迅:《集外集拾遗·英译本〈短篇小说选集〉自序》,上海鲁迅全集出版社 1938 年版。

刻地反映农民的命运和知识分子的命运,而且由于他在极其深广的历史背景上表现了悲剧和喜剧在现实上的内在联系。

正是那个苦难而又蕴蓄着希望的年代,催促着文学的喜剧品格和悲剧品格的建树。那么,当社会生活发生重大变革的时候,文学的变革也就势在必行了。40 年代的解放区生活是解放区文学产生的土壤。党领导下的人民武装力量的壮大和以延安为中心的民主根据地的建立,使千百年来受尽压迫剥削的工农群众翻身做了主人,而人民群众在改造客观世界的同时,也改造着自己的主观世界。解放区军民在新的天地里所表现出来的对新生活的热情、信心和奋不顾身的自我牺牲精神,构成了解放区生活的主色。不管是从国统区来的大批作家,还是成长于根据地的文艺战士,他们都感受着新世界里的英雄色调和创造精神。黑格尔说过:"一个民族在他们的英雄时代,即史诗的摇篮期。"① 在解放区这块人民当家做主的土地上, 40 年代正是史诗的年代,它呼唤着时代的史诗。解放区文学最为鲜明的美学特色就在于它的史诗品格。

我们这里所说的"史诗",不是指西方古代文学历史上的那个诗歌品种 Epos,而是就其美学意义而言的。它具有一定的历史长度,合叙事与抒情、戏剧与诗歌的因素于一体,在重大事件的描绘中显示英雄格调和创世色彩。此外,解放区文学的史诗品格这一命题,也不是对它的个别作品的评判,而指的是它总体的文学风貌。

解放区文学的史诗品格,其特征之一就在于它在"新的世界"的描绘中体现了伟大与真实的完美统一。它不仅再现了 40 年代中国大地上天翻地覆的伟大变革,而且在党领导下的人民群众的历史独创性和主动精神的充分展示中显现了中国革命的胜利前景。从《讲话》发表后到解放区文学的第一朵奇葩——赵树理的《小二黑结婚》,到后来的《王贵与李香香》、《白毛女》、《漳河水》、《暴风骤雨》、《太阳照在桑干河上》……它们广泛而又深刻地描绘了农村社会变革的壮阔画面。从减租

---

① 　黑格尔:《美学》第三卷（下）,商务印书馆 1979 年版。

减息到土地改革,从建立抗日民主政权到锄奸、复仇、清算,从革命战争到刚解放了的城市中工人阶级为恢复工业生产、支援解放战争而进行的艰苦劳动……都在解放区文学中得到了真实而生动的反映。还没有哪一个时期的文学像解放区文学那样迅速正面地反映当前的重大问题。题材的社会性和当代性是解放区文学的一个特点,由此而构成的宏大的艺术画面正是造就解放区文学史诗品格的前提。"史诗的幅面广阔"①,舍此就构不成史诗。不仅于此,在解放区文学所提供的宏大历史画面中,正义的力量不仅具有充分的社会肯定性质和强烈的英雄色彩,而且在与非正义势力的实际力量对比上,前者占有压倒后者的优势。它所描写的斗争是严酷的,然而真正主宰事件的进程和结局的却是人民的力量、正义的力量。比如话剧《刘胡兰》和长篇《暴风骤雨》,不同于"美的毁灭"这一传统的悲剧结局,刘胡兰、赵玉林的牺牲给予我们的是催人振奋的壮美。而《刘胡兰》的编剧正由于感受着人民的意愿和革命现实的发展,在话剧的结尾加写了"复仇"一场。这显然不是对"光明的尾巴"的肤浅追求,而是意味着解放区文学在革命现实的召唤之下而出现的审美重心的转移。对宏大的历史画面的追求和在人民的创造性力量的充分展示中达到对历史发展趋势的深刻把握,这构成了解放区文学在总体上的伟大和崇高。

"天才所能攀登的最高峰就是同时达到伟大和真实。"②30年代左翼文学中曾有过一种被瞿秋白批评为"命定论"的廉价的乐观主义,它的失足就在于忽视了现实发展的丰富性、生动性和具体性,尤其是忽视了作为生活的主体,同时也作为审美对象的主体的"人"的社会存在和社会意识的丰富性、生动性和具体性,而满足于对历史作理论的演绎,失去了"真实",也就失去了"伟大"。解放区文学所达到的伟大和真实的统一,存在于作家所"意识到的历史内容"之中。当然,对解放区风土人情的

---

①　茅盾:《世界文学名著杂谈》,百花文艺出版社1980年版。

②　雨果:《〈玛丽·都铎〉序》,《雨果论文学》,上海译文出版社1980年版。

描绘,真人真事的反映,方言俗语的运用,这些都对解放区文学真实性的完成有很大的帮助;然而,我们以为解放区文学的真实之处首先在于它始终关注着劳动者这一"被缚的曾罗米修斯"的解放的问题,它生动、具体地描写了解放区人民翻身的过程。正是这种描写使上述的解放区文学对伟大和崇高的追求成为实在的美学品格。这里有李家庄的变迁,有阎家山的暗流,有死羊湾的曲折,有暖水屯的欢欣,有元茂屯的风暴……这些都真实地传达了农村大变革的艰难、复杂的情状,深刻地表现了在新的历史条件下"人的解放"的丰富内涵。"人的解放"曾经是使"五四"新文学家们激动不已的主题,但是当他们把自己的主张放到社会实践中去检验的时候,无一例外都感到了这种思想的无力。甚至中国近、现代史上最伟大的启蒙思想家鲁迅也曾为此有过困惑,他的深刻之处在于第一个在创作上表达了个性解放不能离开人的社会条件的解放的思想,而真正给"人的社会条件的解放"以科学表述的,还在他成为马克思主义者之后。在 30 年代,一部分革命民主主义作家仍然不倦地开掘着这个主题,各自用悲剧或喜剧程度不同地深化着人们的认识,另一部分先进的左翼文学家较为关注的是"阶级的解放"。他们企图在更广阔的视野内表现劳动人民改变命运的要求,但由于他们对下层人民生活实际上的隔膜,因此也未能很好地在创作中表现这个主题。只有解放区文学才最有力地表现了随着社会制度的变革而出现的"几万万人民的个性的解放和个性的发展"①。革命使劳动农民复苏了阶级的自觉和作为社会的主人的自觉。在《王贵与李香香》中——

> 挣扎半天王贵才说了一句话:
> "咱们闹革命,革命也是为了咱!"

从这里,我们看到了革命的利益和劳动人民个人利益的有机统一;而且,长诗还充分显示了只有把革命利益放在第一位,劳动人民个人的利益才

---

① 毛泽东:《论联合政府》。

能得到真正的保障这一辩证关系。

在改造客观世界的同时进行着对主观世界的改造,这是解放区文学表现"劳动的解放"这一主题的重要内容。不同于以前文学作品着重于对劳动人民所背负的沉重的精神枷锁的刻画,解放区文学表现的是他们精神转变的伟大进程。劳动人民的固有美德,一经与崭新的社会意识遇合,终于形成为强大的改造世界的物质力量。解放区文学正是在人民的阶级意识觉醒和社会条件的解放之充分的现实主义描写中,揭示了推动着伟大历史变革的力量之所在,从而实现了伟大和真实的完美统一。

解放区文学的史诗品格,其特征之二在于它提供了一系列具有强烈的阶级意识和鲜明的个性、普通平凡而又带着英雄色彩的新人形象。文学是人学。这个命题首先意味着塑造真实生动、性格鲜明而又富于时代特征的人物是作家的最高使命。丰富多样的农民形象的塑造是解放区文学对新文学的最大贡献。如果说二三十年代文学中的农民形象最有特色的是那些"老中国的儿女"的话,那么解放区文学中塑造最为成功的是农村中的新人形象。

他们都是昔日的奴隶,一旦接受了党的领导,立刻就义无反顾地为恢复自己做人的权利,为受苦人的解放进行了英勇的斗争。这里有元茂屯里的赵玉林、郭全海,有县里来的农会主席老杨,有"生的伟大、死的光荣"的刘胡兰……他们都是在激烈的阶级斗争、民族斗争的环境中迅速地成长起来,成为创造新生活的英雄,成为中国大地上的真正主人。他们不是个人式的英雄,而是阶级的英雄,他们既来自群众,是群众中的一员,又由于较早受到党的教育而具有高于普通群众的阶级觉悟与政策水平,能组织群众、带领群众为贯彻党的路线而英勇斗争。他们不仅使人感到可敬,而且更使人感到可亲。普通人和英雄品格的统一是解放区新人形象的最主要特征。而在无产阶级文学出现之前,文学中的普通人和英雄品格基本上是分离的。

当然,由于客观和主观方面的原因,当时解放区文学在塑造新人形象上所取得的成就并不完全一致,真正达到艺术典型高度的还不多。任何新生事物都有一个成长、发展的过程,在新人形象的塑造上也是如此。我们必须充分肯定它在新文学历史上所起的开拓作用。正是在这个意义上,我们可以毫不夸张地说,如果没有解放区文学在描写"新的人物、新的世界"上所取得的重大成就,也就不可能有建国后文艺创作上的一批较为成功的社会主义新人的艺术典型的诞生。

三

应该指出的是,解放区文学表现了作家们对外部世界的极大兴趣和热情,然而外部世界的色彩、情调、气魄正是作家们通过自己的心灵去感受的。"无真情,亦无真相也。"① 文艺整风之后,作家们真正深入了工农兵,亲自参加了解放区的阶级斗争、政权建设以及大生产运动,身受了新生活的熏陶,改变了立场,变换了感情和自己的审美趣味。这样,"我"的感受,"我"的体验就突破了原先个人小圈子的范围,具有更深广的阶级、社会、历史的内涵,这对解放区文学史诗品格的形成当然是至关重要的。但这只是问题的一个方面,更值得探究的是:正由于是"我"的感受,"我"的体验,因而它又不能不是千差万别、各呈异彩的。解放区文学总体上的素朴、明朗、遒劲的英雄风格,并不代替作家风格的个别形式。尽管解放区作家各自程度不同地感受了时代的英雄风格,但这并不意味着作家们要消泯自己的艺术个性,他们只是在美的更高层次上寻求着个人风格和时代风格的衔接或融合。我们并不认为解放区作家在这方面的努力都是成功的,但对于其中最有成就的那些作家来说,他们的创作正由于带着自己观察生活的独特视角和视区,带着从生活的深层开掘到的真知灼见,带着自己长期艺术实践中形成的审美感悟和灵感,他们才最有力地体现出时代的英雄风格。那种认为《讲话》发表后由于以工农兵为主

---

① 鲁迅:《致曹聚仁》(1934 年 4 月 30 日),见《鲁迅全集》第 12 卷,人民文学出版社 1981 年版。

要描写对象,作家个人的真情实感和艺术个性被忽视了的说法是完全没有根据的。解放区文学已经证明的是:创作离不开作家对世界的艺术把握的个别形式,而这个"个别形式"只有当它与生活的现实和革命发展全面契合,且又体现了崇高理想的时候,才有社会价值和美学价值,并达到时代风格和个人风格的和谐统一。

随着服务对象向工农兵的转移和描写内容向"新的世界""新的人物"的转换,在建树自己的史诗品格的同时,解放区文学在艺术形式上出现了一系列重大革新。不论是戏剧、小说、诗歌,还是其他文学体裁,由于着重吸收了民族传统的、特别是民间的文学艺术养分,形成了为人民大众所喜闻乐见的"中国作风和中国气派",体现了新文学在民族化追求中的重大突破。

解放区文学创作,除了真实地反映民族社会生活内容外,在运用人民群众所喜闻乐见的形式和大众化的语言方面,和民族、民间的文艺传统保持了血肉联系,从群众观点上考虑了广大读者群的审美趣味、习惯和欣赏水平,体现了这一历史发展的必然要求,给人以耳目一新的感觉。

也许我们还应该从文学自身艺术发展的规律上去认识这个问题。首先,解放区文学史诗品格的确立,这意味着它需要寻找与它的英雄风格相适应的形式的"外壳"。高尔基认为:"最深刻、最鲜明、在艺术上十分完善的英雄典型是民间创作、劳动人民的口头创作所创造的。"[1] "写革命英雄必须用史诗式的语言。"[2] 优秀的民间文学中的纯朴、刚健、爽朗、简洁的风格,活生生的劳动人民的口头语言,与生产劳动密切相关的表现形式,这些无疑都给努力于表现"新的世界""新的人物"的解放区作家以极大的启迪。何其芳曾把这种"启迪"称作"给艺术本身换了新的血液,新的面貌"[3],这是很恰当的。其次,从新文学更广大的发展来说,

---

① 高尔基:《苏联的文学》,收入高尔基《论文学》,人民文学出版社 1978 年版。
② 高尔基:《给斯洛尼姆斯基》,收入《文学书简》(下卷),人民文学出版社 1969 年版。
③ 何其芳:《关于艺术群众化问题》,收入《何其芳文集》第 4 卷,人民文学出版社 1983 年版。

它迫切需要在不断的运动中扩大自己的艺术基础,不管是古代的,还是现代的;不管是中国的,还是外国的;不管是民间的,还是文学专门家的创作,种种艺术资料和经验都应该成为我们民族文学创新的基础,这种"应该"与其说是由于某个理论家的发现,不如说是新文学艺术发展的自身需要。

我们不赞成把新文学的艺术基础限制得过于狭小的主张,即使是民族的、民间的文学传统,对于一个伟大的民族文学的需求来说,也还是不够的。我们也不赞成把解放区文学理解为仅仅是对民间文学传统的单一方面的吸收。如果那样的话,它的成就将是非常有限的。我们说解放区文学创作着重吸收了民间文学的艺术美分,是就其不同于二三十年代文学的特点而言的。事实上,"五四"以来的新文学已成为解放区作家直接面对的传统。历史证明,新文学只有在寻求着广大的社会基础的同时也寻求着广大的艺术基础,而不是仅仅局限于对某一方面文学遗产的吸收,才能丰富和扩大革命现实主义的表现力,形成和发展自己的民族独创性。

四

解放区文学开启了中国现代文学史崭新的一项。这不仅由于它忠实地、出色地完成了作为中国革命的"一翼"的历史使命,而且由于一方面它以自己具有鲜明时代特征的史诗品格,承续着新文学已经确立起来的喜剧品格和悲剧品格,初步完成了新文学三种主要的美学品格的建树;另一方面它着重开掘了民族的、尤其是民间的文学艺术的合理因素,以作为创造民族新文学的借鉴,这样它就在新文学已达到的疆土之外开辟了新的"省份",标志着新文学的广大的艺术基础的基本形成。我们正是从上述诸方面去认识解放区文学的历史地位和它对新文学发展的重大意义的。

解放区文学作为文学现象已经过去三十多年了。这些年来,我们国家发生了深刻的变化,社会主义文学也取得了重大的成就,而解放区文学中的优秀作品仍然受到人们的喜爱。正像直接哺育了解放区文学的《讲话》,其基本思想至今仍是党的文艺方针、政策的理论根据一样,解放区文学所体现的美学原则仍然闪耀着灿烂的光辉。五六十年代的作家很少有不受它的影响的。它的史诗品格在社会主义文学中得到了最好的继承和廓大。

史诗品格是"十七年"时期社会主义文学最为主要的美学品格。显然,它已远比解放区文学的史诗品格更为丰富、更为完满了,这体现了它在迅速发展着的社会主义现实中的强大生命力。然而,当我们今天回顾这一段历史的时候,不能不遗憾地感到,与史诗品格对举的喜剧品格和悲剧品格,尤其是后者,多少被我们的作家和理论家们怠慢了。对我们完整的新文学传统的畸轻畸重,既形成了"十七年"时期社会主义文学的特色,也造成了它的不足。优秀的人民艺术家老舍最早提出:悲剧"这么强有力的一种文学形式而被打入冷宫,的确令人难解,特别是在号召百花齐放的今天"[1]。然而他的呼吁在那个时期只能是空谷足音。与此相对应的是史诗品格在一部分作品中的掺假,"伟大的暗疾则是虚伪"[2],这里雨果对艺术家所提出的警戒,仍然值得我们深思。我们是不是可以在某种意义上把这种"暗疾"看作"十年浩劫"中"假大空"文艺的始作俑者呢?

于是,当"浩劫"已经过去,人们痛定思痛,由对社会的反思导致对文学的反思,新时期文学中最先苏醒过来的美学品格主要是悲剧品格和喜剧品格,如所谓"伤痕文学"。这既是特定的历史时期的文学现象,又体现了现实主义在新的历史条件下的深化。我们应该充分估计它们的社会价值和美学价值。但这是否意味着我们文学中的史诗品格应该退隐,解放区文学的传统已经不灵了呢?

---

① 老舍:《论悲剧》,《老舍文集》第 16 卷,人民文学出版社 1995 年版。
② 雨果:《〈玛丽·都铎〉序》,《雨果论文学》,上海译文出版社 1980 年版。

　　结论只能是否定的。由于社会生活是复杂的,由于人民审美需求是多样的,文学的美学品格也必须是丰富多彩的。我们赞成悲剧品格和喜剧品格以及其他美学品格在文学中的复归,美学品格的单一化隐藏着文学枯萎的危机;但我们的社会现实毕竟是在前进之中的,人民群众自觉创造历史的活动,同样应该在我们的文学中占有显著的地位,因此,我们以为史诗品格自是新时期文学应有的甚至是主要的品格。自然,社会主义的新人仍然应当是普通人与英雄品格的完美统一,在这个意义上,那种将普通人与英雄品格对立起来的观点是片面的。事实上,近年来在文坛上十分活跃的军事题材创作和改革者题材创作,正是这种史诗品格重新崛起的先声,而在理论上则已经出现了对史诗的呼唤。新的历史时期产生了新的文学自觉。可以展望,一种远比以前任何时期的文学都更为壮丽、更有活力,美学品格更为完备、更为完美的文学即将出现在进行社会主义现代化建设的中国这块充溢着希望的沃土之上。这无疑是对六十多年新文学传统,其中包括解放区文学传统的最好的继承和发扬。

1984 年 1 月

郭沫若史剧漫论

　　郭沫若（1892—1978），原名郭开贞，是中国现代著名的文学家、历史学家和古文字学家。他出生于四川省乐山县峨眉山下沫、若二水相交处的沙湾镇一个颇为殷实的富户家庭，五岁时开始发蒙，接受过传统文化的系统教育，其中特别喜欢王维、孟浩然、李白、柳宗元等作家的飘逸浪漫的作品。庚子事变（1900）后，受到时代潮流的影响，他开始接触当时的"新学"，并进入新式学校修业。辛亥革命（1911）后，他中学毕业，渴望离开闭塞混乱的四川，到外面广阔的世界去奋飞。1914年年初，他到了日本留学，1923年毕业于日本九州帝国大学医科。在日本留学期间，他大量阅读泰戈尔、海涅、歌德、惠特曼等人的作品，也接受了泛神论思想的影响。他此时开始新诗创作，而上述影响使他的作品一开始就显示了强烈的自我表现的倾向，这自然是与那个"人的觉醒"的世纪是合拍的。"五四"运动的发生促成了他在1919年下半年与1920年上半年诗创作的冲动期，他写下了《凤凰涅槃》、《晨安》等一系列散发着"五四"狂飙突进精神的诗篇，这些作品与写于"五四"前的那些格调柔婉的诗篇一起，于1921年合辑为诗集《女神》出版。这部诗集奠定了他在中国新诗史上开山的地位。此后，他结集出版的诗集尚有《星空》、《瓶》、《前茅》、《恢复》等多种。

　　1921 年,郭沫若在日本与友人田汉、郁达夫、成仿吾、张资平等人发起成立创造社。这个团体成为新文学运动早期最为重要的文学社团之一。20 年代中期,由于接触了马克思主义和受到国内革命潮流的推动,思想上"形成了一个转换时期"。1926 年,他赴广州任中山大学文学院院长。北伐开始后,他历任北伐军政治部秘书长、政治部副主任、代理主任等职。"四·一二"事变后,他先是在上海倡导无产阶级革命文学,而后被迫于 1928 年流亡日本。在日本期间,他从事中国古代社会历史和古文字学的研究,取得重大成就。1937 年"七·七"事变发生后,他"抛妻别雏",单身回国参加抗战,曾出任军委会政治部第三厅厅长等职,为团结文化人一致抗日作出重要贡献;抗战期间他创作了《屈原》、《虎符》等六部历史剧,极大地鼓舞了中国人民争取民族解放的斗争,特别是《屈原》上演,山城重庆上下轰动。郭沫若的六部历史剧是他继诗集《女神》之后奉献给中国新文学的又一批力作。

　　1949 年中华人民共和国成立后,郭沫若当选为历届全国人民代表大会代表,曾任全国人大常委会副委员长、中国科学院院长等职。在供奉公职之余,他创作了两部多幕历史剧《蔡文姬》和《武则天》,在文坛上亦引起很大的反响。

　　郭沫若的剧作,大多是以历史神话为题材的。早在《女神》创作时期,他就推出了《棠棣之花》、《湘累》、《女神之再生》等三部诗剧,并作为第一辑收入《女神》。20 年代,他创作了史剧《卓文君》、《王昭君》和《聂嫈》,后来辑为《三个叛逆的女性》以单行本出版。除了上述作品外,郭沫若的历史神话题材剧作尚有:

《广寒宫》(1922)

《孤竹君之二子》(1922)

《棠棣之花》(五幕史剧,1942)

《屈原》(五幕史剧,1942)

《虎符》(五幕史剧,1942)

《高渐离》(五幕史剧,1942)

《孔雀胆》（四幕史剧，1942）

《南冠草》（五幕史剧，1943）

《蔡文姬》（五幕历史喜剧，1959）

《武则天》（四幕史剧，1960）

郭沫若的史剧创作可分为三个阶段。一是 20 年代。他在这个时期的作品大多以个性解放为主调，反对封建传统，鼓吹叛逆性格；其形式较为短小，有大量的"诗"的成分。二是 40 年代。他在这个时期的剧作以古人古事来表达"时代的愤怒"，具有强烈的现实感；其形式已是成熟的多幕大型话剧，戏剧冲突异常尖锐，戏剧性强，贯穿着高涨的激情。这是郭沫若史剧创作的成熟期。三是五六十年代。他在这个时期的两个剧本，本意都在作翻案文章，以新的观点去评价历史人物。他不再像在 40 年代创作的剧作中一样以古人来"影射"今人，而是恢复历史人物的本来面目，使人从中吸取历史经验和优良传统。

郭沫若的史剧既有着强烈的时代气息，更有着鲜明的个人特色。

郭沫若以诗人知名于世，他的史剧同样打上了一个浪漫诗人的特有印记。奇思诡想、浪漫夸张、藻饰富瞻、以气运文、恢宏磅礴，形成了郭沫若特有的浪漫史剧风格。

他早在 1920 年就说过："生命与文学不是判然两物。生命是文学底本质。文学是生命底反映。离了生命，没有文学。"他的史剧强烈地表现着他的情绪、他的感觉、他对现实人生的看法，他似乎迫不及待地借剧中人物来发言，来传达他所感受到的"时代的要求"。所以他的史剧并不拘泥于历史事实的"实"，而在"不能完全违背历史的事实"的框架上，经过"失事求似"的创造，以"发展历史的精神"。他的史剧具有强烈的当代性，如《屈原》，作者即是把"这时代的愤怒复活到屈原时代里去"的。

《三个叛逆的女性》

《三个叛逆的女性》所包括的三篇作品，《卓文君》和《王昭君》写于 1923 年,《聂嫈》写于 1925 年。1926 年,这三个剧本结集为《三个叛逆的女性》一书出版。

作者写的是"三个叛逆的女性",其实卓文君、王昭君与聂嫈在"叛逆"的内容上是很不同的。《卓文君》、《王昭君》作于"五四"时代,那是个思想大解放的时代,是个重新衡量价值的时代,是向封建主义传统观念实行彻底批判的时代。作为"五四"时代的反响,郭沫若原想从历史人物中选择三个具有叛逆性格的女性,塑造出"在家不必从父,出嫁不必从夫,夫死不必从子"的三个妇女形象。卓文君被作为"在家不必从父"的典型,王昭君则是"出嫁不必从夫"的典型。"夫死不必从子"的典型选了蔡文姬,然而这个"叛逆"的蔡文姬却"终竟没有写成"。《聂嫈》一剧是作者目睹"五卅"风潮后的产物,作者说:"没有五卅惨剧的时候,我的《聂嫈》的悲剧不会产生,但这是怎样一个血淋淋的纪念品哟!"

卓文君和司马相如私奔的历史故事,在历来的封建道德家看来,是"淫奔",是大逆不道的,而在另一些人看来则只是风流韵事,谈不上什么严肃的意义。郭沫若在《卓文君》里做了翻案文章,掘发了其中所包含的反对封建伦理道德的意义。卓文君"以人的资格"对卓王孙和程郑所作的发言是对封建礼教的大胆挑战,其"叛逆"的意义并不止于对爱情婚姻自主权利的争取,更在于以近代的"人"的观念去粉碎封建非人道德的桎梏。

在《王昭君》中,作者一反历代文人在王昭君本事上的命运观念,而写出了人物的"性格悲剧"。作品塑造了一个威武不屈、富贵不淫的王昭君,她敢于向命运抗争,敢于向皇帝抗争,她的性格迸发出人文主义的思想光芒。

如果说《卓文君》和《王昭君》主要表现了民主主义对封建主义的重击,体现了个性解放的"五四"要求的话,那么,写于"五卅"时期的《聂嫈》则从受压迫的穷苦百姓的立场发出了"均贫富、茹强权"的要求。作者在聂嫈的形象里突出了她的反抗强暴、敢于牺牲的精神,由于熔铸着作家在那个时代所感受的全部激情和悲壮感受,整部作品充满着英雄主义的悲剧气氛。

《三个叛逆的女性》是作者的早期史剧,篇幅还较为短小,结构还较为简单,但我们还是可以发现这些作品在艺术上仍然显露了鲜明的特征:一是悲剧冲突异常尖锐,二是具有浓烈的气氛。这些特点在他后来的《屈原》等史剧中得到了更完美的表现。

《屈原》

五幕历史剧《屈原》写于 1942 年 1 月。当时正是中国人民抗日战争的艰难年代。作者说,他的《屈原》是要"把这时代的愤怒复活到屈原的时代里去",是要"借了屈原的时代来象征我们当前的时代"。从这一年的 1 月 2 日到 11 日,作者用十天时间就完成了这部历史悲剧,塑造了屈原这么一个光彩照人的伟大诗人和政治家形象。

作者一开始就通过屈原赋《橘颂》和对宋玉的教育反射出他的光明磊落、大公无私的人格。屈原歌颂橘树"喜欢太阳"、"不怕霜雪","不骄矜","也不怯懦","毫不懈怠",有一股"独立不倚,凛然难犯"的"骨之气"。"辉煌的橘树"正是屈原美德和人格的写照。

屈原作为一个杰出的政治家,他具有深邃的眼光和宽大的胸怀,又具有政治的坚定性和为信仰而奉献自己的崇高精神。他善于洞察敌人的阴谋诡计,在万分险恶的环境中,敢于坚持自己"联齐抗秦"的政治主张。同时,他又始终把矛头对准主要敌人张仪,尽管南后郑袖一再对他进行骇人听闻的诬陷和迫害,他却尽力对楚怀王和南后进行劝说,促其清醒,表现出一个政治家的策略眼光。

屈原又是一位伟大的诗人。他具有浪漫主义诗人的鲜明气质和激情,他将爱国爱民的哀思化为雄伟的诗歌,将不屈不挠的斗争精神迸作生命的呐喊。作品一开始就写出了屈原作为诗人的一面,特别是他被关到东皇太一庙里对着风、雷、电所作的那一段激动人心的独白,更是以强大的诗的震撼力激荡着读者的心。"雷电颂"是屈原的绝唱,是屈原生命的升华,是屈原人格和斗争精神的最好体现。剧本在一天之内概括了屈原的一生,紧张的戏剧冲突是它结构上的突出特点。"橘园行吟"一幕即为冲突做了铺垫,"南后构陷"一幕使冲突得以正面展开,"橘园招魂"一幕是高潮到来之前冲突的"酝酿","桥头斥张"和"东庙愤火"是全剧的高潮。冲突的中心是关乎内政、外交的不同路线,正是这两条路线的冲突推动了全剧剧情的发展,展示了人物的多方面性格。全剧波澜迭起,冲突紧张而又从容,表现丰富而又集中,形成了鲜明的节奏感。

全剧充满诗的激情。这不仅在于塑造了屈原这么一个伟大诗人的形象,更在于作者将自己的充沛激情渗透于戏剧的每一个动作和每一段独白。

如:

……

啊,这宇宙中的伟大的诗!你们风,你们雷,你们电,你们在这黑暗中咆哮着的,闪耀着一切的一切,你们都是诗,都是音乐,都是跳舞。你们宇宙中伟大的艺人们呀,尽量发挥你们的力量吧。发泄出无边无际的怒火把这黑暗的宇宙,阴惨的宇宙,爆炸了吧,爆炸了吧!

……

这分明是诗人郭沫若自己在发言,分明是他借屈原之口所表达的"时代的愤怒",分明是人物性格、心理的诗意化的创造。作者本以写诗名世,在"五四"时期所写的《凤凰涅槃》、《天狗》,本就以狂飙式的诗的激情开启了一代诗风,而《屈原》正是郭沫若的《女神》式激情的再一次爆发。

《虎符》

五幕历史局《虎符》写于 1942 年 2 月。

郭沫若的历史剧曾经创造了许多令人难忘的妇女形象,其中,《虎符》中的如姬可以说是塑造得最为成功的。

郭沫若把如姬作为"时代的先驱者"来写。在他的笔下,她虽是魏王宠姬,但她一向不满于魏王的专横和暴戾,她要求的是"人的尊严","把人当成人"。正是从这个思想基础出发,她敬佩信陵君,支持信陵君的合纵抗秦的主张,甚至于甘冒死罪为救赵而窃符。特别是窃符之事被魏王发现,魏太妃要她逃走,要她到邯郸去投奔信陵君时,她考虑的却是"要使天下后世的人不要对于他有丝毫误会",而决定不去邯郸。为了理想,为了信陵君,她在生与死的选择中,选择了死。她说她追求"有意义的生","死"就是"永远自由自在地活下去",就是"有意义的生",这表现了她高贵的品质和坚毅的意志。

郭沫若的史剧,其独白往往非常精彩。《虎符》中有如姬在父亲的墓前的两段独白:一是剖白自己对信陵君的思念和表达自己为什么不能去邯郸投奔信陵公子的考虑,二是当她决心选择"死"、面对匕首时的独白:

> 啊,你灵妙的匕首!你是我的解放者。人把你制造出来,创造了死;人把你制造出来,也创造了生。你,死的创造者! 太妃把你给了我,我是很感激她,也是很感激你的。此刻由你所创造出来的死,便是有意义的生。我知道,如果我把你用在那暴者的身上,那是把生路给予了多数的人;如果我把你用在我自己的身上,那是把生路给予了我自己。我是要活下去的,永远自由自在地活下去。我不能够死在那暴戾者的手里,我不能够奴颜婢膝地永远死陷在那暴戾者的手里。

这是如姬生命的一段绝唱！英国批评家马修·安诺德曾说，独白是她的被压抑的灵魂和要求解放的呐喊，是内在生命强烈热情的迸发，是一个勇敢者向暴戾者所作的最后一次决死的重击！这一段独白，运用了呼告、复沓等多种修辞手段，使文章节奏鲜明，声调铿锵。对比于《屈原》中的"雷电颂"，如姬的独白更像是月夜的诗、明净深邃的诗。它追求激情，但那是一种充满哲理的激情，一种女性激情，一种寓刚于柔的激情。

作者善于将人物放在尖锐的矛盾冲突中去展示心理、情感和性格。围绕着"救赵"这一主要的戏剧冲突，魏王和信陵君、魏王和如姬、如姬和信陵君、太妃和魏王……各自构成了具有不同思想、性格内涵的特有关系，产生了由个性出发的不同的"戏剧动作"。正由于矛盾的尖锐，才产生了"戏剧动作"的紧张，也才把人物性格区别得更为鲜明，把"性格"的"历史"显示得更为丰富和完整。

《南冠草》

五幕史剧《南冠草》写于 1943 年 3 月。

《南冠草》中的主人公夏完淳是明末清初的一位青年诗人和爱国志士。他尚游侠、重义气，环境、教养和时代铸成了他的投身反清事业而大义凛然视死如归的铮铮铁骨。作者塑造他的性格，主要是从三个细节的刻画来达到的。一是怒斥洪承畴的那一场戏。夏完淳的一身正气、忠肝义胆都在这里得到了淋漓尽致的表现。二是对钱彦林的规劝。这是人格力量的对比，是高尚者对卑怯者的感召，对夏完淳性格的塑造起了很好的烘托作用。三是夏完淳被捕时"别亲"那一场戏。这场戏刻画了夏完淳作为少年英雄，他的情感世界里富于人情的一面。这种描写对于主人公性格的完整性来说具有特别重要的意义，我们从中看到：夏完淳不仅有着爱国爱民的社会意识，而且有着作为人子、人夫、人父的深切情感。他既是英雄，又是凡人，其品格不仅使人起敬，而且使人动情。

这部史剧体现出作家对戏剧性的追求。骂洪承畴那一场戏，夏完淳以抗清时的洪承畴来骂降清当汉奸的洪承畴，这样更是骂得痛快淋漓，入木三分。关于这一段史实，史载仅只"（夏完淳）因跃起痛骂不已，承畴色沮无以应"寥寥几字，作者用丰富的想象将它具体化了，产生了很强的戏剧性。特别是设置了一个陪审者——清江宁总管巴山，这使洪承畴的反应具有更复杂的心理内涵。满清统治者虽在一方面利用汉奸，然在另一方面却又十分鄙视汉奸，巴山对洪承畴的态度即是如此，他的几句话使洪承畴坐立不安，想发作但又不敢违背巴山的意志，那种欲言又止、一倨一恭的动作、神情的描写对人物心理的揭示是起很大作用的，同时加强了戏剧的矛盾冲突，使夏完淳与洪承畴的主要冲突牵动了洪承畴与巴山的次要冲突，两对矛盾相互交错，各种人物相互映衬，更突出了夏完淳的英雄气概，也更入木三分地暴露出洪承畴的卑鄙无耻。

值得一提的是剧中关于王聚星的"情欲"描写。郭沫若史剧中常有关于男女之情的描写，如卓文君对司马相如的倾心、春姑对聂政的爱慕，至于《虎符》中信陵君与如姬情感上的相知虽描写得较为隐蔽，却也是有所暗示的。但这些描写，在作品中主要是在表现人物心理、性格上起作用的。在《南冠草》中，王聚星穷极无耻地追求盛蕴贞，这一"动作"虽也揭露了王聚星的卑劣，但主要的功用还是结构上的，是戏剧冲突发展上不可缺少的一环。第二幕成为第一幕与第三幕之间的一个必不可少的过渡，由于这个"过渡"，整个剧情的发展显得更为曲折，更为丰富多姿，恰似大河奔流，至此突然出现了风平浪静的一段河面，然而杀机并未消解，它只是潜藏在日常生活的底层，有待于第三幕以后的表面化和激化。王聚星的"情欲"不仅是个人的，由于他所负有的卑劣的"秘密使命"，"情欲"已成为他的政治行为的一个动机。

《蔡文姬》

《蔡文姬》写于 1959 年，是一部五幕历史喜剧。

郭沫若说:"我写《蔡文姬》的主要目的就是要替曹操翻案。"(《〈蔡文姬〉序》)在这个剧本里,作者一反人们对曹操的历来看法,塑造了一个具有雄才大略和平民风度的卓越的政治家的曹操形象。

我们似乎不必在这里讨论翻案的历史根据,作为读者,我们更感兴趣的却是戏剧本身的"完整的世界"。也许正是在这个"完整的世界"里,我们才能发现《蔡文姬》作为戏剧创造结晶品的主要价值。

在郭沫若笔下,曹操首先是一个具有雄才大略、追求文治武功的卓越的政治家。他不仅建树了统一北方、平息边患的赫赫武功,而且在安抚民心、恢复生产、发展文化上也有着卓著的贡献。作品多次通过董祀的口说到曹操"广罗人才,力修文治","要在文治上做一番大事业",而赎文姬归汉本身就是实施"文治"的一项措施。作品还通过董祀的口将"在曹丞相治理之下"的百姓"安居乐业"的"熙熙攘攘"的景象与过去"千里无鸡鸣"的荒凉世界做了对比,写出了曹操顺乎民心、促进历史的杰出贡献。

作为杰出的政治家,作品中的曹操是一个对民族和睦有着很大贡献的人物。作品始终表现了"匈奴和汉族是一家"的思想,这一切无不与曹操的民族和睦政策有着明显的直接关系。特别是董祀说:"从前我们的边疆,年年岁岁受到外患的侵扰,而今天呢是鸡犬相闻,锋镝不惊。我们从南匈奴回来,沿途都受到迎送,没有些微的风吹草动。"这些描写对于曹操形象的塑造有着很大的意义。

作为杰出的政治家,作品中的曹操思贤若渴,举贤不拘细行,唯才是举;他敢于纳谏,知错必改;他自奉俭朴,不喜奢华。这些描写体现出他的平民风度。

作品对曹操的描写,用的主要是间接描写的手法,即主要通过董祀、蔡文姬等人物的对话来多方面地表现曹操。这种方法使对人物的描写突破了时间和空间的限制,具有更加自由和广泛表现的可能,其缺陷则在于不可避免地失去某些描写上的具体性,容易使描写对象显得浮泛。

剧本多次描写蔡文姬弹唱《胡笳十八拍》。《胡笳》诗本是蔡文姬的呕心沥血之作,其哀怨悲怆的情调是人物心境的直接写照。作者有意让《胡笳》诗在作品中不时出现,造成了戏剧动作在情调上的统一。

《武则天》

四幕史剧《武则天》创作于60年代初年。

郭沫若认为历史剧是科学与艺术的结合,而且"要以艺术为主,科学为辅"。从"科学"这一方面来说,作者曾就有关的史料做过大量的考据、钩沉、辨析的工作,以求去伪存真,重现一个历史人物的本来面貌;而从"艺术"这一角度来说,在结构、动作以及人物对话等方面,作品都显示了高超的想象能力和组织能力。

以往曾有过的以传记式的写法来写武则天的剧作本子,大多从武后在感业寺为尼写起,一直写到晚年。郭沫若认为这种写法"难于写好",而他却以徐敬业叛变为中心,围绕着这个中心事件来组织人物和情节。这样,虽然剧本所反映的时间长达六年,在这六年时间里,朝野上下发生的大小事件可以不计其数,但剧本所选择的却是从属于中心事件的"细节"。在武后与裴炎、骆宾王的关系,裴炎与上官婉儿、郑十三娘的关系,上官婉儿、郑十三娘与武后的关系上,我们看到所有的冲突都是围绕着这一中心事件的。这种结构艺术使作品所表现的冲突具有鲜明的统一性,使诸多"细节"获得很强的"向心力",从而使戏剧动作显得更为集中、紧凑。

作品所展示的是围绕着中心事件而出现的三对矛盾:一是武后与裴炎(以及骆宾王和没有出场的徐敬业、程务挺)的矛盾,二是裴炎与上官婉儿(以及郑十三娘)的矛盾,三是上官婉儿(包括郑十三娘)与武后的矛盾。矛盾即是冲突,冲突表现为动作。我们看到这三对矛盾互相依存,形成了全剧整体的不可分割的部分。每一对矛盾,作者都写出了它的复杂性和具体性,这里有历史的恩怨,也有现实的利害;有性格的差异,也有地位的悬殊,各种因素互相渗透、互相制约,演化出人物动作的千姿百态。如写上官婉儿留在武后身边以后,她已被武后的精神所感动,知道武后是一个"和蔼可亲的人",但她又与裴炎等人有联系,她明知他们的阴谋却不举报,以至招来黥面之刑。这个"动作"是以她的复杂而又真实的思想为基础的。裴炎是栽培过她的恩人,武后是她用自己的眼睛所看到的贤明君主,对一个年仅十四五岁的姑娘来说,在两者之间她感到选择的为难,更何况事情还牵涉与她相依为命的母亲呢。于是她在案发之前能做的只是一方面劝说太子贤罢手,一方面注意保护武后,几次在武后要往东宫去时,她都托故阻挡。不正是有意回护的苦心"外化"为上官婉儿的踌躇难决、欲说还休的复杂"动作"吗?

丽尼：从"黄昏"到"白夜"

　　对于爱好屠格涅夫和契诃夫的中国读者来说，丽尼（1909—1968）这个名字也许并不陌生。他是屠格涅夫的《贵族之家》、《前夜》和契诃夫的《海鸥》、《万尼亚舅舅》等多幕剧的中文译者。难得他对原著如此心领神会，竟用散文诗般的译笔传达出了其中的神韵。可见其用情所在，敏悟所在。除了是一个著名的翻译家，丽尼还是30年代一个有影响的散文家。他是湖北孝感人，原名郭安仁，丽尼是笔名，据说是为了纪念少年时的一个外国女友，才用了这样一个女性的美丽的字眼作为笔名，而他的散文也正像这个名字一样美丽！丽尼的散文辑有三个集子:《黄昏之献》（1935）、《鹰之歌》（1936）和《白夜》（1937）。此外，还有一本散文和短篇小说的合集《江之歌》（1935）以及《同伴》、《江南的记忆》等未收集的散文零篇。

　　《黄昏之献》写在1928年6月至1932年4月之间。其中大多数的篇章抒写了作者对于"失去了的南方"的回忆，刻画了在黑暗年代里不甘于沦落的知识青年的内心痛苦和搏斗。像大多数热血青年一样，作者在那些"热情的年头"，曾经鼓翼、飞扬。还在中学念书时，"五卅"事件爆发，丽尼参加了学生运动，因此而被学校开除。之后，他先是进了邮局，后又辞职到了上海，在劳动大学当了一名旁听生。大革命的失败使他陷于痛苦和幻灭之中。1930 年前后,他辗转于闽南沿海和武汉等地,备尝了生活的"苦味"。他舔着自己淌血的伤口,落下"一个时代的泪"。《困》、《生死曲》、《我们》、《最后的启示》写下了他的愤懑、痛苦和对黑暗的诅咒。我们在这些作品里"隐隐地似乎听着了时代的喧声"。《漂流呈献曲》、《黄昏之献》、《月季花之献》写下了作者对逝去的女友的怀念。南方,是他魂牵梦萦之地,他所宝贵的正是在这里被黑暗吞没。回南方之路,这个憧憬不时来袭他的心。然而,由于黑暗的加深,他所拥有的,却是日渐增大的幻灭——

> 啊,我望不见我底南方。
> 我底灵魂呀,迷失了归途。
> ——《春夜之献》

"迷失"感正是那个时代的一个病症,它不时地出现在《黄昏之献》的各个篇章中,曲折地反映了黑暗年代的不安和阵痛。但是,偌大世界里的另一种生活正在躁动着,它是强而有力的。丽尼在《朝晨》、《战之歌》中表达了他所感受到的时代的启示——

> 昨晚没有月亮,你是在昏沉之中过去了你底黑夜。黎明不是给你带来忏悔,而是给你带来一些血液。
> ——《朝晨》

他憎恶黑暗,也不满自己的懦弱和没有血色。"我要求一把火,我要把我自己焚烧。"他在《黄昏之献·后记》里宣称:"个人底眼泪,与向着虚空的愤恨,是应当结束了。"

在这之后的两年里,丽尼"不敢再写一个字"。他参加了左翼文艺运动,先是在武汉,后到上海参加左翼剧联的活动,稍后又与荒煤同志一起参加了左联。在这期间,他与党的地下工作者,与左翼作家和进步作家都有过密切的来往,并和巴金、靳以等人创办了文化生活出版社。新的生活给他的创作吹拂进了新的生气,他终于在艰难中"生产"出一个"新的希望"。

《鹰之歌》和《白夜》这两部集子中的散文,创作于 1934 年至 1937 年。这两部集子,在题材上比《黄昏之献》有了很大的开拓,显示了作者向生活的锲进。《松林》、《圣者》、《伴侣》、《夜车》等篇章描写了在苦难中挣扎的下层人民的生活和悲惨结局。《鹰之歌》刻画了一个天真、热情、有着"夕阳一般"光彩的女革命家的形象。这"年轻的鹰飞了出去",她的死亡使"我"在黑暗里"忘却忧愁而感觉奋兴"。《梦》里的那个经历了"万里的征途,几年的转徙,不断的斗争"的友人;《急风》中的那个"从有风暴的地方来的"兄弟,他们出现在丽尼的艺术世界里,无疑是他的散文创作向深广度开拓的一个明亮的信号。作者在自身以外的生活里寻找着创作的素材,也寻找着新的情感——一种与人民,与大时代相通的情感。他在作品里表现了深切的内省,他呼吁自己应该变得"强壮一点",要"去到那浪潮里面去!"

爱国主义是丽尼散文创作的一个重要主题。写于 1932 年 2 月的《红夜》撷取了"一·二八"淞沪抗战的一角,表现了对侵略者的憎恨和对投降卖国的反动当局的愤怒。《合唱》描写了一场沸腾着抗日救亡的神圣热情的群众大合唱。作品中出现了一个感人至深的救亡运动组织者的形象——一个患着沉重的肺病,却用嘶哑的嗓子教"我"唱着"前进"的"矮小的指挥"。丽尼在他在最后两篇作品里喊出了民族解放的誓言——

> 我们发誓
> 我们要昂起头,
> 执起我们底武器!

在《鹰之歌》中就已见端倪的"叙事化",在《白夜》中有了进一步的发展。作者让现实生活在作品中有了更大的投影,抒情的成分有所减弱,诗味也稍见浅淡。但这种损失何尝不在现实气息的增强这一头得到弥补呢? 文艺女神在炼狱之火中试炼,她变得粗糙了些,也更强劲了些。

现实的加强,给丽尼的后期散文带来了旷野的气息。这是一个可喜的征候,他的更大的发展是大可期待的。他瞩望过自己要像鹰一样地腾飞,我们也确实在《江南的记忆》等作品中听到了鹰的第一声嘹亮的歌唱。然而,由于各种各样的原因,他竟从此告别了文坛。抗战以后,他携带家小离开上海,一路辗转到了四川。为生活所迫,他到一个军事译著机构当了翻译,还在国民党的机关里当了一名职员。他日渐隔绝于革命潮流之外,政治上的落伍也许是他过早停止创作的最主要原因吧。在这段时期,他把对散文的热情倾注到俄罗斯文学的移译上,总算是对停止创作的一种补偿。我们是否还可以从这些精美的译品中看出译者胸中的块垒呢?解放后,他先后在武汉、北京等地出版部门搞翻译工作。1966年年初他调到广州暨南大学任教。“文化大革命”期间,他当然未能幸免于难,于1968年8月3日猝死于“劳动改造”之中。“四人帮”垮台后,暨南大学为他重新做了结论,恢复了名誉。

丽尼是个具有诗人气质的散文作家。他写过新诗,而他散文的大多数篇章,更准确地说,属于散文诗。沉郁、纤细是他的主要风格,但他也唱过哀伤、靡弱的歌,而后期作品则多少删削些纤弱,融进些雄健的暖色。也许出于对语言风格的刻意追求,有时难免伤乎自然,留下雕琢的痕迹。他的风格的形成与他对一些俄罗斯作家的喜爱不无关系。我们可以从他诗化的散文中看到屠格涅夫散文诗的影响,可以感受到高尔基早期作品浪漫主义气息的吹拂。但他少有屠格涅夫散文诗那种老年人的沉思,而更多的是苦闷中的知识青年的忧愤;他也缺乏高尔基作品的草原似的粗犷,而有着南方的雾似的抑郁。

丽尼是现代散文这一园地的辛勤耕耘者。他的几部散文集,一百多篇作品,至今仍是文艺爱好者的珍品。后来,他的书终于重新出版,这对于读者,对于中国现代文学的研究者,无疑都是一件幸事。

关于西方现代派对中国现代文学影响的历史评价

一

　　1978 年 9 月，一位名叫 W. J. F. 詹纳尔的英国学者在柏林召开的一次关于中国文学的学术会议上做了题为 "现代中国文学能否出现" 的发言。[①] 不同于我们国内对 "现代文学" 的通常理解，他这里所说的文学的 "现代" 概念，指的是 "欧洲人所谓的真正的现代主义"。他在发言中认为，这种西方 "现代主义" 意义上的现代文学，在 "五四" 以来的中国文学历史上并未出现过，即使是 30 年代中国 "现代派" 的代表诗人戴望舒，他的诗作中也 "很少有使他成为'现代人'的东西，而更多的东西是使他成为一个浪漫主义者"。他又认为，所谓 "现代主义"，对于中国文学来说，"只能在我们设想而未实现的以后发展阶段，才能实现"。

　　我们并不赞成他在这里对文学的 "现代" 观念所作的狭隘理解，也

---

　　① 　见《编译参考》1980 年第 9 期。

很难同意他对未来的中国文学的"现代主义"设想,然而,他的关于中国现代文学的"非现代主义"的判断,却符合于我们所理解的这一历史时期文学的基本事实。实际上,这一结论的意义不仅在于对对象所作的某种质的规定,而且在于它对如何认识和评价西方现代派文学对中国现代文学的影响这一问题也作出了明确的回答。当然,应该说詹纳尔的话只是针对了这个问题的一个方面,也难免其立论上的粗疏和简略,我们不能认为他的结论是很完整的;也不能认为他对中国文学的理解完全避免了西方人对中国事情所常有的"隔膜感",然而,他的认识毕竟为我们提供了启示,一种有益于我们对此论题进行深入一步探究的启示。

随着思想解放运动的深入,给现代文学的研究带来了旺盛的生机,其中包括对西方现代派文学影响的研究。论者各自从不同方面,在较为详尽地占有材料的基础上,勾勒出这种影响的大致轮廓,并进行了程度不同的审美评价。然而,当问题归结到对这种外来影响作历史评价时,在我们看来,其中的一部分理论文字却多少有所夸大。或者说他们较为注重的只是"正影响",而较为忽视"负影响"。他们或者认为中国现代文学史上出现过现代主义文学潮流,或者把一些受西方现代派文学影响较深的作家看作现代主义作家。我们以为,问题不仅在于确认"影响"的事实,而且在于如何从独立发展的民族文学的总命题内考察有关的现象。只有从中国现代文学诸规定性的总和上,从其内在的、外在的复杂联系上,我们才可能就西方现代派影响的历史评价这一现代文学研究的"细部"得出符合历史事实的科学结论。

二

西方现代派文学对中国现代文学的影响,作为具体的历史过程来考察,我们首先注意到的是"五四"以来各种西方"新"派文艺思潮——

它们中的大部分后来被人总称为"现代派"——的引进以及在此过程中客体所出现的种种变化。

　　毫无疑问,中国新文学在向外来文艺思潮的择取上,从其总体来说是以现实主义和浪漫主义为主的。但这样一个历史特点是在从文学革命到革命文学的发展进程中逐渐成熟的。而在新文学运动初期,对比于注重引进现实主义和浪漫主义这样一种自觉的文学意识,由于新文学先驱者们面临的第一个问题是突破封建传统文学的樊篱,对外来文艺思潮的"开放"状态倒是那个时期文学的更大的历史特点。显然,所谓"收纳新潮,脱离旧套"不能仅仅看作鲁迅的个人认识,其更大的概括力在于传达了萌孽期的新文学的普遍要求;同样显然的是,这里的"新潮",不仅仅指外国的现实主义或浪漫主义,而且包括了继现实主义而起的种种"新"派文艺思潮。如果说在最初一段时期,王尔德、梅特林克等人尚厕身于现实主义和浪漫主义的大潮来到中国新文学领域的话,那么,1921年以后以文学研究会和创造社的成立为标志的新文学运动的进一步发展,就将唯美主义、象征主义、未来主义、表现主义等诸多"新"主义,作为独立的文学思潮、流派进行了研究和介绍。在《晨报副刊》、《小说月报》、《创造季刊》等刊物上,除刊载王尔德、梅特林克、斯特林堡、波特莱尔、爱伦坡、瓦雷里、布洛克等"新"派作家的作品翻译外,还有大量的理论探讨和介绍的文字,同时还有对尼采、柏格森、弗洛伊德著作的翻译或介绍。一时恰如郑伯奇所说,"浪漫主义、现实主义、象征主义、新古典主义,甚至表现派、未来派等尚未成熟的倾向都在这五年间的中国文学史上露过一下面目"①。不仅创造社作家出于美学思想上的"血缘的关系",大力介绍过"象征派、表现派、未来派",而且在以现实主义为主旨的文学研究会作家看来,"非写实的文学亦应充其量输入,以为进一层之预备"②。甚至在系统的研究和介绍上,他们比创造社作家进行了

---

① 《〈中国新文学大系·小说三集〉导言》,上海良友图书印刷公司1935年版。
② 《〈小说月报〉改革宣言》,《小说月报》第12卷1号。

更为充分的工作。

　　对西方现代派文艺思潮流派的译介,在"五四"以及此后的一段时间内很快就走到了这一过程的顶点。这个势头在 20 年代中期就开始出现滞缓,而在 30 年代上半期,尽管又有一部分青年作家较为集中地介绍了法国的象征主义诗歌,而西方的现代派小说在中国文坛上也造成了某种反响,但那毕竟已是强弩之末,与革命文学雄壮的奏鸣曲相比,它只不过是当时文坛上的一阵小小的喧哗,而抗战的爆发,则使它逐渐归于沉寂。不同于现实主义、浪漫主义之风对中国新文学的强劲而持久的吹拂,西方现代派文学的侵入在一个不太长的时期内就走完了从兴盛到衰竭的全过程。这个特点对于理解西方现代派影响的历史有着决定性的意义。

　　也许我们更应该注意的是西方现代派文学在引进过程中的种种变化,也就是说我们不仅要看到那时的新文学家们输进了什么新的"概念",而且更要看到在这些新"概念"之中包含着哪些他们自己的"发现"。由于任何民族文学都不能不从自己的社会背景和文学背景这一基点上去向外延伸,所以,卢卡契认为:"一个民族特点在被对方民族接受之后,它不再与原来的民族文化相同了,而起作用的也不再是那使作家在本国获得影响的同样因素。有时这个作家的社会、文学背景已模糊不清或者在对方国家中已经完全湮灭,在这种情况下常会招致读者对他的误解,但同时,这位作家的某些重大特点在这个国家里又往往比在本国中更为鲜明。"① 在他看来,影响中的客体一经转化为主体,就不能不经过一番"改造",既有所保留,更有所贬抑或生发。这里所说的正是中外文学史上的普遍现象,如雨果对莎士比亚的推崇,就"与其说是对这位作家的一种切实的评论,不如说是他自己在理论上借题发挥"② 。同样,西方现代派文学在进入中国文学的版图之后也经历了类似的复杂变化,而浸染上

---

　　① 《托尔斯泰与西欧文学》,《卢卡契文学论文集》(二),中国社会科学出版社 1981 年版。

　　② 柳鸣九:《雨果论文学·译本序》,《雨果论文学》,上海译文出版社 1980 年版。

了我们民族新文学的以及作家个人的浓重色彩,它的被理解的意义必然不同于自身所应有的完整意义。

我们知道,作为西方现代派思潮的哲学基础之一的尼采学说在"五四"时期曾对包括鲁迅在内的相当一部分新文学家产生过影响,但是鲁迅他们所理解的尼采,并不完全等同于作为极端反动的德国唯心主义哲学家的尼采。很显然,鲁迅等第一代新文学家之所以引进尼采的学说,其主要目的并不是为了进行欧洲文化思想史的批判,而是要"借重来做摧毁历史传统的畸形的桎梏的旧道德的利器,重新估定价值,创造一种新道德出来"①。当尼采穿着反传统的外衣,以传统的虚伪的资产阶级思想体系的挑战者姿态在西方思想界掀起轩然大波的时候,与其说中国的新文学家们对尼采学说的更其反动的思想实质有着深刻的理解,不如说他们较为注重的只是它的反传统的思想形式。在这里,尼采学说的社会背景和精神实质在他们的视野中都不是很清晰的,而它的反传统的思想形式却极为鲜明地被凸现出来。瞿秋白认为:"鲁迅在当时的倾向尼采主义,却反映着别一种社会关系。"②正是这"别一种社会关系",决定着尼采学说在介绍进中国后出现的上述变化。茅盾后来谈起自己早年所写的《尼采的学说》一文时说:"一句话,我那时所以对尼采有兴趣,是因为尼采用猛烈的笔触攻击传统思想,而当时我们正要攻击传统思想,要求思想解放,尼采也攻击市侩哲学,而当时的社会,小而言之,即在商务编译所本身,市侩思想和作风就很严重。"③

这正说明了中国新文学在对待外来思潮时所体现的鲜明的独立姿态。二三十年代出现的对西方各种"新"派文学的研究和介绍,都深深浸染着这种民族新文学的独立精神。应该说,不同倾向的作家,他们的着眼点不尽相同,然而"取精用宏,吸取他人的精萃化为自己的血肉"④,却

---

① 雁冰:《尼采的学说》,《学生杂志》第 7 卷第 1—4 号。
② 《鲁迅杂感选集序言》,收入《瞿秋白文集》,人民文学出版社 1957 年版。
③ 《我走过的道路》(上),人民文学出版社 1981 年版。
④ 同上。

成为那些有成就的作家的共同特色。这使他们在对西方现代派思潮的理论认识上不能不打上鲜明的"自己"的烙印。所以,茅盾在早期明确地把对象征主义等流派的介绍服从于自己富有时代特色和个人特色的"为人生"的现实主义主张。他不仅多次提出吸收"新"派艺术上的长处作为发展新文化的借鉴,甚至在一些文章中把斯特林堡等人都作为写实派来看待,他认为爱尔兰象征主义作家叶芝"也是写实派——是理论上的写实派",是"诗人的写实家"。不难看出,他所说的不过是一种被现实主义化了的象征派。相似的情况也出现在创造社作家身上。郑伯奇认为"新罗曼派和表现派"影响于郭沫若的则是它们"更助长了"后者的浪漫主义"倾向"[1];而田汉则认为"新罗曼主义,是以罗曼主义为母,自然主义为父所产生的宁馨儿"[2]。他的这个认识接近于茅盾,但他主要是从表现理想这一角度对"新罗曼主义"进行认识的,所以后者对他来说已"改造"成为他的浪漫主义主张的补充和发展,并不同于他所援引的叶芝等象征主义作家的"新罗曼主义"倾向。由此可见,他们正是各自从现实主义或浪漫主义的原则立场上去接受诸"新"派艺术的,而后者在被引进的过程中则程度不同地被"改造"了。我们不能认为茅盾等人当时对象征主义等思潮的评介是一种完全切实的批评,也许其中还包含着某种含混和偏颇,然而西方现代派文艺思潮经新文学先驱者之手的引进,事实上已起了种种变化,种种适应着"别一种社会关系",即适应着中国社会生活的现实需要和文学的历史性变革的需要而出现的变化。

这种变化如卢卡契所说是对方的一些特点被"湮灭",而另一些特点则"更为鲜明"地被突出出来。这个过程既出于社会发展以及文学发展的需要,又由于作家个人的艺术素养、审美趣味的筛选,呈现出十分复杂的状态。我们认为,实事求是地承认这个变化并把它放在独立的民族

---

① 《〈中国新文学大系·小说三集〉导言》,上海良友图书印刷公司 1935 年版。
② 《新罗曼主义及其它》,《文艺论集》(上),上海良友图书印刷公司 1935 年版。

新文学的发展潮流中进行科学的考察，这是对西方现代派文学影响作历史评价的必要前提。

三

那么，中国现代文学对西方现代派文学的吸收，对于自身的建设来说具有什么意义呢？

我们上面讲过，在二三十年代西方现代派文学思潮的引进是一个事实，同时它在引进过程中出现的种种变化则更是一个值得注意的事实。这说明了中国新文学在向包括西方现代派在内的诸种外来思潮的择取上是为民族新文学的独立精神所强固地支配着、规定着的。同样，这种独立精神也推动着，同时又限定着中国现代文学对两方现代派文学的某种程度、某些方面的吸收和排斥。

我们认为，这种吸收或排斥对于不同倾向的作家，各有着不同的特点。早期新文学运动中有一小部分的作家和社团，他们企图追随西方现代主义文学的步履，或鼓吹呐喊，或潜心试验，但历史已经证明这充其量不过是局部性的文学现象，其成就和实际影响远不足以形成潮流。即以20年代象征诗派的代表李金发而言，他所带给中国新诗坛的法国象征派的影响，用唐弢的话说，是"必待戴望舒而后成"的，他自身的成就和影响都无足观。李金发所代表的是早期新文学的一种现象，他们的失败主要并不在于接受了外国的影响，而在于他们的艺术追求脱离了本民族生活的土壤，这样，他们也就失去了创造的基础和动力。他们当然也没有造成西方意义的现代主义文学。除了李金发等少数作家作为这一历史的文学现象的代表尚在新诗史上留下一个足印之外，他们中的大多数都被人们所淡忘了。这并不是后人的误会，而是历史的公正选择。我们考察西方影响对中国现代文学的意义，当然应当从中得到一些启示。然而，更为重要、也更有价值的是对那些在新文学史上确有成就并形成较大影响的作家与西方现代派文学之关系的研究，我们可以从中探讨西方现代派文学影响对中国新文学发展的真实意义。

首先是艺术形式上的借鉴。这种影响对于相当一部分新文学家来说都是存在的,包括鲁迅、郭沫若、茅盾这样的大家,他们都程度不同地接受过"新"派艺术的某些养分。另外有一部分作家,他们甚至在一段时间里着重向西方现代派文学进行借鉴,这样他们在艺术上接受西方现代派的影响就更为显著,如戴望舒的《望舒草》、施蛰存写于 30 年代的一些小说……这种影响一方面对新文学的各种体裁在形式的丰富、表现手法的多样化、艺术想象的开拓上是起了一定作用的;另一方面也使一部分作家往往把艺术表现推向了晦涩甚至反艺术的极端。艺术形式上的影响是西方现代派文学影响的主要方面。由于已有不少论文就其中的得失做过阐析,这里就不再赘述。然而值得我们进一步探讨的是西方现代派文学在思想内容上对中国现代文学的影响。

我们前面曾就尼采的影响说过一些话。鲁迅把尼采的《察拉图斯特拉如是说》当作文学作品来看,而他的前期创作中受尼采这部著作的影响也是很显明的事实。瞿秋白关于鲁迅的"倾向尼采主义"所作的分析尽管是就他"五四"以前的思想而言的,但其"反映着别一种社会关系"的论断无疑对于说明鲁迅前期创作中残留的尼采影响仍然是正确的。我们并不把鲁迅作品中的"尼采色"与尼采主义混同起来,我们又以为鲁迅此时所汲取的仅仅是尼采学说的反传统的思想形式。那么,对于另一部分作家,即使是被称为中国"现代派"的那一部分作家来说,情况又是怎样的呢?

我们这里想着重分析一下戴望舒前期诗歌在思想内容上的"现代"特征。戴望舒诗作是受西方现代派(具体说,主要是法国象征派)影响的典型现象。他所接受于后者的主要在于艺术形式上的借鉴,这一点已为文学史家所普遍承认。然而当问题转到认识二者在思想内容上的联系时,有人就曾以西方现代派文学的基本思想特征来说明戴望舒的前期创作,这就实际上把中西两种不同含义的"现代派"画了等号。他们多少漠视了戴望舒的前期诗歌在反映社会生活上的民族内容,而夸大了其中的西方色彩。也许就此做必要的辩证对我们的论题是有所帮助的。

人所共知,在现代文学史上,人们把出现于 30 年代,以《现代》月刊为中心且又表现了共同朦胧忧郁情调的那一路诗人称为"现代派"。显然,我们对它的认识首先必须回到这个概念的本来意义上来。

我们以为这一路诗在表现的思想内容上仍然深浅不同地烙印着 30 年代中国社会生活的面影。以戴望舒来说,他长成于"并非养尊处优的环境",在那个时代"做中国人的苦恼",他是"事事遭到的"①。在革命浪潮的影响下,他参加过大革命,并因此坐过班房。"四·一二"事变后,他经历过一段流亡生活,并与左翼作家有过密切交往。在革命文学的推动下,他一度置身于革命文学运动,并成为左联的最早成员之一。然而除了《断指》、《流水》、《我们的小母亲》等少数思想内容积极的诗作外,他却写出了整整一部忧郁、感伤的《望舒草》。仅仅从所谓小资产阶级世界观的劣根性来解释这个现象是远远不够的。我们不妨回顾一下,茅盾基于对文学的社会性、时代性的追求,在完成了《蚀》三部曲的创作之后,在《读〈倪焕之〉》一文中曾将新文学所表现的具有"广阔深入的背景"的"彷徨"与"表面的苦闷"进行了原则的区分,可见,"伤感"、"忧郁"只是某种情绪的表现形式,问题是要寻找其中所蕴藏的深层次的思想内容。从这里我们也许可以找到理解戴望舒的"现代"诗的钥匙。我们以为正是戴望舒那一段生活中对社会革命的热情——不过是在其被逆转的、被冷却的形态上——提供了他作品中所表现的"彷徨""感伤"的"广阔深入的背景"。他的《雨巷》和诗集《望舒草》,其中心主题就是"对于天的怀乡病"。这一主题的负载者则是作品所提供的两个平行的形象系列:一个是"丁香一样结着愁怨"的姑娘,一个是"孤独的游子"。我们认为,"对于天的怀乡病"这一主题与其说是他个人的"表面的苦闷",不如说是时代病的郁结,它的普遍意义就在于概括

① 杜衡:《〈望舒草〉序》,《望舒草》,上海现代书局 1933 年初版。

了脱离革命发展的轨道而又渴望回归的那一部分小资产阶级知识分子的共同体验。我们在戴望舒的这些作品里,透过诗人个人的咏叹,看到了30年代中国苦难社会的折光。因此,戴望舒"现代"诗的思想内容,其反映中国现代社会生活的特征是不应当被漠视的。正是这一点使他的"现代"诗与西方现代派文学有了明显的质的区分。如果我们回过头来看看西方现代派文学的基本思想特征,也许会对这种区分有着更清楚的认识。

西方现代派文学往往从本体论的角度对人与社会的对立、存在的荒谬、普遍的"异化"现象进行描写,并使它带有高层次的哲理性以至于神秘主义。它对资产阶级的道德、伦理观念、现代物质文明、人类社会得以维系的传统关系进行了猛烈的抨击,它的主题往往是令人心悸的。显然,戴望舒的创作由于受孕于苦难的中国社会,它的"烦忧和想望"不能不是中国的。他的作品很少像西方现代派那样从本体论上去揭示抽象的人、人的存在、人的"异化"等富于哲学意味的"现代"主题,也没有表现出后者常有的那种反社会、反人类的倾向;他的悲哀、感伤不是由于寻找自我,而是由于理想的幻灭;他的孤独感不是出于个人与社会的对立,而是出于"单恋"的痛苦。他的这些非现代主义的思想表现正是从其中国现代社会生活的反映这一质的规定性上生发出来的。

我们这样说,并不意味着否认戴望舒的这些作品与西方现代派文学在精神上的某种联系。相反,我们认为,在他的两个形象系列里,不仅可以听到波德莱尔的"烦忧和想望"主题的呼应,甚至还可以看到消极浪漫派夏多布里昂的阿达拉和瑞奈的某些精神特征,看到拉马丁诗歌忧郁、孤独情调的浸染。当然,可以把其中的相似之处看作是前者对后者的某种吸收,但是我们又以为这种吸收只能理解为对一种相类似的感情形态的共鸣,否则我们将无法解释上面述及的二者之间的差异,质的差异和思想表现上的差异。

我们之所以花了大量的笔墨谈及戴望舒,是因为他对于我们的论题具有相当典型的意义。与此相似的还有"中国最为杰出的抒情诗人"冯至。鲁迅在谈到包括冯至在内的沉钟社作家时说："那时觉醒起来的知识青年的心情，是大抵热烈，然而悲凉的，即使寻到一点光明，'径一周三'，却是分明的看见了周围的无涯际的黑暗。摄取来的异域的营养又是世纪末的果汁：王尔德（Oscar Wilde），尼采（Fr. Nietzsche），波特莱尔（Ch. Baudelaire），安特莱夫（L. Andrev）所安排的。"如果还考虑到冯至后来长期受到德国的里尔克的影响，那么他的创作中的象征主义色彩也许并不下于戴望舒。但是从总体上说，他的诗与其说是"现代主义"的，不如说是浪漫主义的，或者说是近于浪漫主义的。被朱自清归于象征诗派的穆木天，他曾自述在"五四"退潮后幻灭情绪的支配下接触了古尔孟、魏尔仑、梅特林克、凡尔哈仑等现代派诗人的作品，他的目的是"寻找着我的表现形式"，而不是思想内容上的移植。① 而另一个"象征派"诗人王独清，他的诗则是"拜伦雨果式的为多；就是他自认为仿象征派的诗，也似乎豪胜于幽，显胜于晦"②。40 年代下半期出现的、三十年后以《九叶集》得名的"九叶诗派"，也是公认受到现代派诗歌影响的一个流派，但他们创作的基本内容也是"忧时伤世，揭发时弊，歌颂民主革命"，而仅仅在探索自己艺术道路的过程中，"吸收了现代派诗歌的表现手法"③。

　　与此相类似的情况，在小说、戏剧、散文等领域中都是可以寻见的。它们说明的是：西方现代派文学对中国现代文学的影响主要表现在艺术形式、表现手法的借鉴上，而在思想内容上的影响仅仅是其中的某些思想形式或感情形态对一部分中国作家的诱发，作为中国现代文学的组成部分，即使是中国"现代派"的代表诗人戴望舒的创作，它所反映的都是本民族的现代社会生活的某一方面，因此在思想内容上与西方现代派文学

① 《我的诗歌创作之回顾》，《现代》第 4 卷第 4 期，1934 年 2 月。
② 朱自清：《〈中国新文学大系·诗集〉导言》，《中国新文学大系·诗集》，上海良友图书印刷公司 1935 年初版。
③ 袁可嘉：《〈九叶集〉序》，《九叶集》，作家出版社 2000 年版。

有着质的和具体表现的不同,而西方现代派文学的影响不能不受到如上所述的种种限制。

四

因此,从内容和形式的统一上来考察,我们认为在中国现代文学的范畴内并未产生过完整意义的现代主义文学。当我们沿用现代文学史上的某些习惯概念,把一些派别或作家群称为"象征派"或"现代派"时,实际上主要是就其某些突出的艺术特征而言的,也就是说这些加引号的概念是包含着许多限制而有别于西方文学史上相应概念的本来意义的。事实已经证明,西方现代派文学的影响尽管在艺术上确实给新文学带来了某些新的色彩,其流韵所及,有的确也摇曳多姿,别具风情,然而,就其美学的全部内涵而言,它却是新文学中一株不会结果的苍白的花。如果认为中国现代文学史上出现过现代主义文学流派,或者把戴望舒这样受西方现代派文学影响较深而其创作的思想内容却未必属于现代主义的作家看作是现代主义作家,那势必夸大了西方现代派文学的影响,而忽视了中国新文学的独立性和创造性。

所以如此,究其原因,主要是:

第一,中国半封建半殖民地社会的性质殊异于西方的高度发达而又极端腐朽的资本主义社会。文学作为社会生活的反映,它从根本上是为社会的经济、政治、文化发展条件所制约的。中国新文学的题材、主题都是从自己脚下的这一块黑土上萌发出来的,而由于社会条件的不同,西方现代派文学不可能像现实主义文学或浪漫主义文学一样在中国的土地上扎下根来,它所产生的有限的影响也只是在经过了种种"改造"、"分解"之后才被溶化和吸收的。

第二,党领导下的新民主主义革命规定了新文学的发展方向。西方现代派文学同样是时代的产物。它的兴衰与社会历史条件有着紧密的联系。高尔基说得好:"如果八十年代在巴黎发生街垒战——很可能在九十年代就不会有颓废派。"① 当新的社会革命还没有成为现实的时候,这些"兴奋得病态"的诗人们只能在酒店里向社会投掷"炸弹"。俄国曾是象征主义、未来主义的一个后起的堡垒,而十月革命则使它们在震耳的枪炮声中悄悄地消失了,其中最杰出的几个诗人也迅速地向革命方向转换。中国的新民主主义革命是所有新文学作家,包括那些较多地受有西方现代派文学影响的作家,所直接面对的具体的历史条件,正是这一历史条件有力地限制着西方现代派文学的影响,而随着新民主主义革命的发展,则使这种影响出现了上面说过的从兴盛到衰竭的深刻变化。蒲风等中国诗歌会的作者当年对"现代"诗的批评,主要是以革命对新诗的要求为出发点的,尽管他们的批评中或许有着这样那样的"左"的偏颇,但其中所坚持的革命文学方向仍然体现了历史的要求。黄风的一篇文章曾指出:"'现代'式的类小诗的东西,跟着时代的歌声一部分业已淹灭,一部分纵存也只会独自悲哀吟叹。"这段话同样概括了西方现代派文学影响在中国的命运。

　　第三,新文学强大的现实主义浪漫主义潮流的有力冲击。一方面,它们以得天独厚的艺术优势取得了新文学的主潮地位。在与社会生活结合的密切性上,在与悠久的民族文学传统的衔接上,在其自身的审美体系的丰富性和完整性上,对比于包括现代主义在内的其他文学流派,它们具有真正强大的艺术实力和竞争力。另一方面,作为新文学的主潮,它们是经历了一系列不断突破自身局限的历史性变革的。早在"五四"时期,茅盾就认为:"世间万象,人类生活,莫不有善的一面与恶的一面,徒尚分析的表现法,不是偏在善的一面,一定偏在恶的一面。举浪漫派文学和自然派文学就是各走一端的。丑恶的描写诚然确有艺术的价值,但只代表人生的一边,到底算不得完满无缺,忠实表现。"② 正是基于对传统的浪漫派、现实派文学的上述批评,他瞩望一种能将真实与理想、主观与客观历史地统

---

① 《保尔·魏伦和颓废派》,《高尔基论文学》(续集),人民文学出版社1979年版。
② 《新文学研究者的责任与努力》,《小说月报》第12卷2号。

一于一身的新文学的产生，从而进行了对西方现代派文学的译介。他当时的"提倡新浪漫主义"当然并不意味着因此而根本上离开了现实主义，而只是企图将现实主义改造成新的、更宏大的、更富于时代特色的、有着无限丰富的艺术表现力的审美体系。革命现实主义是这一探索过程最后形成的理论结晶。正是"开放"这一历史特色，使新文学的现实主义和浪漫主义突破了19世纪欧洲的传统，而丰富了自己的现代性格。这种历史性的变革使它们生成了很大的胃口和很强的消化力，西方现代派文学的某些艺术养分为新文学的主潮所吸收，就从可能变成了现实。那么这时西方现代派文学的影响无疑意味着其独立地位的进一步消失。不论是艾青，还是何其芳，或者戴望舒，他们都从最初较多接受西方现代派文学影响而先后走向了现实主义，除了现实生活的召唤之外，革命现实主义（还有革命浪漫主义）的无限消化力和生长力也是不可忽视的原因。

1984 年 8 月初稿

文边徜徉

为了警醒"沉默的国民的魂灵"

——鲁迅的《药》赏析

鲁迅的小说有很大一部分是以辛亥革命前后的社会生活为内容的,如《阿Q正传》、《风波》等,《药》也是其中一篇。这篇作品最初于 1919 年 5 月发表在《新青年》月刊六卷五号上,后来收入作者的第一本小说集《呐喊》。

鲁迅在谈到自己的创作意图时说:"例如说到'为什么'做小说罢,我仍抱着十多年前的'启蒙主义',以为必须是'为人生';而且要改良这人生。"他所理解的"改良人生",其中一个重要内容就是要用文艺改变愚弱国民的精神,这就形成了鲁迅小说的"改造国民性"基本主题。然而,作为一个伟大的现实主义作家,他的革命性意识必然是被迫切的社会问题所激动的,他的现实感必然是被沉重的历史感所浸染的。这样,我们看到,在《药》所展示的生活画面中,"改造国民性"的深刻意图与对辛亥革命历史的反思一起得到了完整、统一的表现。

关于小说的题材,早在《狂人日记》里,作者就写到了"去年城里杀了犯人,还有一个生痨病的人,用馒头蘸血舐"。在这里,鲁迅"意在暴露家族制度和礼教的弊害","人血馒头"这个细节是直接服务于揭露封建礼教"吃人"这一主题的。时隔一年,出现在《狂人日记》里的这一次要的细节却成为《药》的基本情节,而且,作者有意将它放置到辛亥革命前后的政治形势、社会心理的大范围内加以表现,最大限度地挖掘出其中所包含的社会、历史的内涵,最有力地传达了时代所提出的"启发民智"的迫切要求。

《药》叙述的是辛亥革命前发生在江浙某地的一个故事。小说的主角是开小茶店谋生的华老栓,他的儿子华小栓不幸得了痨病,而当时人们却以为要用沾了人血的馒头才能治这种病。刚好城里要处决一个犯人,这个犯人是夏四奶奶的儿子夏瑜,是个革命青年,于是他的血就成了华老栓给他的儿子治痨病的"药"!这服"药"当然没能把华小栓救活,他最后还是死了。小说最后一节写到这一年的清明华大妈给她的儿子上坟,在坟地遇到了给夏瑜上坟的夏四奶奶。

这里,作者以夏瑜暗指旧民主革命时代著名的女革命家秋瑾女士,夏瑜被害于"古 × 亭口",秋瑾女士遇难的地点正是绍兴城内古轩亭口。鲁迅对这些为谋求中华民族的解放而奋斗一生的"革命先烈"始终是怀着敬意的,但他却清醒地看到辛亥革命只不过是"枉然失去了一条辫子",民众无论是在实际境遇上还是在精神上,都没有获得丝毫的解放,中国仍然是"僵尸"统治的世界。他说:"我觉得许多烈士的血都被人们踏灭了,然而又不是故意的。"这是怎样一种悲剧呵!他在一篇文章里写到"光复"后绍兴的社会现状:

> 我们便到街上去走了一通,满眼是白旗。然而貌虽如此,内骨子是依旧的,因为还是几个旧乡绅所组织的军政府,什么铁路股东是行政司长,钱店掌柜是军械司长……
>
> ——《朝花夕拾·范爱农》

革命在其实现的第一天就开始背离它的目的,这里凝聚着多么深刻的历史教训。历史造就了一批先知先觉者,然而真正的革命却不能不期待着人民大众的觉醒。辛亥革命的火光自然映照出在革命者与人民大众之间的距离。小说中的夏瑜怀着救国救民的热望,他把自己的全部生命都献给了革命,甚至在身陷囹圄时还向人宣传革命。然而,他的思想、行动却不为包括华老栓在内的中国民众所理解,他的罹难成为他们茶余饭后的谈资,他的血成为迷信、愚昧这些"祖传老例"的祭品。作者在民众与革命的"隔膜"这一历史现象的真实描写中,自然蕴含着对辛亥革命的一种深刻的批判,启示着后来者在新的斗争中如何纠正历史的"失误"。

然而,悲剧的更大意义还在于对"民众"的冷漠、麻木、愚昧心理和性格的揭示。鲁迅曾经多次慨叹于人与人灵魂的"不相通",他认为这是由"天有十日,人有十等"的封建等级制度所造成的,他说:"因为古代传来而至今还在的许多差别,使人们各各分离,遂不能再感到别人的痛苦,并且因为自己各有奴使别人,吃掉别人的希望,便也就忘却自己同有被奴使被吃掉的将来。"《药》将这种人心的"隔膜"通过具体的生活场景和艺术形象的刻画做了淋漓尽致的表现。小说描写华老栓拿到了人血馒头,他自然是满怀着将儿子的病治好的希望的,第二天一早茶客上门时——

　　老栓一手提了茶壶,一手恭恭敬敬的垂着。笑嘻嘻的听。满座的人,也都恭恭敬敬的听。华大妈也黑着眼眶,笑嘻嘻的送出茶碗茶叶来,加上一个橄榄,老栓便去冲了水。

　　"这里包好! 这是与众不同的。你想,趁热的拿来,趁热吃下。"横肉的人只是嚷。

　　"真的呢,要没有康大叔照顾,怎么会这样……"华大妈也很感激的谢他。

　　"包好,包好! 这样的趁热吃下。这样的人血馒头,什么痨病都包好!"

　　华大妈听列"痨病"这两个字,变了一点脸色,似乎有些不高兴,但又立刻堆上笑,搭讪着走开了。这康大叔却没有觉察,仍然提高喉咙只是嚷,嚷得里面睡着的小栓也合伙咳嗽起来。

包括康大叔在内的众茶客何尝对毕老栓一家的痛苦有着真正的同情呢? 对于华大妈的隐痛,康大叔不仅"没有觉察",而且那么肆无忌惮地去撩拨她内心的伤口。这个细节所表现的正是对人心"各各分离"的慨叹。更深刻,也更悚然惊心地将"人心的隔膜"加以表现的是众人对夏瑜遇害的反映。《药》里的芸芸众生,从华老栓到茶店里的众茶客,对夏瑜的罹难表现出多么惊人而又可怕的冷漠呵! 华老栓关心的只是自己儿子的病,当他拿到人血馒头时,"别的事情都已耳无闻目无见了",小说这样描写他此时的神情:"他的精神,现在只在一个包上,仿佛抱着一个十世单传的婴儿,别的事情,都已置之度外了。他现在要将这包里的新的生命,移植到他家里,收获许多幸福。"而他手里那一包东西,却明明蘸着另一个青年的血! 在毕老栓的茶店里,夏瑜的被害自然成了众茶客谈话的中心,康大叔讲得眉飞色舞,茶客们听得津津有味,当康大叔说到夏瑜在牢里对管牢的牢头红眼睛阿义说,"这大清的天下是我们大家的",结果却被阿义打了两个嘴巴时,小说这样描写:

> "义哥是一手好拳棒,这两下,一定够他受用了。"壁角的驼背忽然高兴起来。
>
> "他这贱骨头楞打不怕,还要说可怜可怜哩。"
>
> 花白胡子的人说,"打了这种东西,有什么可怜呢?"
>
> 康大叔显出看他不上的样子,冷笑着说,"你没有听清我的话,看他神气,是说阿义可怜呢!"
>
> 听着人的眼光,忽然有些松滞,话也停顿了。……
>
> "阿义可怜——疯话,简直是发了疯了。"花白胡子恍然大悟似的说。
>
> "发了疯了。"二十多岁的人也恍然大悟的说。
>
> 店里的坐客,便又现出活气,谈笑起来……

这一段描写集中表达了作者对社会上的"看客"心理的批判。这里的"驼背五少爷"、"花白胡子""二十多岁的人",我们很难看出他们具体的社会身份,而作者也确实是把他们当作普通的"看客"来描写的。他们不了解革命,夏瑜对他们来说,只是一个普通的"他人"。他们不仅漠然地看待他人的不幸,甚至将他人的痛苦当作玩赏、品尝的对象,他们感兴趣的只是无聊之中的一点刺激,一点有趣。在这里,小说越是写出了小茶店的"活气",越是表现出这股"活气"所包藏的"残酷",便越是表达了作者对改造"沉默的国民的魂灵"的深刻思考。

鲁迅曾经多次批判过"看客"和"看客"心理。他曾自述他早年决定弃医从文是由于受到"幻灯片"事件的刺激:他在幻灯片上"忽然见我久违的许多中国人了,一个绑在中间,许多站在左右,一样是强壮的体格,而显出麻木的神情。据解说,则绑着的是替俄国做了军事上的侦探,正是被日军砍下头颅来示众,而围着的便是来赏鉴这示众的盛举的人们。"于是他认为:"凡是愚弱的国民,即使体格如何健全,如何茁壮,也只能做毫无意义的示众的材料和看客,……所以我们的第一要著,是在改变他们的精神。"鲁迅在《娜拉走后怎样》一文中,又一次表达了对"看客"的憎恶,他说:"群众尤其是中国的——,永远是戏剧的看客,牺牲上场,如果显得慷慨,他们就看了悲壮剧,如果显得觳觫,他们就看了漫稽剧。"鲁迅又写过散文诗《复仇》,小说《示众》……这些作品,深入地剖析了"看客"的心理,表达了作者"憎恶社会上旁观者之多"的复杂心情。

《药》对众茶客的描写体现了作者对在封建等级制度的桎梏下形成的"愚弱"的国民精神的深刻批判,而且由于描写了这些"看客"们"赏鉴"的"材料"竟是不惜牺牲以谋求民众解放的革命者,其中所包含的"改造国民性"的基本主题自然是震撼人心的了。

鲁迅是在"五四"这个中国新民主主义革命的伟大发端期开始新文学创作的,他抱着"改良这人生"的明确目的写下了一系列向旧社会宣战的作品。这样,从时代的需要和作家的内在要求来说,他的小说不能不是抨击旧物,催促新生的"呐喊"。《药》对国民精神弱点的揭露自然是沉重的,但其最终的要求还在于"疗救"。正是从这个要求出发,作者在小说最后一节写到华、夏两家上坟时,夏四奶奶发现夏瑜的坟上"分明有一圈红白的花,围着那尖圆的坟顶",体现了对社会和人心的希望。鲁迅在《呐喊·自序》里说:"……但既然是呐喊,则当然须听将令的了,所以我往往不恤用了曲笔,在《药》的瑜儿的坟上平空添上了一个花环。"鲁迅在这里所讲的"将令",指的是"那时的革命先驱者的命令",也就是时代的召唤,新民主革命的要求。作品中关于"花环"的描写虽是"曲笔",却是时代趋向的敏锐反映,也是作者真实愿望的自然流露。

这篇小说在结构上采用明暗两条线索互相交叉、映衬的方式。作为明线的是华老栓求"药"用"药"以及在华老栓茶店里众茶客围绕这"药"而进行的议论;作为暗线的是夏瑜的陷狱和罹难,这条线上的人和事,作品并没有正面地加以描写,而只是通过华老栓的求"药"和众茶客的议论来加以侧面表现。"药"正是这两条线索的联络点。这种情节线索的处理方法使小说在表达的时空、内容上显得丰厚而富于层次,而在形式上则简洁而不芜杂。两条线索以"药"为交叉,互相映衬,有效地传达了作品的主题。小说的最后一节写到华大妈和夏四奶奶在坟地上相遇,使一明一暗的两条情节线索在同一时空上重合起来,在结构上加强了小说的整体性,在寓意上则深化了作品的主题。

"药"是这篇小说的"眼"。作者想告诉我们的是:真正的"病"是在精神上的,首先要寻找的是疗救灵魂的"药"。"药"在这里显然具有双重的意义:一方面是小说情节发展的中心,一方面是小说题旨的浓缩。它既是具体细节的写实,又是深层寓意的象征。小说取名为《药》,是体现了作者对小说从形式到内容的多方面的成熟思考的。

鲁迅是写人的圣手。他在谈到中外作家创作艺术的时候,十分称道"画眼睛"和"勾灵魂"的方法。他的典型塑造,往往是通过对人物性格特征的准确而又深刻的表现来达到的。在《药》里,对华老栓突出表现的是他的麻木和愚昧;对众茶客,突出表现的是他们以赏鉴他人的不幸为快事的"看客"心理,这种对形象的艺术把握无不达到"勾灵魂"以塑造典型的目的。

　　形成鲁迅塑造人物的个人特点的还在于他极俭省的白描手法。在《药》里,作者总是不多几笔就画出了人物的特征,给读者以极深刻的印象。如写康大叔。他出场之前,几个先来的茶客正跟华老栓搭讪——

　　　　"老栓只是忙。要是他的儿子⋯⋯"驼背五少爷话还未完,突然闯进了一个满脸横肉的人,披一件玄色布衫,散着纽扣,用很宽的玄色腰带,胡乱捆在腰间。刚进门,便对老栓嚷道:——

　　　　"吃了么?好了么?老栓,就是运气了你,你运气,要不是我信息灵⋯⋯"

短短的一百来个字,就从打扮、动作、声气等方面形神毕肖地写出他的横蛮和粗野。在向众茶客嚷着夏瑜的事时,他见众人都耸着耳朵听他,便"格外高兴","横肉块块饱绽",嚷得"越发大声"。这些描写也是极俭省的,却进一步补充了他的性格,写出了他的浅薄和残忍。

　　鲁迅的小说很少写背景,偶尔写到,也都是极俭省的轮廓的勾勒,其目的在于创造一种气氛。《药》里的环境描写有二三处,这在鲁迅小说中是不多见的。小说的开头是这么一段描写:

　　　　秋天的后半夜,月亮下去了,太阳还没有出,只剩一片乌蓝的天;除了夜游的东西,什么都睡着。

这几笔简洁遒劲的勾勒,既写出了"秋"的特点,又写出了"夜"的特点,而且,它所渲染的沉重阴暗的气氛是可以使我们产生关于整个黑暗时代、社会的联想的,与整个小说的格调也是协调的。

对于人间爱的热情呼唤

——冰心小说《超人》赏析

　　朱自清先生谈到"五四"新诗时说:"'说理'是这时期诗的一大特色。"其实,不仅新诗,当时的小说也是喜欢"说理"的,这个特色特别体现在"问题小说"的创作中。"为人生"是"五四"时期影响广泛的一种社会思潮,它所包含的强烈的时代热力激动了当时相当一部分作家,如叶圣陶、王统照、庐隐、许地山等人,他们纷纷用小说去表现和讨论社会问题和人生问题,并试图找到解决问题的"药方",形成了"五四"小说的一种引人注目的热潮。冰心在"五四"时期创作的小说就多属于"问题小说",如《两个家庭》、《斯人独憔悴》、《去国》等。其中1919、1920两年里创作的"问题小说",大都是现实人生问题的描写,所反映的社会生活面较为广泛,提出的问题较为尖锐,描写的笔触较为"写实"。而1921年以后她的"问题小说"在人生内容和艺术风格上都有了很大的变化,其主观性和抒情性更为强烈了,体现了作家在寻求人生问题的解决时的迫切愿望和空想色彩。《超人》就是其中最有代表性的一篇。

　　这篇小说最初发表于1921年4月的《小说月报》第12卷第4期,

后来收入作者的小说、散文合集《超人》。

冰心通过这篇小说表达了她对人生问题的带有空想色彩的哲学思考。小说的主人公何彬是一个"冷心肠"的青年。无论在他办事的局里，还是在他住的大楼里，他都从不与周围的人来往，甚至"凡带一点生气的东西，他都不爱，屋里连一朵花，一根草，都没有，冷阴阴的如同山洞一般"。然而，偶然发生的一件事却改变了他的人生态度。一天夜里，他听到对面楼下有人凄惨地呻吟。这声音搅得他一夜睡不着。如此三天。后来，他打听到这个"深夜的病人"竟是一个在厨房里跑街的十二岁的孩子，名字叫禄儿，他上街把腿摔坏了。何彬就拿了钱让禄儿去治脚伤。禄儿伤好后几次要向他道谢，他却"冷冷的抬起头来看了一看，又摇了摇头，仍去看他的书"。后来，他要调到另一个局里，也要搬一个住处。就在搬走的前一天晚上，他收到了一篮花，花篮下压着禄儿写给他的回信。何彬看信后大为感动，他当即给禄儿写了回信，信里说："我只感谢你，小朋友，再见！再见！世界上的儿子和儿子都是好朋友，我们永远牵连着呵！"他把信放在床上，第二天一早，泪痕满面地上车走了。

当这篇小说在《小说月报》上发表时，当时的《小说月报》主编茅盾就曾以冬芬的笔名在小说后加了一段附注，说："雁冰把这篇小说给我看过，我不禁哭起来了！谁能看了何彬的信不哭？如果有不哭的啊，他不是'超人'，他是否懂得吧！"小说发表后，立即引起了热烈的注意，甚至有人摹仿它写了小说。出现这样强烈的反响是与它所产生的那个年代有很大关系的。

《超人》问世在"五四"退潮时期。一场社会革命刚刚过去，而新的社会运动还没有到来，那些为"五四"所唤醒的新青年们加倍地感到了退潮期的黑暗。这样，苦闷、彷徨就成了他们中相当一部分人的共同感受。当时的一篇评论文章就指出："青年们热烈的希望，被社会恶浊的势力打倒，发生种种悲观的念头：世界是空虚的，人生是梦幻的，从此走错了前进的正道，意志强固的，自杀以解脱痛苦，意志薄弱的，天天囚在愁城里

过烦闷的生活！而近年来青年的犯这现象者,更似流行病一般。"《超人》
从提出"问题"的方式到提供的解决"问题"的方法,都体现了作家在
那个特定历史时期"援救一般颓丧的青年"的意图。

　　小说中的何彬并不是一个真正的"超人"。表面上,他是超脱于人
间情爱的"冷心肠"的青年,他甚至说:"世界是虚空的,人生是无意识
的。人和人,和宇宙,和万物的聚合,都不过如同演剧一般;上了台里父子
母女,亲密的了不得,下了台,摘了假面具,便各自散了。哭一场也是这么
一回事,笑一场也是这么一回事,与其互相牵连,不如互相遗弃,而照尼采
说得好,爱和怜悯都是恶……"然而当他听到"深夜的病人"的呻吟声
时,却无法抑制住自己关于"慈爱的母亲,天上的繁星,院子里的花"的
思绪。这里以禄儿的呻吟声为因子,所撩拨起来的正是潜藏在何彬内心
深处的人间情爱。这是一种比表面上的"冷心肠"更深沉也更有力量的
感情,它的复苏拯救了何彬。

　　那么,它有着哪些具体内容呢? 小说多次写到何彬在深夜独处时想
起"慈爱的母亲,满天的繁星,院子里的花",其中最有力地摇撼着何彬
的灵魂的是"慈爱的母亲",是母爱! 在下面的一段文字里,作者描写了
何彬的一场幻想,他似乎见到了母亲——

　　　　风大了,那壁厢放起光明。繁星历乱的飞舞进来。星光中间,缓
　　缓的走进一个白衣的妇女,右手撩着裙子,左手按着额前。走近了,
　　清香随将过来;渐渐的俯下身来看看,静穆不动的看着,——目光里
　　充满了爱。

　　　　神经一时都麻木了! 起来罢,不能,这是摇篮里,呀! 母亲,——
　　慈爱的母亲。

　　　　母亲啊! 我要起来坐在你的怀里,你抱我起来坐在你的怀里。

　　　　母亲呵! 我们只是互相牵连,永远不互相遗弃。

作者用充满诗情的语言,描写了母亲的慈爱,灵光飞动,有如圣母的降临。
母亲的爱使何彬"止水似的感情,重又荡漾起来",而禄儿的信也是由于

充满了对母亲的真挚感情而最终消融了何彬多年冰结的心。他说:"不错的,世界上的母亲和母亲都是好朋友,世界上的儿了和儿子都是好朋友。都是互相牵连,不是互相遗弃的。"

这里,作者企图用母爱来作为解决青年人生观问题的良药,而没有深入探究造成"青年的人生问题"的环境。在小说描写中,作者告诉我们:何彬对人生的虚无主义态度只是个人的"错认",是"拒绝我的母亲"后的认识偏差,唯一跟"社会"有关联的是尼采的影响,但作者对此也没有深究。这样,在我们看来,作者一方面很敏锐地反映了五四退潮期青年的人生观问题,也很真诚地表达了要青年们不再颓唐的愿望,但另一方面作者又忽视了对产生"问题"的"广阔深入背景"的描写,而只是把"爱"与"恨"这感情的两极作为框范人生观问题的构架,自然就很难切中问题的症结,她提出的"母爱"作为解决青年人生观问题的办法自然也是空洞无力的。

除了"母爱",小说还表现了对儿童的崇拜。小说中的禄儿,不仅以他的天真和友爱感动着何彬,甚至是"母爱"在何彬记忆中复苏的唯一助力。在《超人》中,作者是把童心作为母爱的一个必不可少的补充来表现的。她后来说:

> 我是一个盲者,
> 看不见生命的道途。
> 只听凭着竿头的孩子,
> 走着跳着的引领,
> 一步步的踏入通衢。

在冰心的眼里,儿童没有受到社会的污染,永远是那么单纯,真诚,天真烂漫,是净化社会和净化人的灵魂的滤器。《超人》中的何彬面对禄儿的"花"和"爱",不禁感到愧惭和警醒,所表现的正是幼者道德的力量。作者这样描写既是"五四"那个时代的"幼者本位"、"弱者本位"的民主精神的反映,又是作者本人的带有空想色彩的"爱的哲学"

的表现。

　　"母爱"和"童心",正是冰心的"爱的哲学"的重要元素。沈从文先生说:"冰心女士所写的爱,乃离去情欲的爱,一种母情的怜悯,一种儿童的纯洁。"体现在《超人》中的"爱的哲学"既是一种社会理想,又是一种人生态度。何彬在给禄儿的信里说:"天已明了,我要走了",自然表现了他在"爱的哲学"的启迪下的希望和充实,然而,这其实只是作者心目中的"希望和充实",究其实际,却不免于虚浮和空泛。

　　作者以自己的"爱的哲学"来对抗"憎"的哲学,她用何彬的转变证明着"爱"是更合乎自然和人性的,是更有力量的。何彬从原先信奉尼采的"爱和怜悯都是恶",到最后向"爱的哲学"的皈依,自然是作者理想的胜利,也包含着对尼采学说的某种批判性认识。尼采是19世纪后半叶一位对后世有过重要影响的德图哲学家,他在一系列论著中以"反传统"的姿态在西方思想界造成了一场深刻而持久的"地震"。他的"超人"哲学对中国本世纪的文化也有过影响,鲁迅以及茅盾、郭沫若等第一代新文学家有不少人翻译或介绍过尼采,他们的根本意图是要借重尼采"来做摧毁历史传统的畸形桎梏的旧道德的利器,从新估定价值,创造一种新道德出来"。然而,尼采思想的影响也的确造成了部分青年的悲观和颓丧,特别在"五四"退潮时期,这种消极的影响就更为明显了。冰心将小说取名为《超人》,自然表明她要用形象说明自己对尼采哲学的理解和态度。她做的是"非超人"的文章。作者指给我们看:何彬虽为"超人",其实是一种迷误,真正解决人生观问题和心灵困惑的是"爱"的力量,是"人间"的爱的力量! 正是由于这些描写,作品显现了一种"讨论"人生问题,并对之进行"哲理"表现的兴趣,一种隐藏在"形象"底里的强烈的主观"说理"的倾向。

　　我们看到,无论是禄儿,还是何彬,他们作为小说人物,其具体性和个别性都是不充分的,从对形象的丰富性和完整性要求来说,这两个主要人物的塑造都还是较为单薄的,他们的感人之处在于传达了一种虽为空泛,却催人振作的人生理想。这种强烈的主观"说理"的倾向,往往使作者忽视了人物描写的"真实"。当时有人就认为冰心的部分小说"人物和情节都离实际太远了",《超人》也不免于此。如禄儿给何彬写的信,一个十二岁的跑街的小孩儿竟写出了如此情思曲折、委婉动人的文字,这自然是作者"以意为之"的结果,是作者要借禄儿的口来说自己的话的一种安排。

伴随着主观说理倾向的是这篇小说的强烈抒情性特征。从整体上看,小说的情节发展所遵循的主要不是"生活的逻辑",而是"情感的逻辑",作者"不绝如缕,乙乙欲抽"地抒写情绪,她不仅让情感成为推动情节发展的动力,而且让情感渗透到情节发展的每一个空间,造成缠绵柔婉的情调,造成诗的氛围,甚至在禄儿和何彬写的信里也充满着诗的情调。比如在何彬写给禄儿的信里就有这样一段抒情性的表白:

> 我是冒罪丛过的,我是空无所有的,更没有东西配送给你。——然而这时伴着我的,却是悔罪的泪光,半弦的月光,灿烂的星光。宇宙间只有它们是纯洁无疵的。我要用一缕柔丝,将泪珠儿穿起,系在弦月的两端,摘下满天的星儿来盛在弦月的圆凹里,不也是一篮金黄色的花儿么? 它的香气,就是悔罪的人呼吁的言词,请你收了罢。只有这一篮花配送给你!

这里所表达的情感是浓郁的,而将弦月和星星组成花篮则更是一个充满诗情的意象。作者本是诗人,诗人的敏感和天分使她总能在"散文"的世界里看出诗来。《超人》写明月,写星星,写夜的清香,写母亲的"充满了爱"的目光,无不创造了幽美动人的诗的意境,赋予作者的"爱的哲学"以"动之以情"的力量。

冰心的小说往往在家庭这个圈子里写人生,"家"成了冰心观察社会人生的窗口。《超人》写的似乎不是一个家庭,但其具体内容仍然是以母亲和儿童的描写为主体的,其情感氛围仍然是一个温情脉脉的"家"的氛围。所不同的是,她以前所写的,《斯人独憔悴》等小说,反映的是社会现实投射到家庭里的折光,而她的《超人》却是把社会当作一个放大了的"家"来写的。这个变化其实也是当时新文学发展的一个较为普遍的现象。茅盾在谈到"五四"退潮期的新文学动态时说:"题材的范围是扩大得多了。作家的视线从狭小的学校生活以及私生活的小小的波浪移转到广大的社会的动态。'新文学'渐渐从青年学生的书房走到十字街头,然而是在十字街头徘徊。"《超人》从其内容实质上说仍然是"在十字街头徘徊"的作品。

然而,小说所呈现的那种温情脉脉的情感氛围却造成了一种"温柔蕴藉"的诗的格调,这无疑是最具冰心个人特点的一种风格。她说她追求的"诗的女神"是"满蕴着温柔,微带着忧愁,欲语又停留"。我们在她的《斯人独憔悴》等初期"问题小说"中可以领略到作家的这种个人风采,但作为这种风格的突出表现的却是她在"五四"退潮期所创作的小说、诗歌和散文。《超人》浓郁的抒情气氛,它所创造的诗的情调,是处处可以给读者以很深的印象的。特别是写何彬深夜想起"慈爱的母亲,天上的繁星,院子里的花"的几个地方,作者以轻清的笔触勾摄夜色的沉寂,月光的神韵,给人物的思绪衬以微凉的底色。作者写何彬的"冷",却处处挖掘他的"温"和"热"来。这些都可以见出作者的"温柔蕴藉",微带忧愁的艺术风格。

这是一种成熟的风格,是属于冰心自己的,是对生活的某种超越的结果。对比于小说所提供的生活内容,《超人》所显示的艺术风采也许是更叫我们难以忘怀的吧。

"五四"时期的"父与子"的冲突

——冰心的《斯人独憔悴》赏析

　　冰心的短篇小说《斯人独憔悴》最初发表在 1919 年 10 月 10 日至 17 日的北京《最报》上，后收入短篇小说集《去国》。冰心是中国现代著名女作家，原名谢婉莹，1900 年出生于福建省福州市。她的父亲是个开明的具有爱国思想的海军军官。在这样的家庭里，冰心从小就读了不少中国古典小说和当时颇为风行的林译小说，并受到爱国主义思想的熏陶。她的小说创作开始于 1919 年，《斯人独憔悴》是她发表在报刊的第二篇小说。那时，冰心是北京协和女子大学理预科一年级的学生，又是学生自治会的文书。这一年，正是"五四"爱国运动爆发的时候。她怀着"又是兴奋又是愤慨"的心情，与同学们一起上街游行。她说："我们三五成群地挥舞着旗帜，在街头宣传，沿门沿房地进入商店，对着怀疑而又热情的脸，劝说他们不要贩卖日货，讲着人民必须一致奋起，反对日本帝图主义的侵略压迫，反对军阀政府卖国行为的大道理。我们也三三两两地在大风扬尘的长安街，在破敝黯旧的天安门前，拦住过往的人力车，请求大家捐些铜子，帮助援救慰问那些被捕的爱国同学。我们大队大队地去参加北京法庭对被捕学生的审讯。我们开始用白话文写各种形式的反帝反封建的文章,在各种报刊上发表。"可以说,正是"五四"的热潮激发了冰心创作小说的冲动,《斯人独憔悴》就是以"五四"为背景,反映"五四"时期"父与子"冲突的"问题"小说。

　　小说从一个侧面为"五四"运动爆发时期的社会生活留下了生动的写照。作者没有正面描写"五四"运动的壮阔场面,而是通过发生在天津的一个官僚买办家里的两代人的冲突,真实地反映了那个时代的面貌。作为这个家庭主宰的化卿先生既是一个腐朽、专制的封建家长,又是一个对爱国群众疾首痛恨,对帝国主义低眉下气的反动官僚和无耻洋奴。他的两个儿子,颖铭和颖石,在南京念书,他们在"五四"热潮的推动下,参加了爱国运动。化卿闻讯后立即急电颖石兄弟俩回家。小说描写了颖石、颖铭先后抵家后与化卿的冲突,并刻画了他们困居公馆、满怀愁苦,低回欲绝的情状。通过颖石兄弟的叙述、辩解,我们似乎可以感受到"五四"时期民众的爱国激情,看到那个使人血脉偾张的壮阔场面。小说中,颖石向姐姐颖贞叙述了哥哥颖铭受伤的经过:

> ……上礼拜六他们那一队出去演讲,被军队围住,一定不叫开讲。哥哥上去和他们讲理,说得慷慨激昂。听的人愈聚愈多,都大呼拍手。那排长恼羞成怒,拿着枪头的刺刀,向哥哥的手臂上扎了一下。当下……哥哥……便昏倒了。

这里,作者生动地描写了"五四"运动中的一个动人场面,赞颂了爱国青年的勇敢精神。然而,小说更有力之处还在于对"五四"时期种种人物的刻画,这些刻画都是非常真实和具有一定典型意义的。

　　颖铭、颖石是"五四"新青年的一种代表。"五四"运动本来就是以反帝反封建为内容,因而容纳了广大爱国阶级、阶层的具有统一战线性质的政治、文化运动,颖铭兄弟出身于官僚买办家庭,但他们却在远离家庭的南京读书,所受的是"新学"的教育,这样,他们在时代热潮

的推动下,是能够投身这一场运动的。就小说所描写,颖铭兄弟在五四
运动中,确实是积极、热情的,是有着可贵的主动精神和牺牲精神的,而
这一切,正是伟大的"五四"运动赋予他们的。然而,他们却不能,也
不敢违拗父亲要他们回家的命令,一旦离开了社会革命的大潮,而置身
于化卿的淫威下,他们的热情、理想就一下子"蔫"了。小说描写道,
当颖石刚回家的时候,仗着从社会运动中所汲取的正义感和勇气,他尚
敢于对父亲的无理责骂做些辩解,可是又马上在化卿的一连串的炮轰
似的叱骂声中败下阵来。到颖铭回家见父亲的时候,他已不敢穿白帆
布鞋子,只是"穿着白官纱衫,青纱马褂,脚底下是白袜子,青缎鞋,戴
着一顶小帽,更显得面色惨白",从衣着到神色都是要打"败仗"的样
子。他甚至连像颖石一样为自己辩解的勇气都没有,只得"红了脸"
对父亲说"孩子实在是病着",就灰溜溜地败下阵来。他们心中仍怀着
"五四"运动的余绪,他们认为青年对社会是负有责任的,他们的行为
是对的,但他们又不敢理直气壮地表白自己和肯定自己,他们在这一场
"父与子"的冲突中处处被动挨打,以妥协退避来求得自己在家庭中的
存在。颖石说:"唉,处在这样黑暗的家庭,还有什么可说的,中国空生
了我这个人了。"妥协的代价就是理想、热情的丧失,当姐姐颖贞劝说
他们不要搞请愿,以干预"外交内政的问题"时,颖铭是"一点头,也
不说什么",颖石是"本来没有成见,便也赞成兄姐的意思"。在这里,
我们清楚地看到了参加"五四"运动的一部分青年知识分子的精神面
貌,他们有着"五四"的热情,又有着小资产阶级的懦弱和动摇,在现
实的压迫和斗争中,他们要么更勇敢地奋起,在改造社会的斗争中也挣
脱自己"阶级"的锁链;要么把自己迈出去的脚再抽回来,退居于有高
大的围墙圈着的、门口有持枪的兵丁把守着的"家"中,甚至陷入泥
污。小说中的颖铭兄弟,他们的哀叹自然有值得同情的地方,他们还只
是在十字路口徘徊,今后"往何处去"还未可预料,然而从他们进退拮据
的行止和心态上,我们不是可以看出生活对他们提出的严峻要求和作者
对他们的某种批评么?

他们的姐姐颖贞自有不同于她两个弟弟的地方。她说："其实我在学校里，也办了不少的事。不过在父亲面前，总是附和他的意见，父亲便拿我当做好人，……"她就在父亲的眼皮底下生活，受到家庭的羁绊自然更多些，受到家庭的影响也更明显些，她的理想也更带"微温"的、折衷的色彩。当听说青年学生派了请愿团来天津时，她甚至对她的弟弟说："外交内政的问题，先不必说，看他们请愿的条件，哪一条是办得到的？就是都办得到，政府也决然不肯应许，……这样日久天长的做下去，不过多住几回警察厅，并且两方面都用柔软的办法，回数多了，也都觉得无意思。不但没有结果，也不能下台。我劝你们秋季上学以后，还是做一点切实的事情，……"这里表白的自然是她从现实环境中得来的消极教训，她用改良主义的"做一点切实的事情"，取消了她的弟弟们以及自己也曾有过的改革社会的热情。颖贞这个形象在"五四"时期的青年中是有典型意义的，作者对她的描写是真实和富有分寸感的。

作者把同情给予了笔下的"子"一辈的人物，甚至可以说这种同情或许有点过分。随即她又把憎恨投向了"父"一辈的化卿先生。化卿这个形象的特点是腐朽、专制和反动。他是那个门卫森严、僮仆成群的大家庭的主宰者；他终日躺在大烟榻上吞云吐雾，又处处摆出那种"国家栋梁"的嘴脸；他已衰朽残年却蓄养着几多娘姨；他骂革命学生"犯上作乱"，是"血气之徒"，却称赞帝国主义者"仁至义尽"，是"缓急相通的朋友"；他在家里滥施淫威，粗暴专制，把这个家统治得如同黑暗的牢狱。作者无情地揭露了这个专制家长的丑恶嘴脸，特别是通过他的口将"卖国有理"的谬论做了淋漓尽致的暴露。这里虽然只是客观的描写，作者没有进行直接的批判，却在与"子"一辈爱国热情的对比中，从道德上和政治上对这个阻挡历史潮流的反动分子进行了入木三分的鞭挞。

作品体现了作家对"五四"时期"父与子"冲突"问题"的关注。"五四"是个思想解放的伟大时代，一切传统观念都无例外地受到新文化的冲击和检验,这样,家庭里两代人的冲突就成为社会普遍关注的问题。而屠格涅夫的著名小说《父与子》由于在两代人冲突的刻画中深刻地反映了农奴制改革前后的社会矛盾,曾引起中国新文学家的极大兴趣。冰心的《斯人独憔悴》勇敢地反映了"五四"时期的"父与子"冲突,就其冲突的性质而言,是表现了鲜明的新旧文化对立的意义的。小说对冲突结局的描写也是具有"启蒙期"的历史特点的。在化卿的压迫下,颖铭兄弟最终连"上学"这种降了格的要求都不能获准,他们的理想像肥皂泡一样地破灭了,他们只能低回欲绝,顾影自怜。小说以颖铭斜倚在藤椅上愁绪满怀地吟哦唐人诗句作终篇,遗音缭绕,是可以引起读者对人物命运的思索的。颖铭吟哦的是唐人杜甫的《梦李白二首》之二,原诗为:"浮云终日行,游子久不至。三夜频梦君,情亲见君意。告归常局促,苦道来不易。江湖多风波,舟楫恐失坠。出门搔白首,若负平生志。冠盖满京华,斯人独憔悴! 孰云网恢恢? 将老身反累! 千秋万岁名,寂寞身后事。"该诗是乾元三年(759)杜甫流寓泰州时写的。两年前好友李白因永王李磷案陷狱,后流放夜郎。杜甫积想成梦,遂赋此诗,以表达对至友的怀念和对世事的感慨。颖铭诸事蹉跎后吟哦这首诗,自然寄托了自己系念社会的志向和受挫后的牢骚与自怜。作者将小说题名为《斯人独憔悴》,除了情节的照应外,是集中表达了她对小说冲突和小说人物的态度的。这里作者对她笔下"软脊骨的好人"的性格弱点固然过于宽容,但从另一方面说,作者对这些人物的性格把握又是较为准确的,他们离开了学校,离开了社会运动,自然也就消竭了面对家庭冲突时的勇气和热力,他们的那种"折了翅膀"的结局自然也是真实的。

冰心擅长于写家庭,擅长于通过家庭日常生活和变故去写人物,她的这篇小说正是通过家庭生活的题材反映重大社会问题的。这里写"家"的外观、写"家"的排场,写家长的威势,写仆役,写娘姨,写抽大烟、写打牌,写赴饭局,写不同身份的人在这个家中的不同举止……活生生地将一个腐朽、堕落的大家庭摆到了读者面前。小说在这方面的描写是十分精确,生动而又传神的。比如写颖铭回家后去见父亲那一节……

> 化卿正卧在床上吞云吐雾,四姨娘坐在一旁,陪着说话。颖铭进去了,化卿连正眼也不看,仍旧不住的抽烟。颖铭不敢言语,只垂手站在一旁,等到化卿慢慢的坐起来,方才过去请了安。化卿道:"你也肯回来了么? 我以为你是'国尔忘家'的了!"颖铭红了脸道:"孩儿实在是病着,不然……"化卿冷笑了几声,方要说话,四姨娘正在那里烧烟,看见化卿颜色又变化,便连忙坐起来,说:"得了! 前两天就为着什么'青岛''白岛'的事,和二少爷生气,把小姐屋里的东西都摔了,自己还气得头痛两天,今天才好了,又来找事。他两个都已经回来了,就算了,何必又生这多余的气?"一面又回头对颖铭说:"大少爷,你先去歇歇罢,我已经吩咐厨房里,替你预备下饭了。"

这里不同身份的三个人各有不同的动作、语气和神情,化卿是那么骄横,颖铭是那么胆怯,四姨娘是那么识乖知趣,又是那么善于恃宠使权。这些都生动地显现了这个大家庭里的人与人之间复杂关系的真实情状和沉重得使人窒息的气氛。

小说的中心任务是写人。这篇小说在写人上的特色是善于通过不同人物的动作、对话、神情的生动刻画来塑造不同性格,而且作者往往是围绕着一个中心事件来写有关的各个人物。比如写到颖石向父亲辩解自己的行为时,化卿勃然大怒——

> 忽然桌子响,茶杯花瓶都摔在地下,跌得粉碎。化卿先生脸都气黄了,站了起来,喝道:"好! 好! 率性和我辩驳起来了! 这样小小的年纪,便眼里没有父亲了这还了得!"颖贞惊呆了。颖石退到屋角,手足都吓得冰冷。厢房里的姨娘们,听见化卿声色俱厉,都搁下牌,

站在廊外,悄悄的听着。

寥寥几笔,有动作、有言语,都是充分个性化的,把化卿蛮横、专制的性格表现得淋漓尽致。特别值得称道的是,作者没有孤立地写化卿,而对颖贞写的是她"惊呆"的神情;对颖石写的是"退到屋角"的动作和"手足都吓得冰冷"的感觉,他是当事者,他比颖贞更怕得厉害;而厢房里正在打牌的姨娘们,她们无不怀着看热闹,甚至幸灾乐祸的心理一齐凑了过来,但她们又不敢表现得太露骨,所以只是"站在廊外,悄悄的听着"。这些人物的描写既刻画出各自的个性,又进一步对化卿的性格做了有力的烘托。

　　冰心是个有着自己独特风格的作家。她想望中的"诗的女神"是这般的"满蕴着温柔,微带着忧愁"。在这篇《斯人独憔悴》中,我们也看到这种"温柔蕴藉,微带忧愁"的特有风采。作者没有把这一场尖锐的家庭冲突处理成剑拔弩张、你死我活的争斗,而着意把冲突融化到家庭生活的日常进程中去,由此而使之蒙上了一层阴柔的色彩,这既是题材所决定的,又是作家对审美境界选择的结果。当小说写到颖铭兄弟连求学的希望都绝了的时候,我们可以想象,他们是可以有更激烈些的动作或情感发泄的,然而作者笔端流露的情感仍然保持着一种有意节制的特色,她这样写道:

　　兄弟二人听完了,都半天说不出话来。过了一会,颖石忍不住哭倒在席上道:"难道我们连求学的希望都绝了么?"颖铭眼圈也红了,便站起来,在屋里走了几圈,仍旧坐下。颖贞也想不出什么安慰的话来,坐了半天,便默默的出来,心中非常的难过,只得自己在屋里弹琴散闷。等到黄昏,还不见他们出来,便悄悄的走到他们院里,从窗外往里看时,颖石蒙着头,在床上躺着,想是睡着了。颖铭斜倚在一张藤椅上,手里拿着一本唐诗"心不在焉"的只管往下吟哦。

这种"温柔蕴藉,微带忧愁"风格的形式是与作者运用语言的深厚功力分不开的。她的语言精致、雅净而又含蓄,夸张和火气在她的行文中是很难找到的。作为语言的艺术,冰心的小说是用纯净的语言构造起来的晶莹剔透的艺术精品。她的《斯人独憔悴》就是她奉献给读者的许多艺术精品之一。

对于打破"栅栏"的渴望

——王统照《一栏之隔》赏析

　　1933年,茅盾对当年问世的一部长篇小说《山雨》作出了很高的评价,他说:"到现在为止,我们还没有看见过第二部这样坚实的农村小说。这不是想象的概念的作品,这是血淋淋的生活的记录。"

　　《山雨》的作者就是现代著名作家王统照。他在"五四"新文化运动的影响下, 1918年开始发表白话短篇小说,到30年代,他的创作已经经历了"从理想的诗的境界走到《山雨》那样的现实人生的认识"的"长长的一条路"。他的初期作品确实是充满了"理想的诗的"情调的。作者曾自述那时"自己的生活经验十分窄狭,只是用不结实,不生动的文字写青年,恋爱,虚浮的幻想。"其实,他的初期创作也是"五四"时期"为人生"的文学思潮的产物,也是对当时"问题小说"中所讨论的"人生究竟是什么"诸问题的一种反响。他确实感到了现实人生的缺陷,于是他很真诚也很认真地将"美"和"爱"当作疗救社会的药方。然而,现实生活的教训一步一步地纠正着作家对人生的认识,他也越来越强化了作品中的现实色彩。这个变化大约开始于1922年前后,他说:"自此以后,是社会情况的描写较多,个人虚幻的情感不很愿意在笔底下流露了。"

短篇小说《一栏之隔》就是王统照在这个"转变期"所创作的作品。它写于1922年1月,同年2月发表在《小说月报》第13卷第2期上,后来收入作者的第一部短篇小说集《春雨之夜》。

小说由两个回忆构成。

其一是关于"两年前的一个光景"的回忆:一个春天的早晨,"我"上学路过司法部街,看见司法部大院铁栅栏后面累累如绒毯般的紫丁香花,在枝头轻轻摇曳,花丛送出的清香又甜净、又绵软,给人以陶醉,然而,"我"忽然发现了在丁香花中间,在平铺的青草地上,竟有一群囚徒在被迫劳动,"他们没得言语,走起路来迟缓地、懒散地,没点活泼气象"。他们的身边是几个着制服、佩短刀,手持黄色藤条的警察。眼前的景象极大地刺激了"我"的感官,使"我"陷入沉思,以至在上心理学课时神思恍惚,似乎仍"置身铁栏之侧",同时引出了"我"对多年前的一段经历的联想。这就是小说所写到的第二个回忆。

这第二个回忆写了辛亥革命时期在一个僻远乡村"我"所经历的一个混乱的场面。辛亥革命爆发后,清王朝土崩瓦解,各级地方政权纷纷易帜。于是有消息说"县城里的狱因都全行放出,一概免了罪了"。第二天夜里,出了狱的囚徒和前去欢迎他们的那些勇壮少年呼啸着、呐喊着从乡村大道上走过,"一阵混乱的走步声"越走越远,"而欢呼的余音还震得窗纸发颤!"

这两个回忆都是围绕着囚禁人的"栅栏"展开的。第一个回忆中的囚徒之所以身在丁香花丛中而不能领略大自然的种种好处,就是因为他们是被"栅栏"囚禁着的,他们是没有自己的人身自由的,他们在被迫劳动的条件下,当然对劳动环境是不会产生什么愉悦之感的;第二个回忆中的那一阵阵骚动的呼声,喊的就是"……欢迎出牢狱的兄弟!……再不做栅栏中的人。……杀啊……""栅栏"在这里是作为监狱的代名词用的,它意味着囚禁,意味着自由的丧失。

通过这两个场面的描写,作者表达了他憎恨专制制度的心情。特别是第二个回忆写得更为生动,比如下一段描写——

> 狂傲的呼声中间杂然笑话,还有木器,铁刀碰撞的声音,从街道上传来。步履声杂乱而且急迫。"欢迎!……欢迎!……出了牢狱的伙计们!再不做栅栏中的人了!……杀呀!"这种骇人的声,任谁听了,身上也有颤栗之感。

这里迸出了跰手骶足的下层人民要求解放的心声!压迫越重,反抗越烈,冲出了囚牢的人们爆出了摧毁旧世界的伟力。"再不做栅栏中的人"是被压迫人民的呼声,也是这篇小说所要表达的主题。在这两个回忆场面的描写中,作者强烈地表现了自己打破"栅栏"的渴望。

对比于对具体行为、动作的描写,小说的主题揭示更多的是通过"我"的心理活动的刻画来实现的。在第一个回忆画面里,小说先是渲染了司法部大院里春光与花香之美,使人"只感到阳光的明媚,和人生的快乐、幸福",然后写到忽然发现草地上带着铁链劳动的囚徒队伍,这时"我乍见他们这等情形的第一个思想"竟是:"他们在春日的清晨,拂动着花枝,听着小鸟的歌声,来往在这所高大建筑的阴影下的花院里,努力工作。谁说这不是快乐的生活?"然而,当"我"见到他们"懒散地"、"没点活泼气象"的神态时,不免起了一点疑惑,最后,手持藤条的警察的呵斥声和囚犯们惶惧不安的神态更深地刺激了"我","我初出门的勇气与纯洁的快乐,到这时候,也渐渐降落下来"。小说通过"我"的所见所闻,很有层次地写出"我"的思想情绪的变化,显得十分真实和细致。

作品较好地运用了对比手法。第一个回忆中的花香与春光之可爱与囚徒被迫劳动之令人沮丧是一个对比,第二个回忆中出了"栅栏"的囚徒之昂奋、狂乱与村民之疑惧、不安也是一个对比,"我"的始则糊涂、继则疑惑、再则明白的前后心理变化又是一个对比。在这多方面的对比中,小说一步一步地引导读者加深对"栅栏"的认识,也一步一步地显现和深化着小说的主题。

　　这篇小说以第一人称为叙述角度,使小说的叙述语言带有明显的主观色彩。作者将记叙与抒情、议论融合在一起,又以"我"作为小说描写的"串子",这里的"我"显然与作者本人是有着某种对应关系的。这篇小说不注重情节,它所展示的更像是一幅"画面",而不是一个"故事",它只是通过日常的、散漫的生活本身的叙写来揭示主题,而不追求人为地组织冲突以说明什么,甚至在它所包含的两个回忆画面之间,我们也很难找到其中在事理上有什么实在的联系,我们只是在相近的情调以及"栅栏"这一连接点上才看到作者将它们联系到一起的用心。这些特点,使这篇小说在"写法"上有着明显的"散文化"特征,这对于作者注重表达内心情绪为目的来说自然是合用的。

　　《一栏之隔》是作者"转变期"中的作品。它一方面显示了作品后来转向"社会情况的描写"的开端,另一方面也保留了作者初期创作的偏于"理想的诗的境界"的某些特点。作者对人生的态度是积极的,他所表达的要打破"一栏之隔"的愿望也是有进步意义的,但就这种"愿望"实际表达的深度来说,还是略嫌浮泛的。作者说他在这个时期的创作"仿佛初由轻飘飘的云絮里坠下来,看见一切都觉得新奇,却不能有清晰的认识",体现在《一栏之隔》里的便是一种对生活挖掘的"浅尝辄止"的情况;在艺术表现上,作者不讲究布局和细节描写,也不太注意写人的性格,他只是着意于传达出作者本人的情绪和思想,这与他的诗人气质,与他的初期创作的偏于"理想的诗的境界"的特征也是有关系的。

真实的写照、无情的揭露

——读《一篇宣言》

短篇小说《一篇宣言》是现代著名小说家叶圣陶的作品。它最初于1936年4月15日发表在《大公报·文艺栏》上，后来收入短篇小说集《四三集》。

叶圣陶早在"五四"时期就投身新文学运动。他是我国最早成立的新文学团体——文学研究会的十二个发起人之一。他的早期白话小说，或反映下层社会的不幸，或刻画"小镇里的醉生梦死的灰色人"，或描写他所熟悉的中小学教育界的现实，大都体现了"冷静地谛视人生，客观地，写实地，描写着灰色的卑琐人生的"鲜明特色，其中尤以对中小学教育界那些卑微的知识者的刻画最为成功。1925年后，他的创作在反映生活的深度和广度上都有了很大发展。他有意识地摄取与时代斗争有关的重大题材，给现实生活以更有力的表现。他的代表作是长篇小说《倪焕之》，它被茅盾称为新文学的"扛鼎之作"，就是作者这个时期的作品。短篇小说《一篇宣言》问世于30年代，同样体现了作者创作的长足发展。

小说是那个时代生活的写照。1931年"九·一八"事变后，中国人民抗日救亡热潮日益高涨,而当局却以"攘外必先安内"为烟幕,步步退让,同时又加紧镇压国内的革命活动和爱国运动,对革命根据地进行疯狂的军事"围剿"。这样,反对国民党当局的高压钳制,争取抗日爱国的民主权利,就成为国统区人民爱国运动的重要内容。叶圣陶紧紧地抓住了这一重大社会主题,写出了《一篇宣言》,给国统区的"爱国有罪"、"不准爱国"的黑暗现实以深刻的揭露和批判,同时也批评了"教师方面则爱国有心,而团结无力"的现象。

小说描写的是在一个中学里围绕着一篇宣言所发生的风波。国文教师王咏沂被大家推举执笔起草了一篇表达爱国思想和抗日要求的宣言。然而,宣言在报上刊出后,他却因此受到了来自教育厅的迫害。厅里先是来电叫校方调查宣言是谁的手笔,随即电示将王咏沂所教两班学生的作文本子快邮寄去,这很叫王咏沂和校长辛苦了一个通宵,检查学生的作文本子,以防被厅里查出什么"不妥当"之处。过了两天,教育厅的第三个电报又来了,说的是查阅王咏沂批改的作文本子,还没有什么不妥当,除立即解除教职外,不再给他旁的处分,风波似乎有了一个结束:王咏沂悄悄地带了行李,头也不回地走出校门;而留给学校教员们的却是一团浓重的阴影。

小说对社会主题的揭示是尖锐而深刻的。下面一段发生在教员预备室里的议论表达了爱国教员的共同义愤:

> 我们可以联合所有签名的人一同去见厅长,对他说,我们无非爱国的意思,难道现在已经到了不准爱国的时候吗? ……

当厅里的第三个电报来了以后,小说这样描写王咏沂看了电报的感觉:

> 王先生只觉身子往下一沉,模模糊糊之中,他看见东北无家可归的同胞,他看见黄河流域长江流域饥寒交迫的灾民,他看见大都市中成群结队的失业大众,而他自己的形象就隐隐约约在这些活动画面里面出现,这一幅里有,那一幅里也有。

这些描写都生动有力地深化了作品的主题。

叶圣陶非常熟悉他所描写的那些中小学教员的生活情状、音容笑貌、心理特点,他的早期小说就是以这方面的出色描写著称的。《一篇宣言》同样体现了作者对中学教员性格、心理精确而又传神的把握,卑微的地位、谋事的艰难,这些现实生活的日常感受,往往以被扭曲的形态渗入到他们的意识以至潜意识的深层,与他们的民族意识、爱国激情、知识者的良心,形成很难分离的"共生体"。作者笔下的王咏沂先生和"离开学生生活不久"的美术老师张先生,有着更多的血气和正义感,更少些世故和懦怯,他们的形象是很有光彩的。请看下面一段描写,其时校长收到了教育厅的第一封电报,他请王先生来——

> 王先生来了。坐定下来,依习惯摘着胡须根,油亮的袖底几乎涂满了红墨水迹。听完校长先生的叙述,他有点激动,两颊发红,可是沉静地说,"这确是我起的草,请校长回复教育厅就是了。我想,这里头并没有什么大逆不道的话。要维护领土的完整,要保持主权的独立,无非这一点意思。只要是中国人,只要是有心肝的中国人,醒里梦里谁不想着这一点意思?"

除了王先生和张先生,小说还描写了校长和众教员。他们的性格、心理都更复杂些。这些教员都在宣言上签了名,他们都不满于教育厅的追查,也都同情王咏沂,但他们又都缺乏愤而抗争、仗义执言的勇气,他们的不满和同情只表现为在校长不在场时的议论,甚至连这种议论的勇气也往往被"受处分"的惧怕所吓退。小说描写当厅里的两封电报在教员预备室里引起一片愤愤之声时,有人说到了"受处分"的事——

> 谈话中止了,墙上时钟的嗒声突然显得响亮起来。种种微妙的思想像蚯蚓一样在各人心里钻动,钻动,画成种种模糊的总之不见可爱的图画。

写得更为集中，也更为生动的是那一位校长。他没有参与宣言之事，他似乎对王咏沂起草宣言也有所理解和同情，但在他身上，"生活"却刻下了更多更深的消极痕迹，而他又是个校长，对于饭碗、地位的依恋使他比其他所有人都更谨慎，也更世故、圆滑。他说：

> 大学教授可以说的话，在中学教员嘴里也许就不配说了，所以最好还是……

民族的命运、个人的责任，知识分子的良知在他的处世原则中模糊了、消失了，而中学校长的利害成为他的没有原则的"原则"。厅里的电报使他觉得"仿佛有一条拖泥带水的长鞭子抽过来，缠着他的身体"，他既要应付上头，又不能得罪属下的教员，他嘴里说"以校长的名义"，"为学校着想"，心里想的何尝不是自己的利害所在呢？当厅里的第三个电报拍来的时候——

> 校长先生慌张地拆开来看。看过之后，缠在身上的无形的鞭子似乎抽回去了，他长长地吐了一口舒畅的气。

尽管王咏沂必须卷起铺盖走路，但校长先生却确实感到这场宣言的风波所造成的危机已经过去。读到这里，人们不禁会想起作者20年代在短篇小说《潘先生在难中》所塑造的潘先生这个著名形象，那也是个校长，也是个"临虚惊而失色，暂苟安而又喜"的卑怯性格的典型。

作者的笔墨是缜密的，笔调是冷峻的，体现了鲜明的写实风格。如小说中的校长先生，一举手、一投足、一颦眉，作者是那样不动声色地写，却处处写得灵动传神，简直是活生生的"这一个"！小说这样描写校长知道了是王咏沂执笔起草宣言时的神态举止——

> 校长先生一个手指敲着桌面，搭，搭，搭，搭，眼睛直望着章炳麟写的一副篆字对子，自言自语说，"事情只怕有点不妙。"说了这句

随即缩住,脸上现出后悔的神色。

从他的动作,从他的眼神,从他的自言自语,从他的欲说又止的神态,我们不是可以读到非常丰富的潜台词吗? 不是可以感受到他的踌躇,他的疑惧,他的难言的隐衷么?

作者将他犀利的笔探入人的灵魂。对比于"做什么"和"怎么做",他特别擅长的是表现人物的"想什么"和"怎么想"。小说一开始就有一段校长接到教育厅电报时的心理描写,这段描写像一面镜子,不仅照出了校长的心曲,而且照出了学校二十几个教员在宣言刊出后的不同心思。在这里,作者描写的不单是心理活动的开头和结束,而且注意展示人物心理活动的整个过程,但又不是像"意识流"小说那样再现人物心理自然流程,而是表现经过理性整理的心理逻辑过程。除了直接的心理活动的描摹外,作者往往将心理描写与人物的动作对话、神态的刻画以及场景的气氛渲染有机地结合在一起,达到对人物心理的多方面"立体"的表现目的。在写到教员预备室里发生的那一场议论时,作者就通过大段的对话来表现众教员内心的矛盾和忧虑。在这一节,作者两次写到墙上时钟的"嗒嗒"声:第一次是当他们议论到"那只有受处分的份儿"时,分明如一颗子弹击中了他们,"结局"的疑惧使他们一下子都没了讲话的心思,这时"墙上时钟的嗒声突然显得响亮起来";第二次,是当议论重新开始时,"这当儿,校长先生的身影镶嵌到映在地板上的斜方门框里",而他们一下子又失去了讲话的勇气,"时钟的嗒声重又显得响亮起来"。作者以钟声的响亮来写出场景的"静",不难体会,由议论时的热烈骤转入静寂,这一描写极有力地勾勒出人心在外来力量压抑下的沉重,这里也自然包含着对不合理社会抗议的内容。

叶圣陶的小说,不时流露出一种恰到好处的幽默感,而当语涉批判对象时,这种幽默感或发为"冷嘲",或发为"热讽",无不犀利、深刻。《一篇宣言》写到当厅里第二封电报来时,校长为了使交上去的学生作文本子在检查时不致有什么"不妥当"之处,坚邀王咏沂先生连夜将作文本子翻检一遍。这时,"校长先生读得尤其当心,一个词儿,一个句子,都得细细咀嚼,辨出它含在骨子里的滋味。那滋味确是妥当的,王道的,才放过了,再辨另外的词儿和句子。可是辨了一夜的结果,只发见在《秋天的郊野》那个题目之下,有七个学生提起农人割稻,用了'镰刀'两个字。校长先生认为不很妥当,把七个'镰'字都涂去了。"

读到这里,我们是不是很自然地涌起一种"滑稽"的感觉?作者不动声色地将校长先生的"正经"和他行为的"荒谬"加以对照,自然而然就产生了讽刺的效果。更有意思的是下面一段发生在教员预备室里的对话——

……

"不看见昨天的报吗?上海的学生也在那里发表意见,和我们的宣言差不了多少。"

"问题大概就在这里。学生闹的事情,教职员怎么可以附和在一起呢?北平的学生该打该抓,我们发表宣言,就该受侦察了。"

"这样说起来,教职员要和学生对立才是呢。"

"哈哈,这原是现在的真理!如果不和学生对立,也就做不成职员。我们能够在这里吃一碗饭,多少总得站在和学生对立的阵线上——并不是拆自己的衙门,真理是这样,不说也还是这样。"

把悖谬说成是真理,言者越是说得凿凿有据,越是显出反讽的强烈效果。在这里,作者的态度已由冷观的讽刺进而为热烈的嘲弄,其批判的力量甚至比激切的抨击更为强烈。

叶圣陶的讽刺艺术,其特点不在于夸张,也不在于将讽刺对象漫画化。他追求的是真实,他的讽刺也深深植根于本质真实与细节真实的统一上。他善于发现自然形态生活本身的悖谬和不合理之处,善于捕捉

"正常"生活之中的"不正常",那么,小说中的平实描写自然就包含着深刻的讽刺力量。这原是一种比夸张和漫画化更为高明,而运用起来也更为吃力的艺术手段,而《一篇宣言》证明着作者的讽刺是一种炉火纯青的艺术才能。

叛逆者痛苦灵魂的绝叫

——读《莎菲女士的日记》

　　1928 年 2 月，《小说月报》第 19 卷第 2 号以头条推出了短篇小说《莎菲女士的日记》，立即轰动了整个文坛。小说的作者是丁玲。其实，人们已在上一年年底问世的短篇小说《梦珂》上初次认识了这位年轻的、很有希望的女作家，她对生活的认识，她的情绪，她的笔力，她的作风，都通过小说中那个孤独地彷徨着、愤激地反抗着的女主人公形象的塑造强烈地发散出来。人们期待作家新的创造。仅仅两个后就读到了这篇《莎菲女士的日记》。

　　丁玲，原名蒋伟，字冰之，丁玲是她的笔名。她于 1904 出生在湖南临沣一个没落的官僚地主家庭。她四岁的时候，父亲就去世了。她的母亲是个有决断而又勇敢的女性，对丁玲的思想和性格产生过很大的影响。"五四"运动的洪波曾经鼓荡了年仅十五岁的丁玲的热情，于是她走出湖南，到了上海、北京，更深切地感受到新文化运动的气息。在这期间，她结识了瞿秋白等中国共产党的早期著名活动家，但她当时对共产主义还没有什么认识，所以，她还只是怀着盲目的"极端反叛的情绪"在都市中流浪着。1927 年"四·一二"政变发生的时候，丁玲正在北京，形势的逆转使她震惊和愤懑,她后来说:"我每天听到一些革命的消息,听到一些熟人的消息,许多我敬重的人牺牲了,也有朋友正在艰苦中坚持,也有朋友动摇了,我这时极想到南方去,可是迟了,我找不到什么人了。不容易找人了。我恨北京！我恨死的北京！"就在这种情绪的支配下,她找到了小说,她用小说来发泄自己难遣的悲愤和对黑暗现实的憎恨。就在这一年年底,她发表了她的处女作《梦珂》。

然而她的成名作却是在《梦珂》问世后两个月发表的《莎菲女士的日记》。关于她的早期小说,作者说,由于孤独地反抗现实的情绪,它们"就不得不充满了对社会的卑视和个人的孤独的灵魂的倔强"。《莎菲女士的日记》最集中地体现了这种倾向。

这是一篇日记体小说。全篇由 31 则日记组成。小说的主人公莎菲是一个生着很重的肺病,寓居北京的青年女子。她是这么地百无聊赖,除了煨煨牛奶,看看报纸,就"只好一人坐在火炉旁生气"。她也有一些要好的朋友,但她却感到分外的孤独,因为她内心的苦闷,她的那些朋友是不能理解的。环境和经历养成了她的"狷傲"和"怪僻"。她说:"我迫切的需要这人间的感情,想占有许多不可能的东西。但人们给我的是什么呢？"她失望,甚至那个殷勤地围着她转的灰色的求爱者苇弟也引不起她的热情。这时,她遇到了从新加坡来的富家子弟凌吉士。她既为对方的"丰仪"所吸引,又厌恶他的在那个"高贵的美型"里所安置着的"如此的一个卑劣灵魂"。她在经历了一场情感与理智、"灵"与"内"的激烈冲突后,终于"一脚踢开了这位不值得恋爱的卑琐的青年",而"决计搭车南下"了。

莎菲是 20 年代末期都市流浪的知识青年的一种典型。瞿秋白曾经分析过中国都市里大量产生"小资产阶级的流浪人的知识青年"的社会根源和时代特征。他说:"这种知识阶层和早期的士大夫阶级的'逆子贰臣',同样是中国封建宗法社会崩溃的结果,同样是帝国主义以及军阀官僚的牺牲品,同样是被中国畸形的资本主义关系的发展过程所'挤出轨道'的孤儿。但是,他们的都市化和摩登化更深刻了,他们和农村的联系更稀薄了,他们没有前一辈的黎明期的清醒的现实主义, ——也可以说是老实的农民的实事求是的精神——反而传染了欧洲的世纪末的气质。"莎菲所具有的强烈的个性解放的要求是"五四"运动影响的结果,是体现了一定程度的反封建精神的。她是旧礼教的叛逆者,像当时的许多觉醒的新青年一样,她勇敢地怀抱"爱"去撞社会的"墙",自然也在现实的磨砺中留下一身的"伤痕"。她说:"在我刚稍微有点懂事的时候,便给爱我的人把我苦够了,给许多无事的人以诬蔑我、凌辱我的机会,以至我顶亲密的小伴侣们也疏远了。后来又为了爱的胁迫,使我害怕得离开了我的学校。"作为一个理想主义者,莎菲对"爱"的追求是热烈的,对比于对金钱、对地位、对家庭、对肉的欲求,她是感情至上,或者说是"恋爱至上"的,她之所以先是拒绝了那个"怯弱的矛盾的灰色的求爱者"苇弟,后来又挣脱了对凌吉士的迷恋,是因为她看穿了他们的"爱"的把戏,她深知他们并不了解她,也谈不上真正的"爱"。当凌吉士做作地向莎菲表白自己时,小说这样描写莎菲:"我竟忍不住而笑出声来,说他也知道爱,会爱我,这只是近于开玩笑! 那情欲之火的巢穴——那两只灼闪的眼睛,不正在宣布他除了可鄙的浅薄的需要,别的一切都不知道吗?"

然而,莎菲作为一个现实的人,作者并不掩饰她的"肉"的欲求。莎菲嘲笑她的朋友为了怕生小孩而实行分居,她说:"我不相信恋爱是如此的理智,如此的科学!"当她见到凌吉士的"颀长的身躯,白嫩的面庞,薄薄的小嘴唇,柔软的头发"时,禁不住产生了要亲近他,"占有"他的欲望。莎菲追求的是"灵"与"肉"统一的性爱,然而当二者矛盾的时候,她仍不免于烦闷和痛苦。在她内心,总有两种对立的力量在争夺着她,一种是"向善的焦虑",一种是"颓唐的冲动"。小说围绕着"灵"与"肉"的冲突,大胆地描写了她的复杂的心理活动,写了她的软弱和战胜软弱的心理搏斗,写了她既肯定自己又否定自己的内在冲突。所谓"灵"与"肉"的冲突所反映的却是实在的理想与现实的距离。莎菲的痛苦既源于理想的破灭,也出于对自身矛盾性格的深切自省。她谴责自己对凌吉士的矛盾态度:"为什么,给一个如此我看不起的男人接吻? 既不爱他,还嘲笑他,还让他来拥抱? "这些描写都是十分真实和大胆的。茅盾曾经指出:"莎菲女士是'五四'以后解放的青年女子在性爱上的矛盾心理的代表者! "莎菲的性格是有鲜明的时代特征和一定的典型意义的。

　　然而,莎菲在"性爱"问题上的矛盾态度实际上是她的"人生哲学"的反映。透过她对爱情的痛苦追求,我们看到的是一颗迫切需要别人的理解,"迫切的需要这人间的感情"的心。莎菲生活在新旧文化交替的时代,"五四"运动唤醒了一代青年的"人"的意识和"自我"意识,他们的"自我"价值要求被肯定,要求在多方面得到实现和发展,在这种背景下,"性的苦闷"既是这种要求的突出表现,又往往作为整个"人生苦闷"的象征在文学作品中得到了集中的表现。然而,黑暗的现实却没有提供实现"自我"价值的现成条件,而她们又远离社会革命的大潮,所以,她们加倍地感到了觉醒后的失望和痛苦。莎菲说:"莎菲生活在世上,所要人们的了解她体会她的心太热太恳切了,所以长远的沉溺在失望的苦恼中,但除了自己,谁能够知道她所流出的眼泪的分量? "显然,她的失望和不满是针对整个黑暗社会的,用作者自己的话说,"她的全部不满是对着这个社会而发的"。她狷介、孤傲,可是她又那么迫切地想打破造成孤独的壁障,那么迫切地要求社会了解她,肯定她。她不止一次地想到:"多无意义啊! 倒不如早死了干净⋯⋯"可见她是多么憧憬于生活的"意义"呵! 她的"玩世不恭"、"放浪形骸"的底里,潜藏着一种对感情生活的近乎"苛求"的严肃,她的冷漠、灰心、绝望,往往就是人生热情的被扭曲的表现,她的自谴也是由于对"自我"的珍爱⋯⋯这样,我们在她的种种矛盾性格的对立表现中看到了一个"心灵上负着时代苦闷创伤的青年女性的叛逆的绝叫者"的真实面貌,小说对她的"性爱"心理的大胆直率的暴露,实际上揭示的是她的人生理想和人生态度,是她的"人生哲学"。作者后来曾就莎菲的典型意义说过一段话,她说:"那时候,这种女性,这种情感还是有代表性的。她们要同家庭决裂,又要同旧社会决裂,新的东西到哪里去找呢？ 她眼睛里看到的尽是黑暗,她对旧社会实在不喜欢,连同生活在这个社会中的人她也都不喜欢、不满意。她想寻找光明,但她看不到一个真正理想的东西,一个真正理想的人。她的全部不满是对着这个社会而发的。"莎菲的这种矛盾性格是由她所处身的那个社会、那个环境所塑造的,又是对那个社会、那个环境的一种抗议。

《莎菲女士的日记》的成功在于塑造了莎菲这样一个具有鲜明的时代特征和个性特点的,叛逆的小资产阶级知识女性的典型。这个成功,在艺术上主要得力于作家对人物心理的出色刻画。

丁玲认为小说"最重要的就是要写出人来,就是要钻到人心里面去,你要不写出那个人的心理状态,不写出那个人灵魂里的东西,光有故事,我总觉得这个东西没有兴趣"。的确,《莎菲女士的日记》就情节而言,倒是比较简单的,人物的行为和动作也很少引人入胜的东西,外部冲突也并不是那么"尖锐"、"紧张"的。作者将描写的重心引向人物心灵的内部冲突,引向人物隐秘心理的生命过程,她的着眼点不在于表现人物"做什么"和"怎么做",而且也不一般地表现人物"想什么"和"怎么想",而是在人物心理的多层次的丰富内涵上赋予人物活的灵魂。

这篇小说的心理描写特点之一是写出心理活动的完整过程。莎菲的心理活动的特点是充满了踌躇、矛盾和强烈自省成分的,正是由于作家注目于人物心理的自在过程,小说才充分地表现了女主人公心理的运动特点。如写到莎菲与苇弟相处时:

> 我真不知应怎样才能分析出我自己来。有时为一朵被风吹散了的白云,会感到一种渺茫的,不可捉摸的难过,但看到一个二十多岁的男子（苇弟其实还大我四岁）把眼泪一颗一颗掉到我手背时,却像野人一样的在得意的笑了。苇弟是从东城买了许多信纸信封来我这里玩,为了他很快乐,在笑,我便故意去捉弄,看到他哭了,我却快

意起来，并且说"请珍重你的眼泪吧，不要以为姊姊是像别的女人一样脆弱得受不起一颗眼泪……""还要哭，请你转家去哭，我看见眼泪就讨厌……"自然，他不走，不分辩，不负气，只倦在椅角边老老实实无声的去流那不知从哪里得来的那末多的眼泪的。我，自然，得意够了，是又会惭愧起来，于是用着姊姊的态度去喊他洗脸，抚摩他的头发。他镶着泪珠又笑了。

这里作者非常细致地写出了主人公心理的每一个曲折，每一个变化。其中有关人物行为的描写自然也是真实的，然而更为深刻的真实却体现在人物心理过程的不加掩饰的刻画中，从先是去"捉弄"苇弟，到"得意够了"，而后"又会惭愧起来"，这一系列心理过程的描写活脱脱地勾勒出了一个患着"时代病"的现代知识女性的痛苦灵魂。

由于出色地创造了与主人公心理活动相适应的"心理环境"，作者大大加强了人物"心理"的社会容量。在小说中，作者不是以自然去烘托心境，她注目的是都市，尤其是围绕着小说女主人公的人与人之间的感情纠葛。小说以莎菲的眼光去看世界，看他人，以她的敏感、忧郁和狷傲去观察周围的人和事，自然一切都染上了莎菲的色彩，如下面一段莎菲困居旅舍时的描写：

……天天一听到从窗外走廊上传来的那些住客们喊伙计的声音，便头痛，那声音真是又粗，又大，又嘎，又单调："伙计，开壶！"或是"脸水，伙计！"这是谁也可以想象出来的一种难听的声音。还有，那楼下电话也是不断的有人在那电机旁大声的说话。没有一些声息时，又会感到寂沉沉的可怕，尤其是那四堵粉垩的墙。它们呆呆的把你眼睛挡住，无论你坐在哪方：逃到床上躺着吧，那同样的白垩的天花板，便沉沉的把你压住。真找不出一件事是能令人不生嫌厌的心的；如同那麻脸伙计，那有抹布味的饭菜，那扫不干净的窗格上的沙土，那洗脸台上的镜子——这是一面可以把你的脸拖到一尺多长的镜子，不过只要你肯稍微一偏你的头，那你的脸又会扁的使你自己也害怕……

作者描绘的是一个多么灰暗、无聊的生活图像呵！它显然是被莎菲的情绪所浸染、所变形的，它又是烦躁不安的莎菲心理和性格的一个"现实"的注脚。在这些描写中，读者分明感受到了带有强烈的情绪色彩的"心理环境"，而莎菲的心理和性格也正是在这种"心理环境"中显露其丰富复杂的社会内涵的。

这是这篇小说心理描写的又一重要特点。

大时代的"一片面一碎角"

——读《一九三〇年春上海》（一）、（二）

"左翼十年"是中国新文学的一个重要发展时期。国际上，当时正值"红色的三十年代"；在国内，国民党反动派的背叛革命，使轰轰烈烈的北伐战争失败了，第一次国共合作破裂，各革命阶级重新组合，历史进入了无产阶级独立领导革命的十年内战时期。作为这一形势在文学上的反映，是普罗文学运动的兴起。从1928年"革命文学"论争的发生到1930年中国左翼作家联盟的成立，再到1936年文艺界抗日统一战线的初步形成，中国的无产阶级革命文学从最初的萌芽成长为参天挺拔的大树，极大地影响了新文学发展的历史面貌。这是新文学取得辉煌业绩的时期，女作家丁玲的小说《一九三〇年春上海》（一）、（二）就是初期无产阶级革命文学有代表性的作品。

这其实是两篇既各自独立、又互相联系的作品。其一篇最初发表在1930年9月《小说月报》第21卷第9号上，另一篇在1930年11、12月的《小说月报》第21卷第11、12号上连载；后来都收入作者与胡也频的小说合集《一个人的诞生》里。

这两篇小说的问世既是时代推动的结果，又是作家创作向无产阶级

革命文学方向"转换"的一个收获。丁玲从 1927 年写出《梦珂》起，
她收在《在黑暗中》、《自杀日记》、《一个女人》等集子中的早期小
说多是描写在黑暗中苦闷、彷徨的现代女性，"充满了对社会的卑视和
个人的孤独的灵魂的倔强"。然而，革命文学运动的发展使作家迫切感
到了要突破自己创作的既成格局，于是在 1929、1930 年之交，她写出
"已是通向革命"的长篇小说《韦护》，不久又创作了《一九三〇年春
上海》（一）、（二），显示了作者"更有意识地想把握着时代"的革命
倾向。

　　《一九三〇年春上海》（一）写了一个都市里的知识女性美琳在革
命同志的影响下摆脱了小资产阶级家庭的束缚，走出了"太太的生活"，
投身到为争取工农解放的社会政治运动中去。美琳是个单纯、热情、活泼
的青年女子，她读过许多古典主义浪漫主义的小说，她曾经天真地认为只
要有爱情，便什么都可以捐弃。她先是爱读"忧郁作家"子彬的作品，
后来就成了他的温柔可爱的妻子。生活是安逸的。他们住了一个两层
楼的单间，雇了一个女仆，"自己烧饭，可以吃得比较好"，"还常常去
看电影，吃冰果子，买很贵的糖，而且有时更浪费的花掉"。然而，他们
的朋友、革命者若泉的一次来访打破了这个家庭的平静。若泉对他们
说："……我现在是明白了，我们只做了一桩害人的事，我们将这些青年
拖到我们的旧路上来了。一些感伤主义，个人主义，没有出路的小牢骚
和悲哀……你说，这于他们有什么益？这于社会有什么益？"他希望像
子彬这样的忧郁的作家能"变一点方向"，写些有意义的作品。对于
子彬来说，若泉"带了一些他不能理解的另一个社会情形给他看，他惶
惑了，他却憎恨着，这损伤了他的骄傲。而且若泉的那种稳定，那种对
生活的把握，很使他见了不舒服，一种不能分析的嫉妒"；而对于美琳
来说，若泉的话却打开了一扇放进光明的窗子，她反省自己，她看到由
子彬所筑起来的"家"对她实际上是一种"比旧式家庭还厉害"的压
迫，她因此而烦闷、不安，她"是不甘再闲住了"，"她本能的需要活动，
她要到人众中去，去了解社会，去为社会劳动"，她要跨出"家"门去找

一条出路。最后,她在若泉的启发和引导下,参加了一个革命团体的活动,而且"负了好重的担子"。在几天后的五月一日这一天,她又和她的同志们"到大马路做××运动去"。她决绝地离开了"家",在留给子彬的信里写着这些话:"……我原来是很爱你的,一直到现在还是希望你不致对我有误解……我回来后,我们便可作一次很理性的谈话,我们应该互相很诚恳很深切的批判一下。"

《一九三〇年春上海》(二)在情节上并不是《一九三〇年春上海》(一)的延续。它描写的是革命者望薇与他的情人玛丽在革命与恋爱相冲突时的离合。玛丽是一个出身于有钱人家的女子,她美丽、活泼、浪漫,富于都市情调,视爱情为人生的全部,她"耐着奔波的劳苦从老远跑了来"找望薇,原以为是可以得到许多体贴和温柔的,殊不料望薇却为了革命工作不得不常常离开她,于是她感到"损害了她的骄傲",裂痕于是发生、扩大。望薇是个知识分子出身的革命者,他是在投身革命活动以前认识玛丽并爱上她的。玛丽的到来一方面使他感到快活和幸福,另一方面却看到了"他们中的不调协"。他试图找个挽救的方法,希望她能在参加革命工作中改变自己的人生观,于是有一天带了玛丽"到一个并不重要的会上"去。然而他失败了,他"并没有将她改变过来"。玛丽"她整个的情趣都放在她自己的身上",她的人生理想和人生态度使她与革命的实际工作格格不入,"她深深了解她自己。那里没有虚荣和赞美,只是笨,那不能鼓励她的兴趣的"。这一对情人在人生的三岔路口终于分道扬镳,玛丽走了,望薇怀着对她的思念和不安,更坚决地投身到革命斗争中去。这两篇小说在取材上没能摆脱初期无产阶级革命文学常见的"革命加恋爱"的情节模式,然而,它们却真实地反映了时代潮流对作家创作的强大影响。丁玲说,她的这两篇小说,"是写在时局的转换中,在新的条件新的环境下知识分子的转变和苦闷"。出现在小说中的两个"转换"期中的知识分子——美琳和望薇——他们已不是丁玲早期小说所描写的莎菲式的孤独的倔强的叛逆者了,而是在走向"集团"的斗争,走向工农大众的知识青年,他们从社会取得斗争的勇气和力量,他们具有比他们的前辈明确得多的目的,他们真切地在斗争中看到了明天的曙光。他们不再像莎菲那样盲目地追求"理想"的爱情,在他们的感情痛苦中,"革命"才是第一可宝贵的,当革命与爱情相冲突的时候,他们也难过,也不安,表现了对感情的很真实的依恋,然而他们又决绝地选择了革命。他们认为只有与革命相协调的爱情才是有意义的。值得一提的是,在《一九三〇年春上海》(二)里,作者还描写了革命团体的书记冯飞与一个公共汽车女售票员的爱情,由于他们的思想和人生观是一致的,所以他们的爱情与他们所从事的革命工作是协调的。作者的这些描写固然有着简单化的地方,然而其中却包含着十分可贵的对社会生活的真诚认识,作者用阶级观念去观察和分析两性间的爱情,她认为只有与社会革命的方向相一致的爱情才是有价值的,小资产阶级知识分子常有的"爱情至上"的观念则是错误的,而当"革命"与"恋爱"相冲突时,一个真正的革命者只能选择"革命",而不能因"恋爱"而牺牲"革命"。

　　这两篇作品在艺术上并不是很成功的,它们的意义主要在于体现了初创期的无产阶级革命文学的历史特征,无论是作品的"意识"还是"艺术"上的幼稚,它们都向后来的人们传达了那个时代的活生生的气息。不过,对比于在主人公革命活动描写上的粗疏,小说在这两对恋人的思想冲突的描写上还是十分细腻、传神的,作者并没有把冲突的解决诉诸于一夜之间的"突变",而是充分地写出了双方的依恋,写出了抉择的艰难,写出了感情与理智冲突时的种种必然的情状。也许正是这些描写使这两部作品在当时大量的以"革命"加"恋爱"为模式的创作中显示出特有的价值。

大时代的有力速写

——读《水》

　　1934 年 2 月 19 日,上海有 149 种书籍被国民党当局封禁,其中有鲁迅、郭沫若、茅盾等人的著作,也有现代著名女作家丁玲当时已问世的七部集子,《水》是其中的一部。

　　《水》是 1931 年出版的一部小说集子,所收的是丁玲在 1930、1931两年间所创作的部分短篇小说。其中,短篇小说《水》是作家在左联时期的代表作。它最初连载于 1931 年 9 月至 11 月的《北斗》第 1、2、3期上。它一发表就引起了读者和评论界的注意,人们把它看作是无产阶级文学"所应当有的新的小说",是当时年轻的左翼文学具有开拓意义的成果。

　　小说从题材上说是自觉地追求文学的社会意义的。它取材于 1931年夏震动全国的泛滥十六省的特大水灾,描写了一群贫苦无着的农民在天灾人祸的逼迫下觉醒过来走上反抗道路的过程,揭示了具有鲜明的时代特征的革命性主题。

　　小说全篇没有什么特别突出的中心人物,作者着意描写的是灾民的群象,是民众喧嚣的场面,是火山爆发前的激动而不安的气氛。作品所表现的内容,首先是写出了现实生活的阶级斗争性质。水灾夺去了灾民的房屋、土地和亲人,他们不得不流落他乡,紧跟着的饥饿和瘟疫又更加可怕地威胁着他们的生命。可是就在他们挣扎于死亡边缘的时候,那些地主豪富、镇长老爷们却不顾灾民的死活,他们有的囤积居奇,想把手中剥削来的粮食"卖个好价钱",利用灾年发国难财,有的带上金银珠宝逃到县里或省里,过他们的"太平"日子去。为了弹压愤怒的灾民,他们加派军警,护守县城,不让灾民进城,稍有反抗,即遭镇压。他们甚至驱赶灾民上战场当炮灰。小说里描写灾发之后镇里出了一张告示,"说是已经上呈文到县里去了,不久就有好消息来,要这些人安分的等着,如有不逞之徒,想趁机捣乱,就杀头不赦……"可是,有"好消息"是假,要灾民"安分"才是实,其时"到县城去的路已经断了,但是用帆船却又带来了一些军火,并没有带救济来"。运来军火自然是要杀人的,于是"常常有枪的响声。他们是依照着省城的办法的"。小说通过这些描写,充分地显示了阶级的对立和冲突,揭示了这场特大水灾所具有的阶级斗争意义。

其次,小说还令人信服地描写了农民的觉醒过程。这些跰手胝足的劳动者终年辛勤劳动,可是"天老爷真不公平,日子不得完,饥饿也不得完",他们"只望有那末一天,世界会翻一个身,也轮到我们穷人身上来"。他们原先是把改变命运的希望放在菩萨身上的,然而现实的教训却使他们清醒地看到"有钱人的心像不是肉做的,天老爷的眼睛……他是连看我们一下也没有的,他就只养在有钱的人家吧……"虚幻的期待的破灭正是现实的行动的开始。小说描写了农民中蕴藏着的强烈的反抗情绪。他们中的一个年轻农民说:"菩萨,我不信他就这末要和我们做对头,过一年涨一次水,真的只是菩萨做鬼,我们一定要将菩萨打下来,管他龙王也好,阎王也好,哪吒太子还抽过龙王的筋呢。我们这些人,这些插田的人,这些受灾的人,还怕打不过一个菩萨吗? 护什么堤,守什么夜,让它妈的水淹进来好了! 我们只去打菩萨,那个和我们做对头的人……"小说不仅描写了农民固有的自发反抗情绪,而且描写了他们"一天比一天更明白更团结"的觉醒过程。他们原先是对"造反"怀有"传统"的恐惧心理的,他们认为:"镇长们,不好,有钱的,也不好,实在他们是不好,可是怎么样? 难道真的好造起反来吗? 那是杀头的罪呀!"可是,现实既绝了他们的生路,他们自然要考虑另外的"出路"。这时,一个黑脸的、裸着半身的农民告诉大家,要"我们自己动手"去争一条活路。他说:"怕什么,老子们有这末多,还怕个什么,大家一条心,把这条命交给大家,走,去干,老子们就成了。"他的话代表了农民的共同要求。农民的觉醒,除了他们内在的变革现实的强烈要求外,是需要摆脱传统观念的束缚和克服自身的散漫状态的。小说在这方面的描写是生动而有力的。

再次,小说还表现了农民群众中所蕴藏的巨大的改变现实的力量。他们先是在护堤抗洪这一场对大自然的斗争中显示了这种力量,而后在走上有组织的反抗道路之后更是爆发出要推翻旧世界的伟力。小说末尾对他们的斗争做了充满信心的描写——

> 于是天将朦朦亮的时候,这队人,这队饥饿的奴隶,男人走在前面,女人也跟着跑,吼着生命的奔放,比水还凶猛的,朝镇上扑过去。

这里所体现的对人民大众自身力量及其前途的理解是非常可贵的,正如当时的一个评论家所说,它是《水》的"生命"之所在,是《水》之成为无产阶级"新的小说"的主要特征。

由于作者将笔力集中于写农民的"群体",《水》便显现了一些艺术上的鲜明特点。丁玲原是擅长于刻画人物,特别是刻画人物的复杂心理的,而到30年代,她试图找到适合于新题材的新的表现方式。她说:"我把我的作风,从个人自传似的写法和集中于个人,改变为描写社会背景。《水》是新作风的第一篇作品。"体现在《水》中的新作风的明显特点之一是作者将观察的视野扩大到生活的"全部",对生活做全景式的描绘。作者不集中写个人,出现在小说中的有名有姓或无名无姓的人物是相当多的,作者多处描写了诸如救堤、逃荒、聚议等群众性的活动场面,有意略去说话人的大段对话,这些描写都突出表现着"群体"的特征。其中,作者集中笔力描写了几个场面,有如全景拍摄中穿插以特写镜头,更给人以深刻印象。如写到堤决的时候:

> 天在这时微微在发亮,慌乱的人影朦朦糊糊可以看见一点了。可是人像失去了知觉似的,辨不出方向的乱跑着。水发亮的朝这里冲来,挟着骇人的声响,而且猛然一下,像霹雳似的,堤被冲溃了几十丈,水便像天上倾倒下来的卷来,几百个人,连叫一声也来不及的便被卷走了。还有几千人在水的四周无歇止的锐声的叫。水更无情的朝着这些有人的地方,有畜生的地方,有房屋的地方,带着死亡涌去。

作者的"新作风"另一特点是小说带着雄浑、遒劲的格调。丁玲早期小说的风格原是细腻、曲折的,这自然是与小说所描写的对象和题旨是相适应的。而在《水》中,作者另换了一副笔墨,她写水情、写民心,用的是浓墨重彩,以遒劲有力的笔触涂抹出大水灾中的人生画面。如下面这一段对灾后惨像的描写:

> 时间慢慢的爬走,水也慢慢的在有些地方悄悄走去了,露出好些大的潮湿的泥滩来。这里全是无边被蹂躏后惊人的凄惨,四处狼藉着没有漂走的,或是漂来的糜烂了的尸体。腐蚀了的人的,畜的肢体上,叮满了苍蝇,不断的又有成群的饥鸦在盘旋。热的太阳照着又照着。夏天的和风,吹去又吹来,带着一切从死人身上蒸发出来的各种气息,向四方飘送。于是瘟疫在水的后面,在饥饿的后面又赶着人们了。

显然,对于立意要写出人间的浩劫,传达时代的怒吼的作家来说,原先的"细腻"、"曲折"是不相称的,也许只有粗犷、遒劲的笔触才能展现这个大时代的壮阔面貌。丁玲在《水》中努力去寻求与描写对象相适应的雄浑的风格,以表现"地火的运行",这种转变本身就是具有鲜明的时代特色与意义的。不可讳言,它毕竟还只是作者转变途中的产物,它当然也留下"转变"期所不可避免的"不成熟"的痕迹;然而,它的意义却在于它"是新的小说的一点萌芽",不仅对作者本人,而且对整个左翼文学,它都是有着"开拓"的意义的。

在"新的世界"里的收获

——读《一颗未出膛的枪弹》

1936 年 10 月，现代著名女作家丁玲在党的安排下，离开上海潜赴西安，11 月初乔装前往陕北，11 月底抵达当时党中央所在地保安，开始了她的生活和创作的新的历程。她后来说："我在这里开始来认识自己，正视自己，纠正自己，改造自己。……我在这里又曾获得了许多愉快。"陕北根据地的"新的世界，新的人物"给她提供了全新的审美感受，促成了她创作道路的又一次重大转变。第二年 4 月，她写出了到苏区后的第一篇小说《一颗未出膛的枪弹》。

这篇小说最初发表于 1937 年 4 月《解放》周刊创刊号，后来收入小说散文合集《一颗未出膛的枪弹》。小说描写了一个情节单纯，却十分动人的故事：一个小红军战士在一次敌机空袭时与队伍失散了，一个老太婆收留了他。她和她村子里的人都猜得出这个孩子是个"小红军"，他们"人人都喜欢他，优待他"。一天，一支东北军队伍到这个村来骚扰，他们搜出了这个小孩，老太婆一口咬定他是她的孙子，可是小战士怀里收藏的红军帽子、苏区钞票却暴露了他的身份。小战士面对死亡的威胁，却大义凛然地要东北军连长"用刀杀掉我"，为的是要留着一颗枪弹,"留着去打日本!"小战士的举动感动了东北军连长,感动了在场的其他人。

小说着力塑造了小战士的可爱形象。他只有十三岁大小,还带着少年的天真和幼稚,然而他却有着红军战士特有的政治上的热情,他懂得不能暴露自己的身份,"他的有着红五星的帽子仍揣在怀里,不敢拿出来",但在乡亲们的热情盘问下,他禁不住要向他们介绍苏区的生活、红军的宗旨;他热爱红军,想念他的首长和战友,甚至想念他喂的那匹枣骝色的马。最后那一场与敌人面对面的冲突更使小战士形象显得光彩照人:在凶残的敌人面前,他挺身而出怒斥暴行;面对死亡的威胁,他英勇无畏,镇定自若;他劝东北军连长留下一颗枪弹"打日本",更是体现了他的政治认识。小战士是我军一个普通战士,他是这个军队培养出来的,在他身上又体现着这个军队的精神特质。作者通过这个形象的塑造歌颂了我们的人民军队,歌颂了诞生在苏区新天地里的"新的人物"。

小说还表现了红军与人民的鱼水之情。我们的军队本是来自人民,又以全心全意为人民服务为宗旨的。小说不仅描写了小战士教小孩们唱歌,帮大人割草,"大捆的压着,连人也捆在了里边似的走回来",而且还通过村民的口讲述了红军的"好处",他们说:

> "……还是春上红军走过这里,那些同志才真好;住了三天,唱歌给我们听,讲故事。咱们杀了三只羊,硬给了我们八块洋钱,银的,耀眼睛呢!"

> "……今年春上咱哥哥到过苏区的,说那里的日子过得好,红军都帮忙老百姓耕田咧!"

红军的纪律、红军的行为使村民认识了红军,在与旧军队作对比以后,他们更加信赖和热爱红军。小说描写了当老太婆谈起"春上红军走过这里"时带着那么深厚的感情,村民们对小红军是那么亲热,他们是那么热切地想从小战士口中得到一些"关于红军的情形",他们安慰小战士说:

"红军又会来的,那时你就可以回去,我们大家都跟你去,好不好呢?"这些举动和话语都真切地表达了村民对红军的深情。他们对小战士说:"咱却是一家人!"正是道出了他们的心声,也是对红军与人民鱼水关系的最朴素、最确切的表述。

这篇小说写的是"快要停止内战时的一段故事"。因此,民族危机的加重,国内阶级关系的变化,我党提出的建立抗日民族统一战线的主张,这些政治内容在这篇小说里也得到有力的反映。作者将小说取名为《一颗未出膛的枪弹》,她的意图显然是强调团结抗日的。连长为小战士的思想和行为所感动,他"忍不住"、"跑出来用力拥抱这孩子","大声喊道":

> 还有人要杀他的么?大家的良心在哪里?日本人占了我们的家乡,杀了我们的父母妻子,我们不去报仇,却老在这里杀中国人。看这个小红军,我们配拿什么来比他!他是红军,是我们叫他赤匪的。谁还要杀他么,先杀了我吧……

这些描写体现了党的抗日民族统一战线政策的强大力量,体现了全国最广大人民,包括参加内战但仍有爱国之心的国民党军队的官兵的利益和愿望。小说中这个东北军连长的呼喊,是团结抗日大潮流的一声反响,是党的抗日民族统一战线政策宣传和感化的结果。小说的结束写到"人都涌到了一块来",其中当然不仅有村民,也有那些东北军士兵,"孩子觉得有热的、水似的东西滴落在他手上,在他的衣襟上。他的眼也慢慢模糊了,在雾似的里面,隔着一层毛玻璃,那红色的五星浮漾着,渐渐的高去,而他也被举起来了!"作者用充满感情的语言描写了这个激动人心的场面,表达了对团结抗日前途的信心,深化了作品的主题。

这篇小说的结构是比较单纯的。作者以小战士的经历为线索,基本采取"直线式"的叙述方式,只在中间夹以小部分的回顾,这使小说在结构上显得紧凑,集中,不枝不蔓。但作者在情节安排上仍注意技巧的运用。小说的开头就是一段话：

> 说瞎话咧！娃娃，甭怕，说老实话，咱是一个孤老太婆，还能
> 害你？

这段话介绍了说话人的身份，还告诉我们听话人是个娃娃。但更值得注意的是，这么一段话放在小说的开头，确实给人以突兀之感，"话"的内容却又促使人们产生一个悬念：这娃娃是谁？这孤老太婆又是什么人？为什么要说到这"害"与"不害"？这自然造成了引人入胜的效果。小说的结尾写到小战士被审讯，然而其结局却是东北军连长被感动，小战士被释放，这里冲突的发展是出人意料之外的。人们在原先的情节发展中已体会到一种紧张，产生对结局的一种联想：小战士可能被毒打，甚至可能被杀害……然而作者却笔锋一转，将小说引向了一个不曾料到的结局，人们的心理为之放松，而原先的紧张期待却造成了对事件结局的更深的印象，人们要思索这种结局的合理性，当理解到这种结局不仅合理，而且深化了主题时，当然会由衷地赞叹作者的匠心的。

　　这篇小说体现了一种平实的叙事风格。它的语言是质朴的，有着不事雕饰的本色美。如下面一段描写，写到老太婆将小战士领到自己的窑洞里：

> 两个人坐在灶前，灶里的火光不断的舔在他们脸上，锅里有热气
> 喷出来了，她时时抚摩着他。他呢，他暖和了，他感到很饥饿，而且他
> 知道在今天晚上，可以有一个暖热的炕，他很满意；因为疲倦，一个将
> 要到来的睡眠已很厉害的袭着他了。

这里没有任何夸张的描写，也不渲染人物的内心感受，却已经把老人对小战士的爱抚和小战士如何依偎在老奶奶身上的感受很充分地传达出来了。

　　小说的那种平实的叙事风格还表现在细节描写上。如小战士回忆起军长那一节：

他只看到过军长几次，有一次是在行军的路上，军长休息在那里，他牵马走过去吃水。军长笑着问过他："你这个小马夫是什么地方人？怎样来当红军的？"他记得他的答复是："我问你，为什么要打倒日本帝国主义？"他又听到军长低声的对他旁边坐的人说"要好好教育，这些小鬼都不错呢。"那时他几乎跳了起来，望着军长的诚恳的脸，只想扑过去。

这个细节描写生动而富于情趣，它的刻画是平实单纯的，却又那么传神地写出了红军队伍内官兵平等的气氛。作者只写动作和对话，而且几乎不用修饰词，都使我们似乎听到他们说话时的声气，看到他们的神态，甚至感受到他们的情绪。

对比于夸张和文饰，质朴是一种更高的美的品格。丁玲的这篇小说是可以给我们这方面美的享受的。

流浪的知识者的写照

——读《流浪》

　　对知识分子命运的反映是"五四"新文学的重要主题。"五四"是一个伟大的思想启蒙的时代，人的发现、人的价值的重新确认和创造曾经构成了"五四"思想文化运动的一个最为突出的课题。而实际上，首先是那一代觉醒的知识者最迫切，最带悲剧意味，也最深刻地"体验"了这一历史课题所蕴含的丰富而又矛盾复杂的内涵。他们在历史的鉴照中肯定自己，同时又在理想与现实的反差中怀疑自己，更在自身矛盾性格的内省中否定自己。这样，我们在"五四"新诗中读到了极度夸张的"五四"式的热情和热力；而在"五四"小说中，特别是在"五四"退潮期的小说中，则分明感受到了中国新一代知识者在深入探究时的困惑和沉重的悲剧感。对比于《狂人日记》里的狂人那样一些激烈的反封建斗士的形象，我们更多看到的是魏连殳、吕纬甫、于质夫等愤世嫉俗，孤独地反抗着，同时又痛苦地盲目地"流浪"着的知识者的形象。可以说，"流浪"几乎成了这一部分形象的特有的"纹章印记"，在他们身上不仅反映着中国觉醒的知识分子的精神面貌和历史命运，而且记录着中国新文化在历史启蒙期所面临的那一场艰难的"生产"。

  "五四"期的作家们提供了人数众多、精神面貌各异的这种类型的知识分子形象。在这个"流浪的知识者"家族中,短篇小说《流浪》所塑造的"我"无疑是具有独特意义的。这篇小说直接以"流浪"来标明小说主人公的行为和心理的特征,正是对人物命运的相当真实而又具有象征意味的揭示。

  这篇小说的作者是王以仁。他是20年代中期出现的一个很有创作才能而又不幸早逝的青年作家。他是浙江省天台县人,1902年出生于一个破落的大家庭中。20年代中期到上海开始从事新文学创作,并参加了文学研究会。1926年,由于失恋,他从台州出走,在海门开往上海的轮船上跳海自杀,年仅二十五岁。从1924年到他逝世,短短的两年多时间,他创作了数量可观的作品,遗世结集出版的有《孤雁》和《王以仁的幻灭》两种。《流浪》是《孤雁》中的一篇。《孤雁》这部作品由六封通信构成,每封信分开可独立成一个短篇,各自有一个故事和主题,但合起来,又可以当作一个前后连贯的中篇来看。这六个短篇分别是《孤雁》、《落魄》、《流浪》、《还乡》、《沉缅》、《殂落》,描写的是一个失业的知识青年,到处流浪碰壁,后来返回家乡,满腹不平和牢骚、愤世嫉俗、抑郁悲愁,沉湎于酒杯赌场,终于呕血而亡。这六个短篇都取书信体的形式,收信人蒋径三,是作者的朋友,当时在中山大学供职。

  《流浪》是其中的第三个短篇。它描写了这个失业知识青年"我"来到杭州投奔朋友,原以为朋友可以分担一点生计上的负担,不料朋友已经离开了杭州,"我"于是陷于困境,生计无着,又受尽了世人的白眼,感情上也受了极大的伤害和刺激,从而表达了对"金钱万能"的社会的抗议。

  小说相当真实地写出了现实对一个穷困的下层知识青年的压迫和他在这个社会里漂泊无着的生活情状。小说主人公坐着"猪圈"一般的四等车"受了一天的劳顿,一天的饥饿"来到都市,他遇到的第一个问题便是生计问题。小说描写了当他投奔朋友未成,不得不投宿在环湖旅馆时的情形:"当我走进环湖旅馆去问房间的时候,旅馆中的账房茶房和住客都很吃惊的注视着我,我不禁红起脸来。啊!像我这样落魄的情形原不该到这样大的旅馆中去讨个没趣。"更严重的是,当他知道"这一夜的旅馆费须付一元二角的大洋"时,更是不胜惊恐:"径三!这真是出乎我的意料之外的了!我的袋里已经只剩得二元大洋和几十个铜板,那里能够付得清这巨款的房费和饭钱呢!啊!我为什么晚上要冲了恶神一样的走进这样大的旅馆中来呢!我为什么晚上要这样摆起架子来大饮大食呢!啊啊!我初到的时候不是连一角钱的车子都不肯坐的吗?我昨天不是为了半元多钱起见坐在猪圈一般的四等车内来的吗?啊!啊!我身边的几元钱不是拿我的箱子和铺盖当来的吗?"他无计可施,只得仓惶地逃离了旅馆,而又怕形迹为旅馆中人所知,于是便销声匿迹的隐在西湖的山里不敢出去。面对着金钱社会的压迫,他深深地体味到人的尊严被蹂躏的悲哀,他说:"我虽曾经做过几年的中学教员,虽在杂志里面发表过几篇不成材的文章,啊!现在却只落得东奔西走的在外面飘流着,我还有什么话可说呢?中学教员的头衔,能够像精美的华筵,华丽的衣服一样的可以供我吃著吗?不成材的文章能够像庄严的高楼广厦一样的供我住宿吗?"小说主人公多次用"没有归宿"、"漂泊无依"、"飘流"这样的词来形容自己的生活情状,正是集中显示了他在现实生活中"流浪"的特征。他以一生的精力去"谋衣谋食",而"饥饿之神"却与他紧紧相随,他似乎是"被运命铸定了一生要永远过着贫困生活的人",这个世界,没有他的歇息安身之处,金钱的鞭子驱赶着他在这个世界上流浪,饥饿和寒冷像影子一样威胁着这个漂泊的知识者!他不禁发出了对金钱制度的诅咒:"我到现在才相信金钱制度真是万恶的根源了!"

对比于对知识者现实生活的"流浪"状态的描写,小说更着力表现了他们精神上的"流浪"特征。小说这样描写它的主人公走在街上时的感觉:

一阵阵迎面而来的朔风把马路上的泥沙吹起,我缓缓的在路上

> 走着和在黑雾中迷行着的一样。初冬的晚景在四点半钟的时候就有
> 些黑暗的样子。在灰尘中进行着的阳光投射在路旁的墙上，使我想
> 起了我灰色的命运，我心中觉着我虽在年青的时候已经受到暮年垂
> 死的悲哀，眼眶中不知不觉的有些润湿起来，便独自顾影自怜的叹了
> 一口气。

这里所透露出来的正是主人公灰色的心境。他怀抱理想，然而他也深知他所憧憬的不过是用以自慰的"许多空中的楼阁"，他憎恶黑暗的现实，然而他却不能作出比诅咒和自杀更有意义些的反抗的行动；他渴望异性的爱，然而他又对被金钱所腐蚀的两性关系表示了强烈的鄙视！在这种种大胆真率的自我暴露中，我们不是可以触摸到那一颗痛苦的心，那一颗"飘泊不宁的灵魂"吗？他年轻，然而在精神上却"领受到暮年垂死的悲哀"；他是受过现代文明熏陶的知识分子，然而却在生活的重压下发出了这样沉重的哀叹："我的没有职业可就，真是受了装满脑袋中的知识的害处呀！"

小说给我们提供的就是这样一个出现在薄明期愤激地反抗着黑暗，却又孤独地彷徨着的"流浪者"的形象，在他身上显然寄托着作者的个性解放的要求和对金钱社会的抗议。甚至在某种意义上说，作者正是借小说人物之口发出自己的控诉的。郁达夫是这样介绍《流浪》的作者的："他的面孔黄瘦，像一张营养不良的菜叶。头发大约有好几个月不剪了，蓬蓬的乱覆在额前。穿的是一件青洋布半新大挂，样子很落魄，但态度很骄傲。"这里的描写是可以使我们联想起《流浪》里的主人公的。作者喜爱郁达夫的作品，他曾戏谑地将这种喜爱称为"嗜痂之病"，而事实上，他的作品则明显地存在着郁达夫影响的痕迹，从《流浪》的自叙传色彩，文体风格以及抒情内容上都可以看出二者的"接近"之处。他虽为文学研究会作家，他的《孤雁》也是作为文学研究会丛书之一出版的，他的作风和倾向却接近于创造社作家。小说描写到"我"为了逃离旅馆，要了一个骗术，当离开旅馆之后却又不免为自己行径后悔：

　　我趁着骗了人家的得意对着湖山高笑了几声;我只抛弃了一个布包骗来一顿酒饭,骗了一夜安稳的住宿,我的急智比别人高出了几倍,深深的自引以为幸。径三,我不知那时的廉耻已经跑到什么地方去了? 难道我几年来所受的教育只造成了一个骗人的人格吗? 自幸的思想渐渐被惭愧的思想遮盖住了。感情及理智到现在还为着那件事情在我的心中交战。自责的心还不及自己宽慰的心,来得强盛。我想无论谁到了我这样穷困的境地总会做得出我这样的合乎情理的事情。径三! 若是我有好好的职业叫我去服务,我何至于这般无赖呢?

在这一段描写中,我们在沉重的自谴心理的剖析中看到了对社会的抗议,也听到了郁达夫风格在一个青年作家心灵上的反响。

　　小说以书信体写成。这种体裁使作家更自如地写出自己的感受,抒发自己的感情。在《流浪》中,作者直率、大胆地暴露自己的心曲,他的情感表露不是委婉细致的,而是倾泻式的,如同关拦不住的潮水,奔涌而出,以强烈的力量摇撼读者的心。小说中有一段西湖夜景的描写,写凄清的月色,写婆娑的树影,这时"我"依稀听到了一缕幽咽而微妙的声音,循声寻去,在坟前寻到了一个"头发和我一样蓬松,衣衫一样褴褛的男子在那边吹着洞箫"。于是二人互诉身世,引为同调。在这一段描写中,作者不仅直接抒发自己的感情,而且将情绪贯注到每一个细节和环境的描写中去,造成了浓郁的哀婉凄绝的情调。许杰先生称他的文章"充满着丰富的想象与浓厚的抒情",这个特色在《流浪》中也是明显可见的。

爱与恨的倾斜

——评《草浪》

一

应该说,这是一部可读性较强的小说,它的情节曲折而不怪诞,线索繁复而不芜杂,悬念的设置能吊读者的胃口,但又不过分。这一类小说讲的是"无巧不成书",但是高明的作者却使情节的发展既出乎意料之外,又入乎情理之中,使读者既有险可探,又有理可喻。这恐怕是很难的,《草浪》却做到了。

然而,作为一部带有浓烈的悲剧色彩的言情小说,读者更感兴趣的显然还是它的悲剧性质和悲剧情感的力度。

它叙述的也许不过是一个穿上现代生活外衣的古老的故事。一方面,作为基本情节线索的是父一辈的罪孽和子一辈的恩怨,不管是仇战之父仇逸轩年轻时的始乱终弃(因),还是弃子费以文成年后对仇战的报复(果),作为冲突的构成形式来说,它都是很"传统"的。远的不说,即以我们大家都很熟悉的曹禺的《雷雨》为例,其中鲁大海与周萍冲突的那一场戏,就很可以给我们提供一种阅读时的比较;另一方面,它又确实是现代台湾生活的一个侧影,这里有美国式的现代化大农场的背景,有现代台湾青年的理想化了的生活图像,也有着他们关于善与恶、关于友谊和爱情、关于利己和利他等道德问题的相当严肃而又天真的思考。也许后者更是作者的本意所在,在安若、仇战以至贝若、任飞这些人物身上明显表现出作者的偏爱,因此他们也更多地体现了作者的人生理想和审美理想。唯其如此,当作者给我们展示了一个人生的悲剧——美丽、善良而又如此痴情的安若的死亡时,被摇动的就不仅仅是"可以居"里的男男女女,而且是海峡两岸读者的心了。

这无疑是一部情节性很强的小说。但不同于那些故弄玄虚的情节小说的是,在其每一步发展中都渗透着作者的人生态度和改善人生的渴望。因此,作为小说描写的重点,是作品中的人生,而不是他们的行为。作者的这一创作意图可以在小说冲突的设计上看出来。小说的情节在结构上可以分为三个层次:在第一层次上的是仇战与贝若的矛盾,这些矛盾或齐头并进,或相互纠结;在第二层次上的是仇战与费以文的矛盾;在第三层次上的是费以文母子与仇逸轩的矛盾。从逻辑上说,正是后一层次的冲突规定了前一层次的冲突,然而作者并没有着重表现费以文母子与仇逸轩的冲突,它本来是一切冲突和悲剧结局的总根源。这样,这个第三层次的冲突在艺术表现中更多地是作为结构的需要而设置的,小说观察问题的重心已从二十多年前父一辈的罪孽转移到二十多年后子一辈的恩怨上。

我们是否可以从这个"转移"接近作品的旨意?仇战—安若—费以文,似乎是又一个"永恒的三角",但作品的可贵之处却是在对安若的感情和行为上写出了仇战和费以文这一对同父异母兄弟的鲜明性格对比:

仇战是一个善良、单纯的青年男子。他刚结束留美生活回到台北,他"外形好,教养好,学问好,气质好,家庭背景也好",几乎占了理想良人之大全,是"所谓女孩子心目中的白马王子"。然而使我们感兴趣的是他的心理气质,是他的对安若的带有明显的利他主义性质的真挚感情。他对安若的感情说得上"痴",他简直就是现代的"情种"。当他的炽烈感情得不到回报,甚至由于费以文的介入而安若的感情出现转移时,他首先考虑的不是自己的痛苦,而是安若的感情和幸福。当费以文和安若结婚时,他送去的是一束花,而不是一把剑。他是带着受创的隐痛,更带着入世未深的善良和单纯去接受这场情变的。他的感情是透明的,不杂有任何自私的利己的浊水,而显示了鲜明的利他性和专一性。

与此不同的是费以文对安若的感情。对比于仇战,他复杂得多,而且,强烈的复仇欲望,使他整个心理出现了变态。他无疑也是爱安若的,而且也确实从仇战手里夺走了安若的爱。然而,他却是以"报复"为使命的,他居然以对安若的精神折磨为手段来打击仇战,而在安若由于不堪他的折磨与他离婚回到"可以居"以后,他仍然没有放松对安若的精神威胁。可以说,在"爱"与"恨"之间,他更多的是以"恨"作为自己思想和行动的支点。如果说,他对安若的感情中确实存在着爱的成分的话,那么,他的"爱"也是夹杂着相当多的利己因素的,而这种利己的动机又不可避免地使他的"爱"受到扭曲。

也许我们可以提到高乃依的《熙德》。无论是罗德利克,还是施曼娜,"复仇"和"爱情"这两种对立力量都曾经构成他们各自深刻的心理冲突,然而正是"理性"使他们的冲突避免了悲剧。而在费以文身上,我们看到的是"复仇"的欲望如何吞噬着正常"理性"和正常感情。在这里,"爱"和"恨"出现了灾难性的倾斜。正是这种"倾斜",导致了悲剧的最终发生。这种"倾斜"发生在费以文的心理上,然而它又确实是以社会人生的阴影为基础的。小说的意义,从其道德内容来说,也许正在于它较为充分地写出了这个"倾斜"的现实表现和心理依据,并多少触及了隐藏在悲剧冲突后面的社会因素。当人们掩卷而思时,是否可以由此而对海峡彼岸的社会增进一点了解,对他们为了改善"人"和改善"人生"所进行的努力生发更多一点的同情?

二

说实话,我们对那个社会还是很陌生的。我们很难用"反映"了什么、"表现"了什么这种公式去评判在这块陌生的土地上生长起来的艺术花草,更为可靠的大概还在于我们从中"看"到了什么,"感受"了什么,也就是说在于以我们自己的人生经验和审美经验对对象进行发现。正是在这个意义上,我们认为《草浪》对费以文的心理意向上的病态"倾斜"的充分表现是有其补救人生的意义的;也是在这个意义上,我们又认为,这个长篇同时又存在着另一种"倾斜",另一种与费以文的心理正相反向的"倾斜"。不同的是,前者的表现加强了作品的主题,后者出现在作品中恰恰削弱了它应有的思想意义。

当仇战目睹了惨剧的发行,又终于了解了事变的原因后,他对费以文的责问是多么无力——

> 但是——你怎能把安若当牺牲品? 就算爸爸——真对不起你们,你们该去找他!

问题也许并不全在于该"向谁报复",更主要的是费以文的阴暗心理。他从不乏合理因素的"报复"要求出发,却多少违反本意地造成一个美好生命的毁灭。"如今这样——你良心会平安?"在作者看来,是良心,而不是仇恨,才应该是平衡恩和怨、心理和行动的支点。更明确表示这种态度的也许是小说末尾的这一句话:

> 人生的道路展开在面前,无论如何得走下去。走下去,祝福和鼓励都是重要的。祝福和鼓励。

是啊,应该"祝福和鼓励"。然而,对谁呢? 对安若? 对仇战? 对费以文? 还是对一切生者?

是天启,还是对命运的叹息?作者似乎要用"良心"或"祝福和鼓励"来修补这有缺陷的人生,然而,在我看来,它作为思想毕竟过于轻飘了,过于单薄了;它想解释一切,实际上却什么也解释不了;它甚至无法使它们依附的悲剧有个有力的收束,又怎能给现实中的读者提供生活的箴言?对于作品的思想价值来说,我们看到,当"可以居"里的青年男女震慑于悲剧的大力,返回对命运的探究时,他们完全可能因此而对人生有更切实也更深沉的领悟的;他们完全可能因此而以一种更有力的思想力量来开辟人生的,然而作者却用"祝福和鼓励"这种一厢情愿、空洞无力的老生常谈堵塞了他们以及读者思索之路。心造的幻影无疑在消解着悲剧自身所应有的力量。

这是否是又一种"爱"和"恨"的倾斜?我们在仇战这个人物身上似乎已经看到了这种倾斜。他当然是善良、单纯的,然而在与"恶"的抗争中他却缺乏男子汉应有的力度;他当然是忠于爱情的,诸如"温柔"、"体贴"之类用来赞扬好女子的形容词加之于他都是不过分的,然而他缺乏的恰恰是体现男子美的阳刚之气;他没有妒嫉,却有着过量的忍让;对于安若的感情变化,他由于要让后者幸福而默默忍受着失恋的痛苦,然而我们在他的痛苦中却很难感受到维特式的忧郁。这里所出现的落差——作者对仇战的偏爱和后者在读者心理所形成的美感效果之间的差距——是否出于作者理性认识上的这种"倾斜"?

不仅如此,在费以文的描写中,在小说其他人物的描写中,我们都多少可以感到由于作者主观认识上的偏颇而出现的缺失。当思想停留在抽象的"爱"和"恨"这样的观念圈子时,它是完全可能把现实的、富有生命力的、激动人心的主题稀释为肤浅的、单薄的说教的。作者也许想用"思想"去加强主题,不料加上的却是不调和的负色,他所叙述的那个故事本身已经给了读者很多的启示,而他的说教却给这个完整的艺术个体凿出了一个不大不小的空洞,这里的得与失是不是也告诉我们一点什么呢?

三

从其冲突构成来说，《草浪》是一部命运悲剧，而从其实际内容来说，它又是一部性格悲剧。我在上面说，诸如《雷雨》这样的作品在某些方面可以作探究《草浪》的镜子，因为二者之间明显存在着某种相似。当然，我并不认为它们之间一定存在着某种事实上的联系，《草浪》的冲突模式毕竟是太古老了，更大的可能是它不过相沿了某种既成的艺术范型和冲突模式。在这里，重要的不是寻找出作家艺术灵感的渊源，而是对其艺术表现本身作出准确的价值判断。

然而，当我读着《草浪》的时候，却不由自主地引起了我对一位美国作家一部作品的联想，那就是纳撒尔尼·霍桑的《红字》。

同样，这也不意味着我就断定后者对前者有着什么样凿凿可据的影响。我只是认为这两部产生于不同的年代，有着不同的社会背景，体现着不同道德主题的作品，在其表现形式上却有着多方面的相似之处。也许在这方面的探究可以帮助我们进一步把握对象的特征和价值。

《红字》写的是一个善良、美丽的英国姑娘海丝特·白兰，她不幸嫁给了一个畸形、伪善的老人罗格·齐灵窝斯。在移居波士顿的途中，她的丈夫被掳失踪，她在孤寂的生活中与牧师丁梅斯代尔相爱并生一女。白兰因此而受到当时清教政权的惩罚，让她胸前带一红 A 字，受辱于世人。齐灵窝斯潜回美国后，暗中察访她的"同犯"，丁梅斯代尔终因不堪齐灵窝斯的精神折磨而身亡。

就情节结构而言，《红字》较为单纯，而《草浪》却较为繁复；然而，我们可以看到，推动各自情节向前发展的一个基本冲突都是复仇，——齐灵窝斯的复仇和费以文的复仇。而且，"复仇"这一情节在两部作品中都是以潜在的、而又决定着其他各情节发展的形式出现的，它无影无踪，但又无所不在，形成对小说人物命运的强大的威慑力量。

就复仇的具体方式而言，两部小说都让复仇者把对对方的精神折磨作为复仇的手段。在《红字》里,齐灵窝斯对丁梅斯代尔的精神折磨是以种种伪装掩饰着的,它主要是以使受害者自身产生心理分裂来达到目的的;在《草浪》里,费以文的复仇手段是对仇战的精神折磨,再进而把打击传递到仇逸轩。如果说齐灵窝斯对于丁梅斯代尔的精神折磨由于其伪善表现为在"友情"下隐藏着残忍的话,那么费以文对安若的精神摧残由于其自身感情的分裂表现为在冷酷下包裹着些微的暖色。

在齐灵窝斯和费以文的性格塑造上,我们看到,相似的复仇欲望和复仇手段将他们都造成阴鸷可怖的人物。齐灵窝斯性格的最大特点是伪善和狠毒,他貌似忠厚长者,内心却如地狱般阴暗;费以文形象与此不同,他比齐灵窝斯更为复杂,他是以内在的性格分裂和感情分裂为特征的,在复仇和爱情之间,他没有也不可能实现平衡,他有着与齐灵窝斯一样的深沉阴郁,但在内心深处却潜藏着后者所不可能有的"善"。

应该说,《红字》在艺术上的最大特色还是它精细入微的心理描写。而《草浪》的心理刻画也是相当出色的,我认为,比之它在主题开掘、在情节处理上的成就,其心理描写是更为重要的成就。如:当费以文与安若离婚后,一天他看到仇战与安若并肩走进"可以居",这时候——

> 他狠狠地对自己发誓,他会来,他一定会再来,他绝对不会让仇战这么快乐,死也不会! 仇战是一定要对付的,至于安若——他心中流过一抹柔情,他会对安若歉疚一辈子,然而这歉疚——是不能弥补的。
>
> ……
>
> 他低着头,从后面的小路绕出农场,他对这儿熟悉得很,熟悉得就像是自己的家——他想起了家,想起母亲写来质问他是否和安若离婚的信。和安若离婚——他心中又是一阵难忍的疼痛,似乎是看见鲜血往下滴——全世界的人都恨他,都不谅解他,他不在乎,真的不在乎。连安若都可以放弃,还有什么值得他在乎的事呢? 他对付仇战——这是永不能改变的事实。

　　像这样多侧面、多角度的心理描写在《草浪》中是很多的。作者不仅把眼光注视着人物心理活动的起因和结果,而且注视着心理活动的整个过程。对比于《红字》,《草浪》的心理描写在许多方面都是毫不逊色的。然而就心理描写的具体内容来说,《红字》的道德世界是更加"社会"的,它所体现的思想也是更有深度和力度的,《草浪》在这些方面则大大不及了。

　　这里我把《草浪》和《红字》做了初步的比较,我只是想指出作家创作之间的"相似"这个有趣的现象。如果从文学"母题"(motiv)这个角度对对象加以考察的话,我们是否还可以在文学史上找出更多一些可作对比以求互相生发的作品呢? 我想,这种广泛的比较,对于批评视野的拓展,对于更准确地对对象——包括我们面前的这一部《草浪》——进行价值判断,应该是有好处的。

1986 年 6 月

风土恋歌

——《风土篇》选编后记

　　恋乡怀土是人之常情。照鲁迅先生的说法,大凡身处异乡,用笔抒写胸臆,道出"思乡的蛊惑"的,便是"乡土文学"。在那些作品里,不难看出,"乡土"之牵动作家魂魄的,与其说是它的风光,不如说是它的"风土"。风光,朝夕相守,日久生厌,再美的也会由于感觉麻木而不觉得什么;而风土,包括第一故乡、第二故乡、寄寓之乡与父母之乡等等,却是需要较长期的耳濡目染才能体会的东西,它是一种情调,一种韵味,细细体察,细细玩味,遂入境界,乃有所悟。而由于相当一段时间生活于这种环境中,朝斯夕斯,不免揉进了种种思恋和记忆,潜藏在意识的深处,不时来袭作家的心,于是形成"思乡的蛊惑"。当然也有一见钟情,却认他乡作故乡的。

　　对比于小说,散文中描写"风土"的内容,涉及地区、人物、物产、饮食、民俗、民风等等,似乎更为广泛。收录本集的三十家三十八篇作品所写的有故乡的风情,也有异域的见闻;有北国的苍凉雄迈,也有南方的清丽幽晦;有都市街头的风景,也有海滨侨村的忧郁;有中原之子的遐思,也有边地旅人的叹息……

"风土"的题材广泛,是作家们生活范围扩大、见识增多的结果。一方面,异域或边地所特有的"新鲜感"对作家是一个诱惑,如郑振铎的《阿拉伯人》就写了作者旅经亚丁港时的见闻,他不禁将历史上阿拉伯人"坚定而且勇敢"的风采与现实中所受到的屈辱做一对照,生发出无限的感慨;另一方面,见识的增多也促使作家们将异地异时的"风土"加以比较,如周作人的《故乡的野菜》,他由西单市场的卖荠菜而引发出对故乡春天时节妇女小儿采食野菜的回忆,表达了对自然人生的向往。

叶绍钧的《藕与莼菜》写的是寓居都市后对故乡的思恋。藕与莼菜本是家乡日常的菜蔬,而在都市却是那样稀罕,在他的笔下,这些故乡的菜蔬几乎代表着故乡的亲人、故乡的诗意,于是——

　　　　因为在有所恋,而所恋又只在故乡有,便萦着系着,不能离舍了。

这里,有着将都市与家乡"风土"加以比较的意味,正由于有了这种比较,作家的思乡情绪表达得更为浓烈、淳厚。

"风土",它带有鲜明的平民性。所以,历代统治者,凡有心社稷的,都注意"采风",以观民情风俗。"五四"时期,一些新文化运动的倡导者就提倡过收集民歌民谣,研究民俗,他们的本意当然不止于"观风",而且包含着对原态生活的审美内容。现代散文家的"风土"描写是对现代城乡世俗生活的一种观照。

收入本集的作品中,有的写乡村走街串巷的货郎(何其芳《货郎》),有的写荒僻村落里的野店(李广田《野店》),有的写村庄市镇之间的路亭(柯灵《路亭》),大都取材于村野之中。还有一些文章写到了"吃",如周作人的《北京茶食》、钟敬文的《啖槟榔的风俗》、鲁彦的《故乡的杨梅》、郁达夫的《饮食男女在福州》——本来,"民以食为天","食"既是生命的第一需要,它的发达与繁荣是很正常的,又由于地理、气候、物产、工艺的不同,各地的食品花式种类各有不同。单凭这不同,就可以写一部丰富的食品大观。然而,使我们感兴趣的是,作家们所写的并不是满汉全席、燕窝鱼翅,而是具有村野特色的菜蔬瓜果,透过这些寻常百姓的吃食,我们看到作家对最接近自然的平民生活的向往。"自然之子"、"人之子"本来就是"五四"思潮所启发他们的对自我的认识,而且,更准确地说,这是作为理想潜伏在他们的意识之中的,而在疲倦于都市之旅时,他们自然想起了家乡的"风土",想起了村野之中的日常人生。

在这里,平民的生活往往是与"故乡"联系在一起的。"漂泊"的经历激活了对故乡的记忆,地理上的距离却缩短了与故乡的精神联系。鲁彦的《故乡的杨梅》写出作者少年时代和成年后对杨梅的不同感觉,不禁感叹:

现在我的味觉也显然改变了,即使回到故乡,遇到细雨如丝的杨梅时节,即使并不害怕从前的那种吃法,我的舌头应该感觉不出从前的那种美味了,我的牙齿应该不能像从前似的能够容忍那酸性了。

唉,故乡离开我愈远了。

这是反省? 是追寻? 这里的意味是深长悠远的。

同是写了故乡的荠菜,吴伯箫的《荠菜花》与周作人的《故乡的野菜》就大不相同。周作人的情绪似乎是恬淡、平静的,而吴伯箫的心情却要热烈得多。他写的"孕育了百千种景色,拨弄着够多的惆怅与欢乐"的荠菜花,是包含着"整个春的意念"的荠菜花。他的兴趣似乎不在于"风土"的历史情调,而在于"风土"的现实人生感受,特别是下面一段描写:

头上的飞机正轧轧怪响,偏偏东邻农家传来一脉荠菜的饭香,这种苦趣,要说如何可说呢? 还是沉默的好罢!

这篇文章写于国难日逼、神州飘摇的一九三六年,作者的悲愤自然打上了时代的印记。

　　"风土"是历史的,是历史文化的积淀,是人类文化形态的活化石;然而,它更是现实的,现实人生、时代风云都不可避免地要在"风土"上打上自己的印记,留下特有的色彩。

　　单复的《忧郁的侨村》写的是闽南沿海一带侨村的"风土"。这里的人多是出海谋生的,作者揭破了世人关于发"洋"财的幻想,而昭示了出洋者辛酸悲苦的真相。在特异的"风土"描写中包含着对人生悲剧的普遍意义的揭示,这也许正是这篇作品的感人之处。郑振铎的《阿拉伯人》虽写的是亚丁港的一幅异域风光,但他对现实中的阿拉伯人悲惨屈辱命运的描写,是可以使我们明了他对旧中国黑暗现实的态度的。他说:"我面前现出一队的骑士,跨着阿拉伯种的壮马,执着长枪,出现于无边无际的平原高原上,野风刚劲的吹拂着,黄草垂倒了它们的头,而这些壮士们凛然的向着朝阳立着,威美而且庄严,便连那映在朝阳下的黑影子也显得坚定而且勇毅。"这不也正是他对自己民族的一种热望么?

　　由此可见,"风土"的现实意义并不完全在于它与实际的人生需求有什么具体联系,而在于它所包含的对人生深刻的批判精神。

以山水写社会人生

——《山水篇》选编后记

　　与山水为友,大概是中国文化很"固执"的一种理想。游记散文作为一个传统的散文门类,其基础是十分深厚的。诸如杨炫之的《洛阳伽蓝记》、郦道元的《水经注》、苏轼的《赤壁赋》、欧阳修的《醉翁亭记》……无不是脍炙人口的名篇。一方面,祖国幅员广阔,名山大川不可胜数,山水之盛造成了文章之盛;另一方面,因时代、环境、命运、气质的不同,作家在描写风景时必然要各写所见,各抒块垒,写的是自己心中的山水,因而其作品自然各具个性,各呈异彩,造成了游记散文的发达。

　　这是一种传统。中国历代文人的人生理想、审美情趣,甚至他们的思维方式都在水色山光中得到保留和映照。它对中国现代作家的影响是深刻而持久的。从入选在本集中的相当一部分作品来看,如朱自清的《桨声灯影里的秦淮河》、冰心的《往事》、郁达夫的《方岩纪静》,其对意境的追求,对"寄托"的偏爱,对"风景"的写意式的艺术处理,分明让我们感受到传统散文的浓重影响。当然,更多的作品未必有明显的外在痕迹,而只是一种潜在的意趣的相通,但我们恰好于此发现影响的深刻与价值。

然而,构成现代游记散文真正价值的,不仅在于承继了传统散文多少好的东西,而且在于它的创新,在于它所特有的以山水写现代人生的品格。应该说,后者是更为重要的。

"五四"以后的三十年间,中国社会经历了激烈的动荡和变革。其表现之一是人们大大增加了对自己、对国家、对世界的认识。为了救国,那些新青年们急切地想知道大千世界到底是什么样子的,而现代的舟楫之便又给他们提供了扩大见识范围的条件。在现代游记散文中,我们看到,其描写的范围比传统散文大大扩展了。这不仅仅是"山水"知识得到横向的延伸,而更重要的是使他们在世界潮流汇合的背景下对中国新文化的使命有了深入一层的认识。

本书所选的佳作所 描写的,多海内名胜之区,西湖、太湖、秦淮河、富春江和山阴道上,海外的则有翡冷翠(现译为佛罗伦萨)、康桥、威尼斯,早闻名遐迩;通都大邑如北京、广州、青岛、长沙等地,本多景观;一些不知名的如湘西、五峰、荷塘等处,经散文大师的笔墨描摹,也为世人所瞩目。山水景物是客观存在的,但记述者已大不相同,他们以现代人的眼光看"山水",感觉自然不同。在那个动荡不安的年代里,对国运民生的关注,成了先觉的知识者的话题,反映到游记散文创作上,则出现了一批以山水写社会,以风光寄衷怀的作品。

这里选入的李大钊的《五峰游记》。作者不愧为时代的弄潮儿,他写到滦河的泛滥带给两岸人民的"害"和"利",境界与常人不同:"房屋老了,经他一番破坏,新的便可产生。土质乏了,经他一回滩淤,肥的就会出现。"他把"旧生活破坏者"看成是"新生活创造者",所传播的正是"五四"时代的革命气息。

茅盾的《风景谈》更是一篇以风景写国事的名文。作者写沙漠里的驼铃,写黄土高原上的农人,写根据地的青年……所表达的是:"自然是伟大的,人类是伟大的,然而,充满了崇高精神的人类的活动,乃是伟大中尤其伟大者。"特别是写到"山峰上的小号兵"与"荷枪的战士"那一片风景时,作者不禁赞叹:

　　　　晨风吹着喇叭的红绸子,只这是动的,战士枪尖的刺刀闪着寒
　　光,在粉红的霞色中,只这是刚性的。我看得呆了,我仿佛看见了民
　　族的精神化身而为他们两个。

　　在现代作家笔下,"风景"总是或多或少带着世事与人情,并不那么
空灵剔透、不食人间烟火的。郁达夫的《钓台的春昼》不忘将"中央党
帝"的压迫记下一笔旧账;钟敬文的《羊城风景片题记》歌颂了烈士的
"反抗暴力,至死不屈的气概";李广田的《山水》则留下了平原之子的
业绩和现实的酸辛……

　　个性解放是"五四"新文化运动的重要内容,而且在"人的解放"
与"阶级的解放"的现实运动中,这个口号不断丰富着自身的内容。冰
心的散文也许没有像她的问题小说那样激烈地诉说着现实中的人生
问题,然而,个性解放却是她思想的底色。在她的游记散文中,以人为
本位,以幼者为本位,以爱为内容的思想总是与对自然的崇拜结合在一
起的:

　　　　海好像我的母亲,湖是我的朋友……海是深阔无际,不着一字,
　　她的爱,是神秘而伟大的。我对她的爱是归心低首的。湖是红枝绿
　　叶,有许多衬托,她的爱是温和妩媚的。我对她的爱是清淡相照的。

　　成仿吾的《太湖游记》所写的山光水色也深深地浸染着自己的情
绪。作者认为,要领略"江南的情调",必须向"时代罕识的赤裸裸的
大自然"中去寻找,而自然之需要,实在是因为生活的压迫太重,世人
太"浅薄无聊",把回归大自然看成是疗救人生痼疾,特别是心灵解放的
药方。

　　现代作家在游记散文中所描绘的自然,是一种人格化的自然。由于
对精神自由的渴望,在作家的眼中,大自然竟也带着自由的灵性。这样,
久被都市的风尘所蒙蔽的心灵格外渴望着受到大自然的慰藉和抚摸。徐
志摩在《翡冷翠山居闲话》中说:"只有你赴大自然的怀抱时,像一个裸

体的小孩扑入他母亲的怀抱时,你才知道灵魂的愉快是怎样的,单是活着的是怎样的,单就呼吸单就走道单就张眼看耸耳听的幸福是怎样的。"

这是一场"自然之子"与大自然的对话,是现实的"自我"与理想的"自我"的对话。这是一场平等的对话。我们从中发现了那个时代知识者的渴望,发现他们的热情和完善自我的要求。

本书入选的散文中写到翡冷翠的还有李健吾的一篇。现代作家由于种种机缘而能亲身感受异域的山水,其新鲜感自然是十分鲜明的。李健吾写的是五天时间里对翡冷翠城艺术品的观赏和体验。文化艺术往往是一个地区特有的"山水",作者流连于此,写出"知识的游历"。

以异域山水为题材的还有徐志摩的《我所知道的康桥》、刘思慕的《威匿思底水和"水"》、冯至的《罗迦诺的乡村》等篇。作者对异域山水有着不同的心理感受。他们一方面向读者传达了异域山水的特有神采,另一方面又在字里行间袒露着自己的个性和趣味。徐志摩心仪康桥,自称是"思乡的隐忧";冯至旅居瑞士罗迦诺城郊的一个湖畔小村,在大自然的宁静中体味着乡人的简朴和平和。他们的审美情调与异域山水相映成趣,叫久居闹市的人读来大概会禁不住撩拨,产生很多联想的。

不同于一般游记散文多以风景胜地为题材,沈从文的作品展示了另外一个世界。他来自边地,他的一系列以湘西山水为题材的旅行记向读者报告了他故乡奇异多彩的风光,而由于将"风光"与"风情"相映衬,作品产生了特有的魅力。本书入选的《鸭窠围的夜》写山,写水,写吊脚楼,写船夫生活,处处都传递出边地生活的特有情韵。

对于中原和沿海的读者来说,沈从文的世界大约也是一方"异域"。

鲁迅的《雪》和孙福熙的《红海上的一幕》作为山水描写却有不同的风采。它们不是游记散文,它们的"山水"内容没有明显的地域特征。《红海上的一幕》写的是日落月出的景色变迁,作者观察之细致,设色之丰富,感情之热烈,都使这篇文章成为一幅精彩的风景小品。

《雪》却有着更为深广的哲理内涵。暖国的雪和朔方的雪在作者笔下都是那么有灵气,那么神采飞扬,而且那么写实,以至于使人似乎就置身在雪的氛围之中。作者着意于人在严冬下依然活跃的生命力,着意于大自然在雪被下的生机,自然流露着一种健康向上的人生观念。而最后对朔方的雪的描写,却闪烁着一种冷峻的智慧之光——

> 在无边的旷野上,在凛冽的天空下,闪闪地旋转升腾着的是雨的精魂……
>
> 是的,那是孤独的雪,是死掉的雨,是雨的精魂。

以"山水"写人生,像鲁迅那样凝练、深切地加以表现的,在现代散文家中实不多见,这也许是他的作品始终具有不衰的生命力和典范意义的原因之一吧。

1991 年 12 月

后 记

　　将大学时期的旧稿整理一过，目睹旧物，不禁感慨系之。"文化大革命"结束后，我师从俞元桂、吕荣春二位老先生，先是当他们的研究生，后留校任教，当他们的助手，在"中国现代文学的外来影响"研究方向上，开始我的学术生涯。那是个摆脱旧套、开放进取的年代，但其文化的主潮却是"回到马克思、回到现实主义"。朝斯夕斯，十年辛苦，于是就有了这一本集子。

　　1991 年，我离开高校，开始了另一种职业，但师辈的教诲始终未敢放下。二十多年过去，世事变化很大，我的人生轨迹也出现大的沉浮。俞先生、吕老师、姚春树老师已先后离我们而去。俞先生逝于 1996 年 1 月，在他去世半年后，我写过一篇《插竹编篱好护持》的文章，来纪念恩师，其中说：

　　　　半年来，追悼会上的哀乐一直萦绕在我的耳畔，使我常常追思他的学问和人格。今年 1 月 1 日，我携妻小去文园看望他，他半躺在床上，看起来精神比以往好了一些，对我们说不少勉励的话，似乎全不把自己的病放在心上。其实，他此时已经非常衰弱了。半个月后，他就去世了。追悼会后的一天，我的儿子突然问我："你记得俞爷爷最后对我们说了什么话吗?"我不禁一愣:"最后的话?"儿子说:"他说要好好学习,但以后不要念文科。"我记起来了,他确实这样叮嘱过我的儿子。文学大抵半是现实,半是梦幻,它给人盅惑也多,失望也多。鲁迅先生临终前要他的儿子海婴"倘无才能,可寻点小事过活,万不可去做空头文学家或美术家",此中的感慨是大可玩味的。

然而,俞先生自己却在文学道上跋涉了一生,朝斯夕斯,精力和情感的投入是可以想象的。其建树,自有前辈师长和专家论定,其学问人品更是后学之楷模。我师从俞先生自 1979 年始,他严谨扎实、诚挚平和,认真而不拘谨,通达而不流俗,为人为文,莫不显出大家风范,给我留下很深的印象。我记得送来的挽联中有称他"品物关情、衡文论世"的,这大约就他的学问而品,又称他"亦庄亦谐、有是有非",这大约是就他的处世而言,可见他在人们心目中的长者风范。

而今,我也已届古稀之年,很惭愧的是,际此人生谢幕之时,却发现自己距恩师的属望甚远。三十年过去,留下什么呢?晋人陶潜曰:"悟已往之不谏,知来者之可追。实迷途其未远,觉今是而昨非。"三十功名,已归尘土,八千里路,犹有风霜。只有恩师的道德文章,仍在温暖着我,也在滋润着我,使我想总该做点什么。是的,只要余烬尚在,总要留下点什么,即使只是为了自己,为了三十年前那一缕微弱,然而坚韧不可排遣的诱惑。

于是有了编这本文集的想法。拉里拉杂,难免论题不专,在行家看来,区区二十余万字,何足道哉!而于我,却是敝帚自珍,亦有对往事告别之意。积习时常探出头来,在暗里窥视我的往生、今生和来生,在无聊中,我曾凑成这样一首《岁月杂忆》:

> 轻狂年少漫说剑,老去弄箫怅无言。
> 泽畔招魂哀芳草,东篱访菊失园田。

逝者如斯伤往事,旧梦惊奇锁寒烟。

天下苍生凭谁问,鸡毛一地过大年。

虽为无聊,记叙的却是我自己。我已是一地鸡毛矣。

2016 年 3 月 20 日

责任编辑:詹素娟
装帧设计:东方天地

图书在版编目(CIP)数据

中国文学与现代性/阙国虬 著. —北京:人民出版社,2017.9
ISBN 978－7－01－018224－7

Ⅰ.①中… Ⅱ.①阙… Ⅲ.①中国文学-现代文学-文学研究②中国文学-
当代文学-文学研究 Ⅳ.①I206.6

中国版本图书馆 CIP 数据核字(2017)第 221894 号

中国文学与现代性

ZHONGGUO WENXUE YU XIANDAIXING

阙国虬 著

人民出版社 出版发行
(100706 北京市东城区隆福寺街 99 号)

北京中科印刷有限公司印刷 新华书店经销

2017 年 9 月第 1 版 2017 年 9 月北京第 1 次印刷
开本:710 毫米×1000 毫米 1/16 印张:17
字数:300 千字

ISBN 978－7－01－018224－7 定价:85.00 元

邮购地址 100706 北京市东城区隆福寺街 99 号
人民东方图书销售中心 电话 (010)65250042 65289539